9클래스 소드 마스터

이형석 퓨전 판타지 장편소설

WISHBOOKS FUSION FANTASY STORY

 18

이형석 퓨전 판타지 장편소설

초판 1쇄 찍은 날 | 2020년 11월 10일
초판 1쇄 펴낸 날 | 2020년 11월 17일

지은이 | 이형석
펴낸이 | 예경원

기획 | 위시북스
편집책임 | 이은송
편집 | 위시북스

펴낸곳 | 예원북스
등록번호 | 제396-2012-000132호
등록일자 | 2012. 7. 25
KFN | 제1-569호

주소 | 경기도 고양시 일산동구 호수로 646-24 위너스21II빌딩 206A호 (우)10401
전화 | 031-819-9431 팩스 | 031-817-9432
E-mail | yewonbooks@naver.com

ISBN 979-11-365-4509-1 04810
      979-11-6424-597-0 (set)

9클래스 소드 마스터
WISHBOOKS FUSION FANTASY STORY
이형석 퓨전 판타지 장편소설
18
Wish Books

CONTENTS

▶Chapter 1◀

"지금 생각하면 황금십자회의 존재 의의가 어쩌면 이 책을 보관하고 언젠가 이 책의 주인을 찾는 것이 아닐까 싶은 생각도 듭니다."

데릴 하리안은 자부심 가득한 얼굴로 말했다.

"카이에 에시르가 살았던 차원의 파렐이 이곳에 있다는 말은 그 차원에는 파렐이 존재하지 않는다는 것이겠죠."

카릴은 그의 말을 말없이 들었다.

"그렇다면 카이에 에시르는 파렐과 저희가 겪고 있는 이 신의 싸움을 극복했다는 것 아닐까요?"

"하고 싶은 말이 뭔데?"

"그의 일기장에는 저희가 볼 수 없는 페이지가 있습니다. 하지만 카릴 님이라면 다르리라 생각됩니다. 제 생각엔……."

데릴은 기대에 찬 눈빛으로 말했다.

"그 페이지에 이 전쟁을 끝낼 수 있는 방법이 나와 있는 것이 아닐까요?"

"됐어."

"……네?"

카릴의 대답에 데릴 하리안은 당혹감을 감추지 못했다.

"보지 않을 거니까 네가 계속해서 보관하고 있어."

"아니, 그게 무슨 말씀이십니까. 인류를 보호하기 위해 카릴 님께서 싸우시는 것 아니십니까? 그렇다면 더 확실한 방법을 찾는 것이 당연하잖습니까."

"그렇겠지. 하지만 지금은 아냐."

데릴은 여전히 이해할 수 없다는 얼굴이었다.

"나는 지금부터 정령계에 다녀올 것이다. 그곳에서 거암군 주를 얻을 것이다. 정령왕들 중에 유일하게 정령계에 숨은 녀석이야. 그를 다시금 전쟁에 발을 끌어들이는 것은 결코 쉬운 일이 아니지."

"그러니 더더욱 확실한 방법이 필요하죠."

"지금 필요한 것은 전쟁에서 이길 수 있다는 확실한 방법이 아니야. 거암군주가 나를 따라 이 확률이 낮은 전쟁에 참여하게 하기 위해 필요한 것은 나를 믿는 것이지."

"승리의 방법이 아니라 주군 자체를 믿게 만드는 것…… 이 란 말씀이십니까?"

카릴은 그의 물음에 옅은 미소를 지었다.

"그래. 뭐, 내가 그 일기를 보지 않으려고 하는 것은 아마 나 역시 나약한 인간이기 때문이겠지. 네게 카이에 에시르가 남긴 글이라는 말을 듣는 순간 나도 흔들렸으니까."

[당연한 일이다. 누구나 싸움에 있어서 패배를 원하는 자는 없으니까.]

"하지만 그의 일기를 보고 난다면 거암군주를 만났을 때 나는 나 스스로를 말하기 전에 이길 수 있는 방법에 대해서 먼저 꺼내게 될 거야."

데릴 하리안은 그의 말에 고개를 끄덕였다.

"그게 주군의 뜻이라면 그리 하심이 마땅합니다."

[고집스럽긴…….]

"내가 모든 정령을 다스리게 되었을 때 그 일기장을 다시 찾겠다. 그때까지 네가 잘 보관해 줘."

"알겠습니다."

허리를 굽혀 인사를 하고 난 데릴이 물러나려 할 때 카릴이 그를 불렀다.

"내가 없는 동안 이곳을 잘 부탁한다. 아마 다음 재해 때는 황금십자회의 힘이 필요할 수도 있어."

"분부에 따르겠습니다."

"이제 잘린 팔을 붙이도록 해. 한 손으로 싸우는 것은 불편할 테니까. 치료하는 방법이야 알고 있겠지?"

"감사합니다."

데릴은 옅은 미소를 지었다.

"저 역시 한 가지 목표가 생겼습니다. 카릴 님께서 돌아오실 때 새로운 신수를 부활시키도록 하겠습니다. 그 역시 황금십자회의 목적이었으니 말이죠."

"기대하지. 앤섬에게 이야기를 해두마. 황금십자회에게 지원을 아끼지 말라고."

스아아아악……!!

카릴의 말이 끝남과 동시에 붉은 비늘이 날갯짓하며 날아올랐다. 성벽 난간을 밟으며 그가 뛰어올라 녀석의 머리 위에 올라탔다.

[크르르르르!!]

고삐를 잡아당기자 붉은 비늘이 북부를 향해 날아올랐다.

츠으으으으으…….

날카로운 스파크와 함께 상공에 생성된 차원문이 사라짐과 동시에 카릴이 바닥에 착지했다.

쿵-!!

바닥에 선 카릴은 살짝 일어나는 두통에 관자놀이를 가볍게 눌렀다.

"파렐 이후로 이런 느낌은 오랜만이군."

차원을 넘는 행위와 시간을 거스르는 행위는 다르면서도 비슷했다. 카릴은 주위를 둘러보았다. 녹음이 짙은 산과 구름 한 점 없는 하늘은 겨울의 대륙과는 완전히 달랐다.

"라미느, 우리가 제대로 온 게 맞나?"

엘프의 보고에서 얻었던 샘의 정수를 쓰면서도 짐짓 불안감을 감출 수 없었기에 그는 도착하자마자 물었다.

[흐음, 정령계가 맞군.]

[얼마 만인지…….]

[하하하, 돌아올 수 있다니!! 아니, 원래는 이미 돌아왔어야 할 곳이었는데……!]

카릴의 주위로 정령왕들이 일제히 모습을 드러냈다.

화르르륵!!

거대한 화염 거인의 형상을 한 라미느의 본 모습을 본 것은 처음 그를 만났던 염룡의 레어 이후 처음이었다. 뿐만 아니라 에테랄, 사미아드, 라시스, 두아트까지 본래의 모습을 하고 있었다. 인간계였다면 그들을 한꺼번에 부르는 것은 불가능한 일이었을 것이다. 하지만 그들 모두가 나타났음에도 카릴은 자신의 정령력이 크게 소모되지 않음을 깨달았다.

"제대로 찾아오긴 했나 보군."

카릴은 그들을 바라보며 낮게 한숨을 내쉬었다. 정령왕들이 저렇게 감정을 솔직하게 내비치는 적은 처음이었다.

'하긴, 정령왕이라 해도 결국은 하나의 생명체에 불과하지. 신도 그렇고 인간도 그렇고 결국은 모두 불완전한 존재인데 정령왕이라 해서 다를 건 없겠지.'

그들 역시 왕좌에 오른 존재들이지만 분명 감정을 가지고 있는 자들이었으니까.

쿠그그그그그……

그때 마치 시간을 빠르게 감는 것처럼 맑았던 하늘이 급격하게 어두워지고 보이지 않았던 구름이 먹구름이 되어 카릴을 가렸다.

"……무슨 일이지?"

[예전에 정령계가 소실되어 간다고 말했었지. 지금 이곳은 신화 시대 이후로 계속해서 힘을 잃어감에 불안정한 차원이 되어버렸다.]

라미느는 주위를 훑으며 말했다.

콰강! 콰강!!

천둥소리가 요란하게 들렸고 어두웠던 하늘은 이제 다시 붉게 변했고 먹구름과 함께 쏟아지던 비가 이제는 눈으로 바뀌어 을씨년스러워졌다.

[그 불안정이 더욱 심해진 것 같군…….]

"너희들이 봉인에 풀렸는데도 어째서 정령계는 돌아오지 않는 거지?"

[안타까운 사실이지만 우리의 봉인과 정령계는 무관한 일이

되어버렸어. 이 세계가 이미 율라의 지배 아래에 놓였기 때문이니까.]

에테랄 역시 자신들의 차원이 무너져 내리는 모습을 보며 조금 전의 기쁨은 온데간데없이 사라진 듯 보였다.

[그렇다고 완전히 책임이 없는 것은 아니지. 나쁜 쪽으로 말이야. 정령왕들의 부재는 곧 율라의 영향력이 커지는 것을 의미하니 이 세계의 붕괴를 가속화시키고 있는 것은 우리의 책임이겠지.]

"흐음……."

[율라는 정령계를 소멸시키고 싶어 하니까.]

카릴은 고개를 끄덕였다.

"그렇군. 한데 직접적으로 영향력을 끼칠 수 있다면 왜 녀석은 인간계는 번거롭게 신탁이라는 행위를 이용하는 거지?"

[정령계와 인간계는 다르다. 율라는 정령을 소멸의 대상으로 보지만 인간은 그렇게 생각하지 않는다. 정령은 신과 함께 균열에서 태어난 존재이지만 인간은 신이 만든 존재니까. 자신의 피조물이기에 그런 것이겠지.]

하지만 라미느의 말에도 불구하고 카릴은 오히려 차갑게 웃었다.

"피조물에 대한 사랑? 자신들의 놀이판쯤으로 생각하겠지. 장난감을 모두 부숴 버리면 가지고 놀 것이 없을 테니까."

카릴은 천천히 걸음을 옮겼다.

[글쎄. 그게 사랑이든 유희든 적어도 율라는 인간계를 자신의 손으로 직접 부수려 하지 않아. 카릴, 너는 모를 것이다. 신령대전의 패배 이후 그녀가 정령계에 강림했을 때의 끔찍한 광경을…….]

라미느의 말에 다른 정령왕들의 낯빛이 어두워졌다.

"보지는 못했지만 이 세계의 풍경만으로도 어느 정도는 예상이 가는걸."

마치 환상처럼 처음 정령계에 도착했을 때의 따스함은 온데간데없이 사라지고 폐허처럼 변한 풍경은 치열했던 싸움의 증거였다.

"이게 신과 싸움의 결과인 건가……."

[우리의 세계를 이렇게 만들 순 없지.]

"물론이야. 그런데……."

카릴은 알른 자비우스의 말에 고개를 끄덕이더니 앞을 바라봤다.

"인간계와 달리 이곳은 율라가 직접 파괴했다고 한 말이 정말이긴 한가 보군. 저기 보이는 '저것'이 정령계에 사는 존재는 아닌 것 같으니까."

그 순간 정령왕들이 카릴의 말에 황급히 고개를 돌렸다.

쿠그그그그…….

카릴이 가리킨 방향엔 무너진 바위의 잔해들이 있었고 그 위에 한 여인이 서 있었다.

[유…… 율라?]

라미느는 믿을 수 없다는 얼굴로 여인을 바라보며 말했다.

투둑…… 푸스스스…….

마치 그의 말에 대답하기라도 하는 듯 그녀의 발아래에 있는 잔해들이 부스러졌다.

[어째서 저자가…….]

[설마…….]

"드디어 만나게 되는군."

그녀는 기다리느라 지쳤다는 듯 신경질적인 발길질로 바위들을 툭툭 두들겼다.

"나는 딱히 만나고 싶은 생각이 없었는데. 한발 늦은 모양이로군, 정령계의 문이 열린 것을 알고 날 기다렸나?"

카릴은 부서진 잔해들을 보며 굳은 얼굴로 말했다. 그녀가 서 있는 바위에서 막툰의 기운이 느껴졌기 때문이었다.

"그리 경계할 필요 없다."

그녀는 가볍게 손을 털고서 카릴을 향해 웃었다.

"그래, 카릴 맥거번. 네 말대로 나는 네가 이곳에 오기를 기다렸다. 이곳이 아니면 우리가 함께 조우할 수 있는 공간이 없으니…… 신에게 반역을 저지르려는 가련한 인간을 보고 싶었거든."

"헛소리."

"처음 만났을 때도 그러하고 너란 인간은 참으로 흥미롭구나. 내게 이렇게까지 적대감을 품는 자는 처음이거든."

"차원 하나를 붕괴시킨 녀석이 뭐가 그리 당당하다고 선량한 얼굴을 하고 있지?"

카릴은 자신도 모르게 한쪽 손이 허리에 있는 검을 쥐고 있다는 것을 깨달았다. 아무렇지 않은 척하지만 눈앞에 있는 존재는 신이었다. 율라와의 조우를 기다리기는 했었지만 이런 식으로 생각지 못하게 일어날 줄은 몰랐다.

[그래?]

그 순간, 율라의 목소리가 머릿속에 울렸다.

[그럼 이렇게 해야 네가 바라는 신의 모습인가?]

숨이 조여오는 기분이었다.

[카릴!!]

그 순간 라미느가 자신의 힘을 폭발시키며 뜨거운 화염을 뿜어냈다. 동시에 라시스와 두아트가 빛과 어둠의 힘으로 그를 보호했고 에테랄과 사미아드는 그녀를 향해 얼음 기둥과 바람 칼날을 쏟아냈다.

쾅! 콰아아앙!! 콰가가가가가강……!!

요란한 폭음소리와 함께 율라의 주변에 정령왕들의 기운이 강렬하게 퍼졌다.

"수천 년이 지나도 너희들은 변한 것이 없구나."

하지만 그들을 바라보며 율라의 표정은 평온했다. 강렬하게 쏟아지는 그들의 기세와 달리 그녀는 마치 산들바람을 맞이한 것처럼 가볍게 머리카락이 흔들릴 뿐이었다.

"여전히 나에게 반기를 들려 하는 불손한 놈들. 내가 너희들의 봉인이 풀린 것을 알면서도 왜 그냥 두었을지 생각이나 해 보았는가?"

[큭…….]

[으윽……!!]

그녀의 목소리가 한 번씩 울릴 때마다 정령왕의 몸이 심하게 흔들렸다.

"모른 척해준 것일 뿐이다. 그러니 인사치레는 여기까지다. 더 이상 나의 심기를 건드린다면 너희들도 이 꼴로 만들 테니……."

그녀는 품 안에서 작은 바위 조각 하나를 꺼내어 손바닥 위에 펼쳤다.

"대화에 끼어들지 마라."

단 한마디에 불과했으나 그녀에게서 느껴지는 위압감은 이루 말할 수 없었다.

"나는 너와 대화를 나누고 싶을 뿐이니라. 카릴. 게다가 원하는 대답을 준다면…… 네게 줄 수도 있다."

그녀는 바윗덩이 하나를 보였다.

"막튠의 심장이다. 아직 거암군주는 죽지 아니하였으니 그의 힘을 네 것으로 만들 수 있다."

율라는 온화한 미소를 지으며 그에게 말했다.

그 순간.

차앙-!!

카릴은 대답 대신 그녀를 향해 검을 뽑았다.

"풋……."

율라의 입가에서 웃음이 터져 나왔다. 그녀는 찬찬히 눈을 감고서 가볍게 고개를 저었다.

지이이잉…….

카릴의 검과 그녀의 뺨이 종이 한 장 차이를 두고 서로 멈춰 있었다. 이대로 신의 목을 벨 수 있으면 좋으련만 더 이상 검이 나가지 않았다.

"토스카의 마법서로구나. 정말…… 천운이라 할지라도 나의 시야 아래에 있을진대 너는 나의 예상을 뛰어넘는구나. 정령왕도 모자라서 황금룡의 마법 그리고 블레이더의 핏줄을 가졌으며 백금룡과 염룡의 심장마저……?"

율라는 천천히 고개를 돌려 카릴을 바라봤다.

"정말로 이 모든 것이 운이라는 말로 설명할 수 있을까?"

콰아아앙--!!

그녀가 가볍게 손을 젓자 카릴의 몸이 뒤로 튕겨 나갔다.

"나는 대화를 나누고 싶다고 네게 얘기했을 텐데. 한데 섣부르구나. 나를 보자마자 검을 뽑다니 말이야."

"대화? 내가 네놈의 말 따위를 들을 것 같으냐!!"

"너 역시 저들과 같은 실수를 반복하려고 하느냐."

그녀는 안타깝다는 듯 카릴을 바라봤다.

"너희들이 그러지 않았느냐. 완벽하게 설계가 되지 않는 이상 쉽사리 복수의 칼날을 뽑지 않겠다고 말이야."

퍼엉--!! 콰가강-!!

율라가 손가락을 튕기자 카릴의 몸이 활자로 꺾이고 그 순간 검은 연기가 빠져나가며 흩어졌다.

[큭……?!]

연기가 뭉치더니 알른 자비우스의 모습으로 변하였다. 그는 고통에 찬 탄식과 함께 가슴을 움켜잡으며 바닥에 쓰러졌다.

"신화 시대의 대마도사마저 너를 도우니 카릴, 참으로 나와의 싸움에서 기대해 봄 직하겠구나. 안 그러느냐?"

율라는 모든 것을 알고 있었다. 카릴이 백금룡을 상대하기 위해 준비했던 당시 알른과 나누었던 대화까지도.

하지만 그녀의 태도에서 카릴을 자신을 위협하는 적이라 생각지 아니함을 알 수 있었다.

그건 당연한 일이었다. 제아무리 대단하다 하더라도 결국 신의 눈에는 한낱 피조물에 불과할 테니까.

"……."

카릴은 지금까지와 달리 그녀의 말에 아무런 반박도 하지 않았다.

"처음에는 그 누구도 관심을 가지지 않았다. 하지만 시간이 흐를수록 너를 지켜보는 신들이 생겼고 네가 신탁을 거절하고 네피림을 죽였을 때 몇몇 신들은 네게 관심을 보이기 시작했다."

저벅- 저벅- 저벅-

그녀는 가벼운 발걸음으로 카릴의 앞으로 걸어 왔다.

"그런데…… 왜 그런 일이 나의 차원에서 일어나는 거지? 한 번도 아니라 두 번이나 말이야."

"네가 세계를 뭣같이 다루나 보지."

퉷-!!

카릴은 으르렁거리듯 내뱉으며 그녀의 얼굴에 침을 뱉었다. 놀랍게도 혼신의 일격을 가했던 그의 검은 닿지 않았었는데, 그가 뱉은 침이 정확히 율라의 뺨을 타고 흘러내렸다.

"……."

그녀는 화를 간신히 누그러뜨리는 듯 잠시 눈을 감았다가 뜨며 흐르는 침을 손등으로 닦아냈다.

"그래, 네 말대로구나. 신들은 비웃었지. 어찌 피조물이 자신의 주인에게 반기를 들 수 있느냐고 말이지. 하지만 신탁 전쟁이 일어난 이유가 무엇인지 아느냐. 어째서 파렐이 대륙에 생겨난 것인지 말이야."

당장에라도 베일 듯한 날카로운 살기가 그녀에게서 흘러나왔지만 그녀의 목소리는 여전히 차분했다.

"신좌의 주인이 사라졌기 때문이다. 솔직히 이 몸도 몰랐다. 로드라 불리는 신들의 왕, 세크무트의 파렐이 이곳에 있을 줄이야. 그의 자리가 공석이 되고 난 이후 차원의 신들은 그 자리를 두고 승부를 보기로 하였다."

촤르르르륵……!! 촤자작……!

그녀가 손을 뻗자 허공에 파렐의 모습이 나타났다. 그리고 다시 한번 손을 젓자 파렐이 세로로 갈라지며 그 안에 하나하나의 조각들이 나뉘었다.

"차원은 지금 네가 보는 파렐과도 같다. 각각의 층이 나뉘어 있으며 각각의 층을 관리하는 신들이 존재한다. 그리고 그 최상층의 신이 바로 세크무트. 하지만 어찌된 일인지 그가 소멸되고 공석이 되었지."

율라가 손가락을 까닥거리자 마법으로 만들어진 파렐의 층 중 하나가 조각처럼 뽑혀 나와 그들의 앞에 펼쳐졌다. 층의 형태는 확장이 되어 마치 지도를 펼친 것처럼 늘어졌다. 카릴의 눈에 낯익은 지형이 만들어졌다.

"하필이면 세크무트의 파렐이 나의 차원에 존재하는 바람에 나의 차원이 신의 전장이 되었다."

"그게 파렐이 나타난 이유라는 말인가?"

"타락이란 차원 외의 존재이고 파렐이란 신의 구조물이라 할 수 있지. 차원의 축소판과 같은 것이기에 그 안에는 다른 차원의 신들의 피조물이 들어 있지. 놈들은 장기말과 같아."

"장기말?"

율라는 카릴의 되물음에 가볍게 웃었다.

"자신의 신을 대신하는 투기장의 전사와 같은 것이지. 그곳에서 쏟아지는 마물 중 나의 차원을 정복하는 자가 있다면 그 순간 그 타락의 주인이 신좌의 자리를 얻게 되겠지."

카릴의 눈이 살짝 굳어졌다.

"타락을 막으라 했던 신탁이 내려진 이유는 바로 그 때문이다. 단순히 너희의 멸망만이 끝이 아니야. 내 세계가 무너지면 나 역시 차원을 잃게 된다."

그녀의 한쪽 입꼬리가 올라갔는데 어쩐지 씁쓸한 표정이었다. 그 표정이 너무나도 인간을 닮아 카릴은 오히려 위화감이 느껴졌다.

"그래서…… 네피림을 통해 너희들의 전력을 보강시켜 주고자 했던 것이지."

"도움? 우리를 도구로 쓰려고 했던 것이겠지."

"너희들의 입장에선 그렇게 느껴질 수도 있겠지만 내게는 인간이나 네피림이나 똑같은 피조물에 불과하다. 하나 내 실수를 인정하지. 신들은 자신의 피조물도 다루지 못한다고 나를 비웃었지만 나는 오히려 네게서 가능성을 발견했거든. 파렐 속의 허접한 놈들과 다른 진짜 나를 신으로 이끌어줄 확실한 승리의 말을."

율라는 카릴을 가리켰다.

"바로 너. 너라면 파렐을 무너뜨릴 수 있을 것이다."

그녀는 만족스러운 듯 충만한 표정으로 그에게 말했다.

"재해를 막거라. 그리고 파렐을 무너뜨리거라. 그들이 모두 실패하고 살아남게 된다면 결국 나의 세계가 가장 강하다는 것을 증명하는 것일 터."

"개소리 작작해."

카릴은 그녀의 말에 참아왔던 분노를 싸늘한 말로 되갚아 주었다.

"결국 내가 살고 있는 이 땅이 네놈들의 장기판이고 내가 널 대신해 싸우라는 말이잖아! 나는 널 위해 싸우는 것이 아니라 너의 목을 베기 위함이다!!"

그의 일갈에도 불구하고 율라의 얼굴은 평온했다. 오히려 눈빛에는 쓸쓸하고 애잔한 감정이 엿보일 정도였으니 모르는 이가 본다면 검을 쥔 카릴이 악역처럼 보였다.

"놀이가 아니다. 이 역시 하나의 전쟁. 그것도 고작 인간인 네가 상상도 할 수 없는 거대한 싸움이다."

"그럼 네들이 직접 해."

으르렁거리는 카릴의 말에도 불구하고 오히려 율라는 천천히 카릴에게 다가와 그의 어깨에 가볍게 손을 얹었다.

"네가 적대감을 가지든 아니든 그건 중요한 것이 아니다. 결국 너는 네가 살기 위해 파렐을 무너뜨려야 할 테니까."

그녀는 쥐고 있던 막툰의 심장을 카릴의 손에 얹어주었다.

"오히려 난 널 도와주기 위해 온 것뿐이다. 거암군주는 답답한 친구니까. 정령의 힘을 얻는 것은 꼭 계약만이 방법은 아니거든."

"……뭐?"

"심장을 부수면 그 힘이 고스란히 네게 스며들 것이다. 정령력을 증폭시키는 방법은 사실 계약보다 흡수하는 것이 더 확실한 방법이지."

그녀는 카릴의 주위에 있는 다른 정령왕들도 훑으면서 말했다.

"저놈들도 마찬가지야. 그냥 소멸시켜 버리는 게 나을 거다. 거추장스러운 쓰레기들이 모여봤자 아무런 소용없다. 강자는 오직 하나면 된다. 나는 너를 인정하고 있으니."

율라의 입술이 그의 귓불에 살짝 닿았다. 달콤한 목소리가 마치 유혹처럼 들렸다.

"정말로 나와 싸우고자 한다면 나는 네 검을 받아주겠다. 하지만 너 혼자서 싸우는 것이 오히려 승산이 있는 일일지 몰라."

[큭……!!]

[율라……!!]

[……닥쳐라!!]

정령왕들은 분노했지만 어느 하나 그녀에게 싸움을 걸지는 못했다. 이미 겪었던 패배의 기억이 그들의 뇌리에 강하게 박혀 있었기 때문일지도 모른다.

꽈드득--!!

율라는 카릴이 쥐고 있는 폴세티아의 검날을 움켜잡았다. 토스카의 마력이 담긴 검날이 타들어 가듯 시커먼 연기를 내뿜었지만 그녀는 개의치 않은 듯 담담한 얼굴로 말했다.

"네 팔 안에 숨어 있는 푸른 뱀도 믿지 마라. 녀석이 할 수 있는 것이라곤 세 치 혀를 놀리는 것과 네 몸을 탐하려는 것 뿐이니까. 마스터 키(Master Key)가 특별한 것처럼 보이지? 그걸 가지고 있는 블레이더가 왜 내게 패했는지…… 결과만 봐도 놈들이 얼마나 무능력한 것인지 알겠지."

"말이 많군. 다른 신들도 그런가? 아니면 무능한 신이라 입만 놀리는 건가."

"쿠쿡…… 세 치 혀를 놀리는 건 네가 더 잘하는 듯싶은데."

"꺼져."

그녀는 당돌하게 대답하는 카릴을 보며 오히려 마치 애완견을 다루는 것처럼 그의 턱을 가볍게 쓸었다.

"네가 무엇을 생각하든 나는 상관하지 않는다. 하나 파렐만큼은 네가 무너뜨려야 한다. 너의 적개심이 나를 위로 올려줄 것이니까."

"어차피 선택은 하나뿐이겠지. 파렐을 공략하지 않아도 타락들로 대륙이 파괴되는 상황이니까."

카릴은 이글거리는 눈빛으로 말했다.

"파렐은 부순다."

"그래. 다른 멍청이들과는 다르구나."

율라는 그에게 막튼의 심장을 건네며 말했다.

"나를 위해 발버둥 치거라. 다음에 만났을 때 너는 내게 승리와 함께 네 심장을 바치게 될 테니까."

쏴아아아악--!!

그녀의 주위에서 바람이 일었다. 조금 전까지 붉게 변했던 하늘이 다시금 원래의 색으로 돌아오자 카릴은 그제야 참았던 한숨을 토해냈다.

툭- 툭-

"어땠어."

흙먼지를 털어내며 그는 담담한 목소리로 말했다.

[조금 과했다. 보는 내가 조마조마했으니까. 지금까지 보여 준 네 모습이라면 좀 더 냉정했어야 하지 않아? 처음부터 들이받다니.]

"뭐, 적당히 본심이기도 했으니까."

[완전히 속였는지는 잘 모르겠지만…… 적어도 계획대로 맞아떨어지고 있군.]

놀랍게도 율라가 사라지고 난 뒤 두 사람의 대화는 심상치 않았다. 오히려 이 조우를 예상하기 하기라도 한 것 같은 모습이었다. 아니, 오히려 얼굴은 확신에 차 있었다.

[빌어먹을…… 카릴, 네가 참고 있으라 해서 입 닥치고 있었지만 뭐? 세 치 혀를 놀리는 것밖에 못 해? 다음에는 네놈의 목을 찢어발겨 줄 테다.]

마엘이 혓바닥을 내밀며 몸을 부르르 떨었다.

카릴은 그의 모습에 피식 웃었다.

"생각했던 것 이상으로 많은 것을 알게 되었어. 율라는 스스로 내가 궁금했던 의문들의 해답을 나불거렸을 것이라고 생각 못 하겠지."

[그래, 파렐이 정말로 신좌를 결정하는 전쟁일 줄이야…….

그녀는 아무래도 네가 디멘션 스파이럴을 가지고 있음을 모르는 것 같다.]

"그래. 그걸 알고 싶었지. 그리고 이제 확실해졌어. 신이 절대적이지 않다는 것 말이야. 율라는 나를 만나고 싶었다면 이전에도 기회는 있었어. 인간계가 신들의 전장으로 사용되야 하기에 강림할 수 없다 하더라도 마계가 있었으니까."

[그것은 자신이 만든 차원임에도 불구하고 정령계 이외에 다른 계(界)에 영향력을 끼치지 못한다는 뜻일 테고.]

"그렇기에 카이에 에시르가 마계에 숨긴 것일 테지."

카릴은 눈을 빛냈다.

"율라의 영향력이 미치지 못하는 곳이 존재한다는 것은 정말 큰 수확이야. 틈은 분명 존재한다. 우리는 그걸 노린다."

[계획대로.]

그는 율라가 사라진 상공을 바라보며 이글거리는 눈빛으로 자신의 말을 대신했다.

'뭘 모르는 건 너지. 너를 위해 파렐을 공략하는 게 아냐. 파렐이 끝나는 순간 너야말로 끝이다.'

꽈악-

카릴은 바위 심장을 움켜잡으며 다짐했다.

"이봐, 저 소리를 듣고도 가만히 있을 거야? 너는 정령계로 도망친 오명을 받고 있지만 청귀 칼두안의 건틀렛에 네 힘을 남겨둔 것은 싸우고자 하는 의지마저 포기한 것은 아니라는 거잖아, 안 그래? 거암군주."

그의 손바닥에 놓여 있는 심장이 가볍게 떨렸다.

"내가 앞으로 무엇을 할지 궁금하면 무슨 짓을 해서든 회복해서 돌아와라. 직접 보러 와. 정령계와 연결된 차원문을 열어둘테니 그때는 싸우고자 하는 의지도 함께 챙겨 와야 할 것이다."

카릴은 부서진 잔해들 위에 심장을 내려놓으며 말했다.

"아직 내 계획은 시작도 하지 않았어."

스캉-!!

날카로운 검날의 파공음이 터져 나왔다. 쓰러지는 몬스터들의 숫자가 네 자릿수가 넘어가고 난 이후부터 가벼운 유희조차 불필요함에 카릴은 베고 찌르는 행위에만 집중했다.

"우리가 이곳에 온 지 얼마나 되었지?"

[이제 막 일주일이 넘었겠구나.]

"곧 세 번째 타락이 올 때가 되어가는군⋯⋯."

카릴은 이제 이곳을 나갈 때가 다가오고 있음을 깨달았다.

쿠그그그그그⋯⋯ 쿠그그그⋯⋯.

정령계에서 돌아온 카릴은 사람들에게 알리지 않고 천년빙동의 파렐 속으로 들어왔다. 붉은 하늘과 번개가 내리치는 음산한 풍경을 오랜만에 보는 그는 감회가 새롭다는 기분보다 자신의 마지막 계획을 준비할 완벽한 장소라는 생각을 먼저 떠올렸다. 몇 층을 올라왔는지 세지도 않았다. 그는 율라를 만난 이후 그저 미친 듯이 파렐 속의 마물들을 죽이기 시작했다.

[이런 말을 해도 될지 모르겠지만 이곳에 있는 마물들로는 네 성장을 기대할 수 없을 듯싶은데…… 솔직히 전생에서 검 하나만으로 이곳을 공략한 너잖느냐.]

"맞아."

[차라리 다음 재해를 준비하는 것이 더 나을 듯싶은데. 실력을 보강하기 위함이 아니라면…… 생각을 정리하기 위함이겠지.]

스릉-

카릴은 알른의 말에 휘두르던 검을 멈추었다. 하지만 그의 얼굴을 본 순간 알아차렸다는 듯 알른은 고개를 끄덕였다.

[고민하고 있는 모양이로군.]

"뭘?"

[너는 최선을 다했다. 신에게 도전하기 위해서 할 수 있는 모든 일을 다 했다고 봐도 과언이 아니다. 무조건적인 성공을 약속받는 싸움이 아니란 걸 너도 알잖느냐. 우리가 널 믿는 것 역시 승리가 아닌 너 그 자체임도.]

알른은 카릴의 어깨를 가볍게 두들겼다.

[그러나 막상 율라를 만나게 되니 두려운 거겠지. 당연한 일이야. 그녀는 절대무결의 존재니까. 하지만 네가 말하지 않았느냐.

너를 믿어야지 승리를 보장된 방법을 믿는 게 아니라고. 뭐……그래도 뭣하면 카이에 에시르가 남긴 일기장이라도 보던지.]

그는 놀리듯 말했다. 하지만 카릴은 생각처럼 쉽게 웃지 못했다.

[율라. 확실히 신이긴 신이로군. 강철 같은 네 의지를 흔드는 유혹을 내밀다니 말이야.]

그때였다.

[고민할 필요 없다. 하나 만약 그러한 순간이 온다면 나를 가장 먼저 써라.]

라미느가 모습을 드러내며 카릴에게 말했다.

[정령의 흡수. 율라의 말이 틀린 것은 아니다. 정령의 계약은 결국 우리의 힘을 빌려 쓰는 것이니 확실히 온전한 힘을 쓸 수는 없다.]

"그럼 너는?"

[정령도 결국은 세계의 구성 요소 중 하나일 뿐이다. 무로 돌아가는 것이 아니라 원래 자리로 돌아가는 것일 뿐.]

카릴은 라미느의 말에 쓴웃음을 지었다. 율라를 마주한 순간 카릴은 말하진 않았지만 그녀의 강함이 본능적인 두려움으로 느껴졌음을 부정할 수 없었다.

"라미느. 말은 고맙지만 한 가지 잊은 모양인데. 이 전쟁의 주인공은 네가 아니라 나다. 너희들의 전쟁은 이미 신화 시대에 끝났어. 그러니 너는 그저 나를 보좌할 뿐. 승패의 모든 책임은 내가 짊어져야 한다."

[녀석…….]

카릴의 말에 라미느는 떨리는 목소리로 말했다. 정령이란 존재가 감정에 치우칠 리 없지만 어쩐지 카릴의 말에 그의 불꽃이 흔들렸다.

[아무래도 인간과 계약을 한 지 너무 오래되었나 보군……. 인간의 감정에 동화되다니 말이야.]

[동화가 아니야. 신을 죽이기 위한 소망은 우리도 못지않다.]

[정령의 힘이야말로 신과 대적할 수 있는 유일한 방법이라는 것을 너도 알지 않느냐. 그 힘이 부족하다면 더욱 보강할 수 있는 방법을 찾아야지.]

[그러기 위해 2대 광야의 힘을 얻은 것일 테고 말이야. 카릴, 우리의 봉인을 풀어준 것만으로도 너는 우리의 생사 결정권을 가진 것과 다름없다. 우리 역시 율라의 최후를 목도 하고 싶지만…… 두 번 다시 실패의 경험을 느끼고 싶지 않다.]

그의 말에 기다렸다는 듯 정령왕들은 카릴을 두둔했다.

"너희들도 라미느처럼 감정에 동화되었나? 정령왕이란 존재들이 자신의 목숨을 너무 가벼이 대하는 것 아니야?"

하지만 그런 그들을 보며 카릴은 피식 웃었다.

"너희들을 죽이지 않아."

그 순간 카릴은 고개를 저었다.

"하지만 놈은 죽인다."

스아아아아아악--!!

손바닥 위에 하나의 작은 조각이 떠올랐다.

"고민이라……. 그래, 알른의 말대로 고민을 했다. 그리고 생각을 정리하기 위해서 파렐 안으로 들어왔지. 내가 겁을 먹은 모습을 보여 봤자 율라가 속지 않을 테니까. 오히려 고민하는 모습을 보임으로써 녀석이 내가 흔들리고 있는 것처럼 생각하게 해야 해."

[흠……?]

알른이 무슨 말이냐는 듯 고개를 갸웃거렸다.

"파렐은 율라의 영향력이 닿지 않는 곳이다. 그렇지 않다면 나의 시간 회귀를 율라가 알아차렸어야 해. 하지만 그렇지 않았지. 게다가 율라와의 대화에서 최상위 신인 신좌의 주인, 로드(Lord)의 죽음에 대해 처음에는 그녀 역시 알지 못했다는 것을 알 수 있었다."

디멘션 스파이럴 주위에 날카로운 바람이 용솟음쳤고 카릴은 그것을 꽉 움켜잡았다.

"뿐만이 아니야. 놈은 다른 차원의 파렐의 존재를 몰랐어. 그 말은 이 파편의 존재 역시 알지 못한다고 봐야겠지. 안 그랬다면 정령계에서 만나자마자 날 죽이려 했겠지."

카릴은 그의 손바닥 위에 나타난 조각을 향해 말했다.

신의 파편, 디멘션 스파이럴(Dimension Spiral).

[으흠…….]

"모든 것을 종합해 봤을 때 신이라고 해서 전능한 것은 아니다. 힘의 우위는 분명히 존재해. 그렇다면 로드의 죽음, 그리고 또 하나의 파렐…… 차원력(次元力)이라 불리는 신의 힘이 담긴 이 파편은 율라를 포함하여 각각의 신들이 가진 원천임이 분명해. 그렇다면 내가 가진 이 파편이야말로 신좌의 최고위인 로드(Lord), 세크무트의 것일 테지."

그의 말에 모두가 조각을 바라봤다.

[가장 강한 신의 조각이라…….]

"그래, 나는 이 신의 힘이 나를 그녀와 동등하게 싸울 수 있는 힘을 가질 수 있는 방법이라 생각한다."

[하지만 그걸로 과연 괜찮을까? 같은 힘이라 하더라도 누가 쓰냐에 따라 달라진다. 차원력 역시 마찬가지야. 인간의 육체로 과연…… 신을 압도할 수 있을까?]

[신의 힘을 쓰기 전에 네 생명이 고갈될 것이다. 그렇기 때문에 우리의 힘이…… 아니, 우리의 생명이 필요한 것이다. 우리의 목숨을 대가로 너는 차원력을 써 신과 싸워야 한다.]

라미느의 말에 카릴은 고개를 저었다.

"아니. 나는 반대로 생각해. 율라가 어째서 정령의 흡수에 대해서 내게 알려줬을까? 녀석이 정말로 내게 조금이나마 승산이 높은 방법을 알려주고자 한 것일까? 자신을 죽이려는 내게 말이야."

[힘을 합해도…… 이길 자신이 있다는 말인가?]

"혹은 정령왕들의 존재가 오히려 녀석에게 껄끄러운 것일지도 모르지."

[하지만 그건 단순히 네 예상일 뿐이잖느냐.]

알른의 말에 카릴은 어깨를 가볍게 으쓱했다.

"그래. 그저 예측일 뿐이지. 하지만 어떤 것도 정답이라 할 수 없어 그렇기에 나는 너희들을 희생시키지 않고 신의 힘을 쓸 방법을 찾고자 이곳에 온 것이다.]

[정령의 합성보다…… 더 강해질 수 있는 방법이 있다는 말이더냐.]

"그래. 만약 내가 너희들을 온전히 두고도 디멘션 스파이럴을 신과 대등하게 쓸 수 있다면…… 오히려 살아 있는 너희들의 존재가 율라에겐 더 걸림돌이 될 수 있겠지."

[하지만 어떻게……?]

카릴은 라미느의 물음에 옅은 미소를 지었다.

"마엘."

그의 부름에 푸른 뱀이 나타나 똬리를 틀며 날카로운 혓바닥을 내밀었다.

[디멘션 스파이럴은 신의 파편이다. 간단해. 온전한 차원력을 쓰기 위해서는 신의 자격을 얻어야 한다.]

[신의 자격이라면…….]

라미느가 그 말에 불안한 듯 읊조렸다.

"마엘을 처음 만났을 때 녀석은 내게 블레이더에 대하여 얘기했었다. 신살자(神殺者) 이전에 그들은 사실 신을 수호하는 자들이었다고."

카릴이 마엘에게 시선을 주었다.

[맞아. 블레이더는 신을 수호하기 위해 태어난 존재이며 마스터 키는 그들의 무구다. 하지만 모든 마스터 키가 특별한 것은 아니다. 불변의 자리라 불리는 오직 두 자리만이 특별하다. 그 자리에 오른 자만이 신의 후보가 되어 신에게 도전할 수 있다.]

마엘의 모습이 바뀌었다. 뱀의 형상이 사라지고 눈매가 초승달처럼 변하며 긴 머리카락을 가진 미남자였다.

[그걸 잊지 않고 떠올리다니…… 기억력도 좋군.]

"그 정도로 놀라면 안 되지. 그때도 그 모습으로 내게 이런 말도 했었지."

카릴의 말에 마엘은 피식 웃었다.

"두 자리라면 다른 한 명은 어딨지?"

[크, 크큭……!! 맞아. 그때 내게 분명 이렇게 물었지. 신에게 대적할 수 있는 두 자리 중 하나가 나라면 나머지 하나는 공석이냐고 말이야. 건방지게도 그 자리마저 네가 가지겠다 했지.]

마엘은 천천히 손을 들어 그의 가슴 한편을 가리켰다. 두 사람의 대화가 이어질수록 남은 존재들은 무슨 이유로 과거의 일을 끄집어낸 것인지 어리둥절한 표정이었다.

[그런데 이미 가졌군.]

우우우웅……!

그의 말에 대답이라도 하는 듯 광풍이 봉인되어 있었던 카릴의 목걸이가 빛나기 시작했다.

[라이칸스로프의 의지…….]

라미느가 나지막한 탄성과 함께 그의 목걸이를 바라봤다.

"그래. 이게 내가 생각한 계획이다."

[솔직히 나도 놀랍다. 내가 무구의 존재에 대해서 처음 말했을 때 정령왕들은 대전사의 시험에 눈이 팔려 그냥 넘어갔지. 그런데 정작 싸움을 치르던 카릴은 그 와중에도 저것을 어떻게 쓸지 이미 계획을 해둔 모양이야.]

마엘은 폭염왕의 반응이 재밌다는 듯 히죽 웃으면서 말했다.

[과거 신화 시대 때만 하더라도 신에게 도전하기 위한 자격을 얻기 위해서도 치열한 싸움이 있었다. 그런데 너는 이미 그 둘의 자격을 모두 얻었으니 이미 신의 자격을 얻었다 해도 과언이 아니겠지.]

[설마…….]

알른 자비우스는 그제야 카릴이 무엇을 생각하는지 눈치챈 듯 자신도 모르게 헛웃음을 터뜨리고 말았다.

[우리 열다섯 번째 마스터 키(Master Key)는 결코 서로 공존할 수 없는 존재다. 그런데 그걸 둘씩이나 갖겠다는 앙큼한 계획을 하고 있으니 그야말로 신도 까무러칠 노릇이지.]

마엘은 카릴의 목에 걸린 라이칸스로프의 의지를 가볍게 들어 올렸다.

[녀석은 무식하지만 어쨌든 다른 열다섯 번째 마스터 키를 물리치고 불변의 자리 중 하나를 꿰찼던 놈이다. 쉽게 네게 무릎을 꿇지 않을지 모른다.]

"라미느, 네 생각엔 거암 군주가 정령계에서 회복하는 데 얼마나 걸릴까."

카릴은 오히려 마엘의 말에 대한 대답 대신 담담한 표정으로 물었다.

[글쎄…… 정말로 그가 싸우고자 하는 의지가 있다면 열흘이면 충분할 것이다. 심장이 파괴된 것이 아니고 비록 소실 되어 가기는 하지만 정령계가 인간계보다 훨씬 더 빠르게 회복할 수 있을 테니.]

카릴은 그의 말에 고개를 끄덕였다.

"남은 시간은 대충 삼 일 정도란 말이군. 며칠 더 이곳에 있어도 되겠어."

스르릉-

검을 뽑아 가볍게 마물의 시체를 베면서 그가 말했다.

"마엘. 난 너를 얻는 데 하루도 걸리지 않았어. 늑대가 뱀보다 강한가?"

[그럴 리가.]

마엘은 카릴이 하고자 하는 말이 무엇인지 단숨에 알았다는 듯 혀를 내밀며 웃었다.

"그럼 늑대의 머리를 조아리게 만드는 데엔 반나절이면 충분하겠지."

"흐음."

카릴은 천천히 눈을 떴다. 파렐 속에서 라이칸스로프의 의지를 발동시키자 처음 마엘의 봉인 상자를 열었을 때처럼 그의 눈앞에 의식의 공간이 펼쳐졌다.

하지만 마엘의 공간과는 사뭇 달랐다. 그가 봉인되어 있던 곳은 마치 차가운 냉기가 가득했던 곳이라면, 이곳은 반대로 열화와 같은 뜨거움이 있었다.

[크르르르…….]

낮은 으르렁거림이 들렸다. 시선을 집중하자 어둠 속에 붉은 균열이 나타났다. 균열은 순식간에 바닥을 가르기 시작했고 거미줄처럼 수십, 수백 개로 늘어나기 시작했다.

"마엘."

카릴은 눈앞에 검은 덩치의 괴물을 바라보며 자신의 팔을 들어 올렸다. 하지만 그의 부름에도 불구하고 나서기 좋아하는 푸른 뱀은 모습을 드러내지 않았다.

"알른?"

그뿐만이 아니었다. 영혼 계약을 맺은 알른 역시 사라졌고, 반대쪽 손을 들어 보이자 폭염왕의 증표인 아인 트리거도 손등에서 사라졌다.

"확실히 우리 둘뿐이군."

카릴은 눈앞에 웅크리고 있는 거대한 늑대를 바라보며 나지막하게 말했다.

"마엘과 달리 대화가 가능한 마스터 키는 아닌가? 흐음……그럼……."

그는 경계 하고 있는 라이칸스로프를 향해 말했다.

"어떻게 널 조련해야 할지 생각해 봐야겠군."

그 순간 거대한 늑대가 눈을 부릅뜨자 날카로운 송곳니가 어둠 속에서 번뜩였다.

[크아아아아아!!]

거대한 갈기를 가진 늑대가 카릴을 향해 뛰어올랐다. 녀석이 앞발을 휘갈기자 균열 속이 폭발하며 불꽃이 일었다. 파편들은 하나하나가 거의 카릴의 크기만큼이나 거대했고 마치 포탄을 쏘아 내는 것처럼 엄청난 속도로 그에게 떨어졌다. 하지만 카릴은 그걸 피하지 않고 폴세티아의 검을 내려치며 파편들을 조각냈다.

스캉-! 쿠우웅……!!

파편들은 바위 같은 것이 아닌 연기에 불과한 듯 검날에 닿는 순간 타들어 가는 것처럼 사라졌다.

'말도 안 되는 열기로군……. 라미느의 폭염과는 달라.'

카릴은 화끈거리는 뺨을 손등으로 문지르며 라이칸스로프

를 바라봤다. 폭염왕의 힘은 순수한 불꽃이라면 라이칸스로프가 만들어내는 열기는 마치 용암 같았다. 녀석의 날카로운 발톱이 허공을 가를 때마다 끈적끈적한 점성을 가진 녹아내린 불꽃이 카릴의 얼굴에 튀었다. 그 모습은 마치 지옥을 연상케 했다.

후우우웅!!

지진이 일어난 것처럼 바닥이 흔들렸다. 거대한 몸집에서 나오는 거라 생각이 들지 않을 정도로 엄청난 빠르기였지만 그렇다고 카릴이 쫓지 못할 수준은 아니었다.

"짐승을 조련하려면 일단 목줄을 채워야겠지."

어느새 카릴은 라이칸스로프의 공격을 피하며 녀석의 안쪽으로 파고들어 어깨를 밟고 서 있었다.

퍼억-!!

카릴이 폴세티아의 검 손잡이로 녀석의 목덜미를 있는 힘껏 후려쳤다.

[카악……!!]

녀석이 고통스러운 듯 비명을 지르며 엎어졌다. 하지만 의외라고 생각한 것은 오히려 공격을 한 카릴 본인이었다.

[크아아앙!!]

기절을 시킬 요량으로 있는 힘껏 때린 일격임에도 불구하고 녀석은 오히려 성을 내듯 이빨을 보이며 자신을 물기 위해 고개를 돌려 그대로 달려들었기 때문이었다.

"육체 능력만큼은 최강이라는 건가."

그야말로 본능에 충실한 야수의 모습을 하고 있는 녀석다운 강인함이었다.

쾅-!! 콰쾅--!! 콰가가가가가가가--!!

라이칸스로프가 거대한 입을 열자 그 안에서 뜨거운 마그마를 품은 불꽃이 뿜어져 나왔다. 카릴은 그 모습에 어이가 없다는 듯 헛웃음을 터뜨렸다.

"이건 늑대가 아니라 지옥개와 다름없군."

카릴은 사선으로 몸을 튕기며 아슬아슬하게 녀석의 불꽃을 피했다.

퍼억!

그 순간 녀석은 기다렸다는 듯 카릴의 정면으로 돌진했다. 둔탁한 소리와 함께 카릴의 몸이 튕겨 나갔고 옷에는 꺼지지 않는 진득한 불꽃이 여기저기 달라붙어 그의 몸을 무겁게 만들었다.

툭-! 툭-!!

카릴이 자신의 몸을 휘감은 불꽃을 털어내려고 하는 순간 라이칸스로프는 그 틈을 놓치지 않고 카릴을 향해 다시 한번 불꽃을 뱉어냈다.

쿠가가가가가가!!

카릴의 두 배는 될 것 같은 거대한 불꽃이었다. 그의 시야를 완전히 덮을 만큼 커서 피할 공간이 없었다.

"홉……."

카릴은 차분히 검을 고쳐 잡았다. 만환의 눈동자가 맹렬하게 휘몰아치는 불꽃의 중앙의 한 점을 포착했다.

스캉-!!

발검(拔劍)과 동시에 물이 흐르는 것처럼 고요하게 폴세티아의 검이 원을 그리며 라이칸스로프의 불꽃을 세로로 갈랐다.

쿠가가각! 콰아앙!!

카릴의 양옆으로 불꽃이 잘려 나가며 번졌다. 그는 불꽃이 온 방향 반대로 달렸다. 그러고는 어둠 속으로 검을 찔러 넣었다.

피슉……!!

검 끝에서 묵직한 살점이 박히는 느낌이 정확히 느껴졌다. 카릴은 그 감촉에 옅은 미소를 지었다.

"화염을 뱉어내고 뒤를 노린다. 너무 단순해. 결국 미물에 불과한 녀석인가? 그러니 네가 마엘에게 질 수밖에 없었던 거야. 마엘이 내게 말하더군. 늑대가 뱀을 이길 수 없다고 말이야."

[크아아아아……!!]

고막을 찢을 듯한 라이칸스로프의 포효가 카릴을 때렸다. 하지만 녀석의 외침을 뚫고 카릴의 검날이 오히려 공기를 베며 벌어진 입안으로 쑥 하고 찔러 들어갔다.

촤아아악……!!

녀석의 거대한 입천장을 뚫고 검이 튀어나오더니 그대로 검을 안쪽으로 잡아당기자 서걱! 하는 소리와 함께 검날이 턱을 베었다. 너덜너덜해진 턱의 살점과 핏물이 뚝뚝 떨어졌다. 녀석은 이번에야말로 고통을 참을 수 없는 듯 다리에 힘이 풀린 것처럼 비틀거렸다. 거대한 늑대의 육체가 뒤로 자빠지려고 했지만 카릴은 쉽사리 녀석을 눕게 만들지 않았다.

턱-

카릴은 라이칸스로프의 너덜거리는 턱을 움켜잡았다. 정신이 번쩍 들 만한 끔찍한 고통에 넘어지려 하던 녀석의 몸이 벌떡 앞으로 고꾸라졌다.

쾅!!

볼썽사납게 카릴의 앞으로 넘어진 녀석의 머리를 지그시 밟으며 카릴이 내려다보며 말했다.

"내가 강한 건가? 아니면 네가 약한 건가. 고작 이 정도로 신에게 도전할 자격이 주어진다고? 내가 파렐에서 베었던 타락들이 너보다 더 나을 것 같은데."

[크르르르……]

카릴이 검을 들어 어깨에 걸치며 말했다. 라이칸스로프는 드래곤을 우습게 뛰어넘을 정도로 강력한 힘을 가지고 있었지만 용의 심장을 두 개나 가지고 있는 카릴에게 녀석의 힘은 뭔가 아쉬움이 남았다.

[……빌어먹을 뱀 따위와 나를 비교하지 마라.]

"흐음?"

또렷한 음성으로 자신에게 말하는 라이칸스로프의 모습을 보며 카릴은 흥미로운 눈빛을 빛냈다.

우득……! 우드득……!!

네 발로 자세를 잡고 있던 녀석의 등뼈가 심하게 뒤틀리더니 근육이 움직이는 소리가 들렸다.

[크르르르……]

낮은 으르렁거림과 함께 녀석의 검은 털이 점차 비늘처럼 딱딱하게 변했고 털은 가시처럼 날카롭게 솟았다. 일순가 탄환처럼 뒤로 날아가듯 물러선 녀석은 천천히 척추를 위로 세우며 인간처럼 두 발로 서기 시작했다.

촤르륵-!!

녀석의 팔목에서 날카로운 황금색의 비늘이 돋아나더니 비늘이 서로 얽히고설키며 기다란 초승달 형태로 날카로운 검날이 팔꿈치까지 튀어나왔다. 워낙에 거대한 체구였던 라이칸스로프는 그 크기가 줄어들었다고는 하지만 여전히 카릴의 두 배에 가까웠다.

"그게 네 진짜 모습인가? 화린이 야수화가 되었을 때 단순히 인간이기 때문에 이족보행을 한 건 아니었나 보군. 하긴, 그래야 라이칸스로프라는 이름에 걸맞은 모습이지. 조금 전까지는 들판의 늑대만도 못한 수준이었거든."

[크르……]

하지만 인간처럼 두 발로 섰다고 하더라도 녀석의 입에서 흘러나오는 것은 여전히 으르렁거림뿐이었다. 조금 전 자신에게 분명 말을 했던 모습을 기억하고 있는 카릴이었지만 그는 할 수 없다는 듯 가볍게 어깨를 으쓱했다.

푸후……!!

라이칸스로프의 콧구멍에서 뿜어져 나오는 숨김이 뜨거운 열기를 내뿜었다.

한 걸음.

카릴은 녀석의 움직임을 살폈다.

두 걸음.

그 다음엔 녀석의 눈동자를 살폈다.

세 걸음.

파앗-!!

누가 먼저라고 할 것 없이 카릴과 라이칸스로프는 동시에 본능적으로 몸을 날렸다.

카가가가가각--!! 카강-!!

라이칸스로프의 팔등에서 튀어나온 칼날이 카릴의 폴세티아의 검과 부딪히는 순간 요란한 굉음이 터져 나왔다.

'잘리지 않았어?'

카릴은 자신의 공격을 막아낸 비늘을 보며 살짝 눈살을 찌푸렸다.

부웅-!!

하지만 고민할 겨를도 주지 않고 라이칸스로프는 바닥을 도약하며 다시 한번 오른팔을 그었다.

[크아아아아!!]

엄청난 속도로 공중에서 지그재그로 카릴의 주위를 빠르게 움직이며 녀석의 날카로운 비늘이 카릴의 검에 부딪힐 때마다 번쩍거리는 불꽃을 튕겨냈다.

퍼엉!!

녀석이 포효와 함께 양팔을 교차하듯 카릴의 목을 향해 긋자 공기가 터지는 듯한 풍압이 일었다. 미친 듯이 쏟아붓기 시작하는 녀석의 공격에 카릴은 검을 회수하며 물러섰다.

"이것 봐라?"

카릴은 검을 쥔 손에 땀이 맺혔음을 느꼈다. 라이칸스로프는 그가 자세를 다시 가다듬을 여유를 주지 않았다. 녀석의 몸이 뛰어올라 그의 머리 위에서 팔을 휘젓자 마치 단두대의 날처럼 부웅! 하는 무서운 굉음과 함께 카릴에게 떨어졌다.

"큽……!!"

카릴은 피할 수 없음을 알고 황급히 얼음 발톱을 꺼내어 두 자루의 검으로 라이칸스로프의 공격을 막았다.

콰즉--!!

그 순간 카릴은 육중한 무게가 실린 공격에 막아선 얼음 발톱의 날에 금이 가며 검날을 이루고 있는 얼음이 가루처럼 떨어졌다. 카릴은 황급히 비늘을 튕겨내며 쥐고 있던 얼음 발톱을 거침없이 바닥에 던졌다. 얼음 발톱은 뛰어난 무구였지만 마도 시대에 만들어진 것. 신화 시대의 괴물을 상대하기엔 확실히 버거운 듯 보였다. 만약 한 번 더 녀석의 공격을 막는다면 분명 검이 부러질 것이었다.

공격하지 않으면 당한다. 카릴은 오랜만에 이런 날 선 기분을 느껴 보는 것 같았다. 그것은 율라를 마주했을 때나 백금룡을 상대했을 때와는 다른 긴장감이었다.

마치…… 사람 대 사람 혹은 검술 대 검술로서 극의를 겨루는 기분이었다. 물론 짐승에 불과한 라이칸스로프의 공격을 검술이라 칭할 수 있을 리 만무했다.

"너. 꽤 재밌는걸."

하지만 오히려 야생의 숨결이 담긴 늑대의 공격 속에서 카릴은 그동안 느껴 보지 못했던 또 다른 극의를 떠올릴 수 있었다.

'식(式)에 구애받지 아니하여 예측할 수 없으며.'

카릴은 라이칸스로프의 움직임을 보며 지금까지 만났던 많은 소드 마스터와 그 어떤 타락들에게서조차 느끼지 못했던 경지를 깨닫게 되었다.

'법(法)에 순을 매기지 않아 노도와 같다.'

카릴은 옅게 웃었다.

"확실히 마스터 키(Master Key)로군."

즈앙--!!

카릴은 라크나를 뽑아 들었다. 그의 마력이 손잡이에 주입되자 얼음 발톱과는 다른 마력으로 만들어진 검날이 어둠 속에서 빛났다.

"너는 마엘과는 또 다른 의미로 내게 하나의 길을 개척할 수 있도록 해주었구나. 그러니……."

쾌아앙--!!

"이제 대가리 박아."

그 순간 날아오르듯 질주하며 카릴이 라이칸스로프의 머리
를 바닥으로 내려쳤다.

►Chapter 2◄

"하늘이 변하기 시작했습니다."

키누 무카리는 만환을 쓰지 않아도 될 만큼 정확한 그의 시야로 저 멀리 붉은 노을이 지는 것을 바라보며 나지막한 목소리로 말했다.

"주군께서 말씀하신 세 번째 재해가 올 징조겠군요."

"놈들을 막을 대비는 끝났습니다."

성벽 위에 서 있는 사람들은 저 멀리 핏빛으로 물든 달을 바라보며 나지막한 목소리로 말했다.

"과연…… 완벽한 대비일까."

밀리아나는 키누의 말에 굳은 얼굴로 물었다.

"주군께서 말씀하시길 세 번째 재해라 불리는 타락, 라이스(Lice)는 형체를 찾기 어려운 마물이라 하였습니다. 아마 헤크트와는 반대로 그들은 아주 미세하고 육안으로 찾기 어려운 타락일 겁니다."

"육안으로 찾을 수 없는 괴물이라면…… 과연 저희들이 도움을 줄 수 있을지 걱정입니다."

베이칸 역시 그녀의 불안감을 이해한다는 듯 말했다.

"우리는 검의 길을 가는 자이지만 모든 것을 검만으로 해결할 수는 없는 법이야. 재해 역시 마찬가지. 바위를 검으로 가를 순 있어도 물을 베는 것은 불가능하다."

"여제라면 물도 가르실 수 있을 것 같은데요."

하시르의 말에 밀리아나는 피식 웃었다.

"늑여우의 수장도 이제 꽤 능글맞아졌군."

그녀를 보며 하시르는 가볍게 어깨를 으쓱했다.

"우리가 가진 힘은 검만이 아니다. 이번 재해에 있어 필요한 것은 검이 아니라 마법일 터. 검을 쥔 자들은 마법을 보좌하며 싸워야 할 것이다. 무슨 말인지 알겠지. 그러기 위해 널 부른 것이기도 하다."

밀리아나는 고개를 돌렸다. 그녀의 시선이 향한 곳을 따라 다른 이들의 눈길도 그쪽으로 움직였다.

"세르가."

유수한 눈빛을 가진 미남자가 서 있었다. 제국이 사라졌지만, 여전히 그는 아카데미를 상징하는 로브를 입고 있었다.

"아니면 레핀이라 불러줄까? 이름으로 불린 적은 어린 시절 이후로 처음 아냐? 세르가 가문은 가주를 성으로 부르는다는 규율이 있다지만 제국의 가문은 이제 없어졌잖아."

모두가 침묵했다. 낯선 이방인을 보는 듯한 긴장 된 시선.

그도 그럴 것이 제국의 최연소 대마법사라 불리던 레핀 세르가는 소문만 무성했지 그를 제대로 만난 사람은 극히 드물었다.

'저자인가⋯⋯.'

'생각보다 어리군.'

'무척이나 여리게 생겼는데 과연⋯⋯ 전쟁에서 쓸모가 있을까? 서재에 틀어박혀 책만 볼 것처럼 생겼는데.'

그에 대한 북부와 남부인들의 평가는 썩 우호적인 것은 아니었다. 그는 제국이 멸망하고 카릴의 자유국이 세워졌을 당시에도 아카데미의 수장인 카딘 루에르와 달리 투항하지 않았었기 때문이었다. 아마도 다른 이들의 눈에는 그를 그저 콧대 높고 세상 물정 모르는 자로 보였을 테니까.

"세르가로 충분합니다. 나라가 없어졌다 한들 혈통이 사라진 것은 아니니까요."

하지만 그의 마력이 섞인 음성을 듣는 순간 그곳에 있는 사람들의 생각이 완전히 달라졌다.

'이 무슨⋯⋯.'

실로 놀라울 정도로 청명한 목소리였다. 마치 투명한 유리를 보는 것처럼 그의 목소리를 듣는 순간 사람들은 마음이 정화되는 듯한 기분이 들 정도였다.

'레핀 세르가가 저 정도로 대단한 마법사였나? 천재라는 것은 알고 있었지만……'

놀라는 것은 단순히 마력의 경험이 적은 북부와 남부인만은 아니었다. 공국 출신인 앤섬 하워드는 세르가를 의아한 듯 바라봤다.

"혈통이라…… 그럼 이제부터 네가 어찌 나를 대해야 하는 것인지도 잘 알겠군. 안 그래?"

밀리아나의 말에 세르가는 살짝 굳은 얼굴로 그녀를 바라봤지만 이내 곧 허리를 숙였다.

"물론입니다. 마력의 정점이라 할 수 있는 드래곤 위에 선 존재시여. 당신의 부름이라면 따르겠습니다."

"콧대가 높은 자라고 들었는데…… 잘도 구워삶았군. 아주 만족스러운걸. 에누마 엘라시."

세르가와 함께 나타난 그의 뒤에 서 있는 세 사람은 밀리아나의 말에 쓴웃음을 지었다.

"자네의 몸에 태초의 고룡인 토스카의 피가 흐르기 때문에 우리들이 도와야 하는 것은 당연한 일이었네."

낮고 굵은 목소리. 드래곤 로드인 에누마 엘라시였다. 뿐만 아니라 그를 비롯하여 레드 드래곤 퓌톤과 그린 드래곤 크루아흐까지 모두 한자리에 모였다.

"물론 그를 회유하기 위해서 드래곤의 마법을 가르쳐 준 것은 아무리 자네라도 우리에게 고마워해야 할 것이야. 당신의 주군이…… 그를 원한다고 하여 우리가 금기를 어긴 것이니까."

"금기는 무슨. 세상이 망할 직전인데 그런 게 무슨 소용이람."

밀리아나의 대답에 에누마는 쓴웃음을 지었다.

"이번에야말로 마법의 힘이 필요할 때다. 적은 어디서 나타날지 모르고 어디부터 공격할지 모른다. 우리는 그저 대비할 뿐이지."

그녀는 세르가를 바라봤다.

"카딘 루에르를 대신해서 네가 아카데미의 마법사들을 이끌고 전선에 투입돼야 할 거야. 지금까지 얼굴을 보이지 않은 만큼 실력을 믿어도 되겠지."

"저는 마법병대를 이끌 만큼의 그릇이 크지 않습니다. 아카데미는 계속해서 카딘 경께서 맡아주시고 저는 따로 행동하겠습니다."

세르가의 대답에 밀리아나는 그럴 줄 알았다는 듯 고개를 끄덕였다.

"좋아. 너는 카릴과 함께 탑을 공략한 10인 중 하나다. 전선에 있는 시간은 그다지 오랫동안이 아닐 것이다. 하지만 적어도 네 존재는 확실히 증명하도록."

"알겠습니다."

"그건 우리가 보장하지. 그의 마력적 재능은 확실히 뛰어나더군. 로드의 명이 없었더라도 가르치는 보람이 있었어."

둘을 보고 있던 에누마의 옆에 서 있던 퀴톤이 말했다. 그의 말에 크루아흐도 동의한다는 듯 고개를 끄덕였다.

"세 드래곤의 마법을 모두 배운 건가? 세르가, 내 덕분에 마법사로서 감당할 수 없는 행운을 받았군. 내게 고마워해야 하는 것 아냐?"

밀리아나는 농담처럼 웃으며 말했지만 그 자리에 함께 있는 미하일과 세리카 로렌의 표정이 굳어졌다. 같은 마법사로서 두 사람은 자신들이 활약하는 곳에서 항상 그의 이름이 거론되었던 것을 기억했다. 존재하지 않음에도 누구보다 뚜렷한 존재감을 가지고 있던 그가 이제는 드래곤의 제자가 되어 나타났으니 경계하지 않을 수 없는 일이었다.

"울카스 길드는 두 분을 지지합니다. 비록 드래곤에 비할 바는 못하여도 대륙 어느 마법 집단과 겨루어도 지지 않을 자신이 있습니다."

톰슨이 그런 둘의 마음을 읽었는지 나지막한 귓속말을 했다. 이렇다 할 특색이 없던 마법사였던 그였기에 누구보다 경쟁자를 대하는 사람의 불안함을 잘 알았다.

"걱정하지 않으셔도 됩니다."

"나는 저자와 다른 길을 걷고 있어."

하지만 그의 걱정과 달리 미하일과 세리카 로렌은 세르가의 등장을 불안감이 아닌 새로운 라이벌로 여기고 오히려 호승심을 불태웠다.

"하하, 제가 쓸데없는 걱정을 했군요."

톰슨은 자신이 잊고 있었음을 깨달았다. 세르가 못지않게 저 둘도 다른 의미로 천재라는 것을 말이다.

"우리에게 족쇄가 되는 마법 역시 폴세티아로 만들어진 것. 그대들은 모르겠지만 황금룡의 마법은 드래곤에게 있어서 절대적인 것이다. 물론 단순히 우리에게 채워진 목줄 때문에 너희를 돕는 것은 아니었지만⋯⋯ 이곳에 오니 놀라운 일이 또 있더군."

에누마 엘라시는 밀리아나를 바라봤다. 아니, 정확히는 그녀의 뒤를 주시하며 무릎을 꿇었다. 그를 따라 남은 두 드래곤도 고개를 숙였다.

"태양을 뵈옵니다."

"허허⋯⋯ 어서 일어나게. 로드여."

"그리 부르지 마십시오. 이 자리는 이제 당신께 다시 돌아감이 마땅합니다."

이 세계에서 에누마 엘라시가 이토록 극존칭을 쓰는 존재는 단 한 명뿐일 것이다. 토스카는 이제 대륙에 유일하게 남은 세 드래곤을 바라보며 말했다.

"나는 죽은 존재다. 그대들과는 다르네."

"두 번째 재해를 막은 것이 토스카님의 힘이었다는 것을 알았습니다. 태양의 힘이 대륙 전역에 뿌려졌을 때 솔직히 저희는 놀라지 않을 수 없었습니다."

"카릴의 도움이 있었다. 그가 나를 봉인에서 풀어주지 않았더라면 불가능한 일이었겠지."

"역시······ 그가 한 일이군요. 놀랍다는 말로는 부족하겠습니다. 그는 대륙의 모든 사건의 중심이니까요."

"하나 그조차도 해내기 어려운 일이 있다. 그러니 그대들이 카릴에게 아니, 인류에 힘을 빌려주었으면 좋겠다."

토스카는 에누마 엘라시의 어깨에 손을 얹었다. 육체가 아닌 마법의 힘으로 만들어진 그의 몸은 옅게 투명했다.

"과거 신화 시대에 내가 그러했듯이. 인간을 낮추어 생각하지 말고 동료로서 바라보거라."

"······명심하겠습니다."

그는 에누마의 대답에 그제야 고개를 끄덕였다.

"오랜만이구나. 어린 시절 보고 난 이후 처음이니······ 너 역시 고룡의 반열에 올랐겠지만 말이야."

"그렇습니다."

그들은 감회가 새로운 얼굴로 대화를 나누었다.

"할 수 있는 것은 모두 했다."

밀리아나는 드래곤들을 바라보며 나지막하게 중얼거렸다. 조금 전 느꼈던 불안감을 잊기 위해서였다. 하지만 그것이 전투를 앞두고 있기 때문에 생기는 것이 아님을 그녀는 잘 알고 있었다.

'카릴······ 네 존재가 이리도 컸다니. 전사로서 부끄럽기 짝이 없구나.'

그의 부재로 오는 불안감이었다. 하지만 그것이 단순히 전사로서의 부끄러움만은 아니라는 것을 그녀는 몰랐다.

"전투에 앞서 쓸데없는 걱정을 하면 사기에도 악영향을 미친다. 아무래도 연이은 싸움에 나 역시 지쳤나 보군……."

밀리아나는 고개를 가로저으며 애써 자신의 감정을 부정했다.

"용의 여제께서 어찌 그러한 말씀을 하십니까."

베이칸의 대답에 밀리아나는 피식 웃었다.

"그보단 너희들 얘기를 듣고 싶군. 파렐은 어떤 곳이었지? 앞으로 겪을 전쟁보다 더한 곳이었을까?"

"별것 없었다. 하지만 이 몸이 없었다면 돌아오는 것은 불가능했을걸."

그녀의 물음에 화린은 자신감 넘치게 말했다.

"글쎄요……. 솔직히 떠올리고 싶지 않은 곳입니다. 적어도 이곳은 제가 나고 자란 곳이지 않습니까. 하지만 탈출할 수 없을지도 모른다는 불안감…… 그리고 끔찍한 괴물들이 즐비한 그곳은 한시라도 벗어나고 싶다는 지독한 압박이 저희를 괴롭게 했습니다."

그러나 그녀와 달리 베이칸은 낮은 한숨을 내쉬었다.

"맞습니다. 만약 그런 곳에 혼자 있다면……."

키누 무카리는 상상만으로도 긴장이 된 듯 바짝 마른 입술로 말했다.

"저희는 미쳐 버렸을지도 모릅니다."

"흐음."

카릴은 천천히 눈을 떴다.

"이제야 좀 익숙해지는 것 같군."

그러고는 만족스러운 얼굴로 자신의 두 다리에 새겨진 늑대 갈기 모양의 문신 같은 검은 문양을 바라봤다.

[크르르르…….]

카릴은 옆에 서 있는 거대한 늑대의 머리를 툭툭 치고는 녀석의 머리를 밟고 올라탔다.

"한숨 잘 테니까 입구 가서 깨워."

마치 제 방 침대에 드러눕는 것처럼 몸을 풀며 경계심 없이 라이칸스로프의 등에 올라타자마자 눈을 감았다.

[크르…….]

그런 카릴을 보며 늑대는 아무런 반항도 하지 않고 그저 낮게 울 뿐이었다. 라이칸스로프의 뒤엔 마물의 시체들이 산처럼 쌓여 있었다. 늑대는 저 멀리 보이는 파렐의 출구를 향해 달려갔다.

화아아악……!!

카릴이 떠나는 순간 수천 마리의 시체들이 마치 불에 타 재가 된 것처럼 바스라졌다.

이른 새벽. 동이 트기도 전에 갑작스럽게 울리는 수정구에 상황실이 소란스러워졌다.

[보, 보고 드립니다!! 해협 최전방 배치되어 있던 은익 함대! 현재 타락과 교전 중! 함대의 절반가량이 놈들에게 당했습니다.]

"……뭐?"

전쟁의 시작을 알리기도 전에 끔찍한 비보가 먼저 자유국의 상황실에 울려 퍼졌다.

"이스라필 님!"

앤섬은 다급히 그를 불렀다.

"알겠습니다."

그의 말에 고개를 끄덕이며 이스라필이 황급히 우월한 눈을 시전했다.

"남은 함선을 최대한 보호하라! 현재 가네스 경께서 1비룡부대를 이끌고 가는 중이다! 가네스 경, 은익 함대의 상황이 보이십니까?"

이스라필이 마법을 시전하자 상공을 날고 있는 가네스의 비룡과 이어진 우월한 눈이 마경에 나타났다.

"허…… 이럴 수가……."

마경에 나타난 광경에 상황실에 있는 병사들은 자신도 모르게 탄식을 터뜨리고 말았다. 함대의 대부분은 반파되어 침몰하기 일보 직전이었고 바다에 빠진 병사들은 작디작은 벌레들에게 뒤덮여 빠져나오지 못한 채 허우적거리고 있었다.

물에 빠진 병사들은 몸을 부르르 떨며 고통에 찬 비명을 질러댔다. 선체를 갉아먹은 벌레들은 인간의 작은 육체 정도는 순식간에 먹어치우기 시작했다.

"함선의 표면에 잔나비 부족의 독과 유황가루를 섞어서 발랐는데도 아무런 소용이 없었던 건가……."

앤섬 하워드는 은익 함대의 전멸을 보며 바득! 이를 갈았다.

"앤섬 경, 보시죠. 놈들이 병사들의 갑옷을 뚫고 그 안쪽의 살점들을 먹어 치우고 있습니다. 아무래도 청린으로 만들어진 갑옷도 소용없는 듯싶습니다."

이스라필의 말에 앤섬은 고개를 끄덕였다.

세 번째 타락(墮落). 식(蝕)의 재해, 라이스(Lice).

만반의 준비를 다 했다고 생각했었는데 세 번째 재해의 등장은 예상을 뛰어넘었다. 기습적인 공격도 공격이었지만 해충이라 생각하며 준비했던 방어 수단이 하나도 먹히지 않았기 때문이었다. 게다가 마력을 제어할 수 있는 청린조차 먹히지 않는다는 것은 놈들이 단순히 마력으로 만들어진 타락이 아니라는 것을 의미했다.

"일단 지상에 주둔하고 있는 병사들을 후퇴시켜야 할 듯싶습니다. 갑옷이 무의미한 지금 최소한 신체를 마력으로 보호할 수 있는 기사급이 아니고선 일반병으로는 놈들을 막기 어려울 듯 보입니다."

검은색 갑옷을 입은 기사가 마경을 바라보며 말했다. 과거 제국의 수도방위를 맡았던 흑기사단 단장인 카이신이었다.

그는 제국 전쟁 이후 살아남은 몇 안 되는 기사 단장 중 한 명이었는데 오랜 세월 수도를 맡아온 만큼 카릴은 그의 수성 능력을 높이 사 그의 지위를 유지시켰다.

"그나마 다행이라면 녀석들이 바다에서부터 시작되었다는 점이겠군요. 은익 함대의 희생은 안타깝지만, 그 덕분에 다른 병력들을 구할 수 있습니다."

카이신은 냉정하게 상황을 판단했다. 제국 전쟁 당시 포나인의 방어성을 두고 비올라와 격전을 벌였던 그였는데 비록 탈환을 하지는 못했지만 굳건한 진지의 구축과 병력의 배치는 적이었던 비올라도 인정하는 바였다. 그렇기에 자유국이 세워지고 난 이후 그는 앤섬을 보좌해 참모로서 사령실에 배치되었다.

"작전을 변경함이 좋을 듯싶습니다."

하지만 지금 카이신은 자신의 생각을 앤섬에게 얘기하면서도 힐끔힐끔 누군가를 바라봤다. 상황실의 분위기와는 낯선 한 남자가 앉아 있었다. 다름 아닌 티렌 맥거번이었다.

사실 카이신은 불편함을 감출 수 없었다. 실제로 그의 등용에는 티렌 맥거번의 부재가 큰 역할을 한 것도 있었기 때문이었다.

'내정에 배치된 것은 알고 있었지만 어째서 이곳까지…… 설마 주군께서 그를 참모로 쓰시려 하는 것은 아니겠지.'

제국 시절 존재하던 일곱 기사단 중에서 흑 기사단은 유일하게 수비의 임무만을 맡았기에 카이신은 아이러니하게도 제국이 무너진 지금 자신의 입지를 새로이 세우려는 포부를 가지고 있었다.

"배치되어 있던 모든 병력을 뒤로 물러나고 후방에 있던 마법병대를 전방으로 배치하고 나머지 군사들은 마법병대의 호위를 최우선으로 해야 합니다."

카이신은 티렌을 의식하면서도 밤을 새우면서 준비했던 계획을 막힘없이 얘기했다. 만일의 사태를 대비한 것까지 그는 예상한 듯 보였다.

"또한, 각 마법병대들은 지시된 요충지의 방어를 최우선으로 합니다. 절대로 결계를 넘어 놈들이 쳐들어오지 못하도록 막아야 합니다."

앤섬은 그의 말에 고개를 끄덕였다.

"티렌 경께서는 어찌 생각하십니까."

하지만 앤섬은 오히려 묵묵히 있는 그를 불렀다. 카이신은 살짝 굳은 얼굴로 티렌을 바라봤다.

"저는 아버님의 명령으로 이곳에 와 있는 것일 뿐입니다. 이미 카이신 경께서 훌륭한 대안을 내놓으신 듯싶습니다만."

무성의하게 보일지 모르지만 앤섬은 지금까지 티렌이 해온 일들이 모두 완벽하다는 것을 알았다.

"저는 대안이 아니라 티렌 님의 방안을 알고 싶습니다."

앤섬의 말에 카이신의 얼굴이 더욱 어두워졌다. 하지만 그 순간 티렌은 자리에서 일어서며 말했다.

"그건 앤섬 님께서 이미 알고 계실 것 같군요. 인정하고 싶지 않지만 카릴은 저와 앤섬 님보다 더 뛰어난 전쟁의 천재입니다. 그가 아무런 대책도 없이 세 번째 재해를 저희에게만 맡겼으리라 생각하지 않습니다. 그리고……."

티렌은 앤섬을 바라봤다.

"그는 절대로 자신의 부하들을 포기하지 않습니다."

카이신은 그제야 아차 싶었다. 수성의 달인이라 불리던 그는 방어책만큼은 최고라 자부했었다. 하지만 그가 최선이라 생각했던 방법은 아주 큰 결점이 있었다.

바로 은익 함대를 희생양으로 두었다는 점이었다.

"계획은 모두 들었으리라 생각합니다. 지금 당장 계획을 실행합니다."

앤섬은 티렌을 주시하며 이스라필의 우월한 눈을 통해 각 대륙의 거점에게 자신의 말을 전했다.

[알겠습니다!!]

[울카스 길드 전원 배치 끝냈습니다.]

[불멸회 역시 마찬가집니다.]

[여명회는 현재 이동 중!!]

[이스라필 님, 포나인 방어성 마법병대 배치 완료되었습니다. 현재 은익 함대와 가장 가까운 요충지입니다. 그들을 구출하러 출발하겠습니다.]

방어성에 있던 비올라의 목소리가 들렸다. 그녀는 여전히 판피넬 기사단과 함께 최전방에서 타락들과 싸우고자 했다. 왕녀로서 그녀의 강단은 놀라운 일이긴 하지만 아이러니하게 도 남녀 불문하고 자유국의 그 어떤 수장도 후방으로 도망치 는 자가 없었기에 그녀의 용기는 너무나도 당연하게 보였다.

그래서일까. 비올라는 지금까지도 충분하다 싶을 업적에도 불구하고 여전히 승리에 목말라 하는 모습이 보였다.

"아닙니다."

앤섬의 대답에 티렌은 역시나 하는 얼굴로 가볍게 숨을 내 쉬고서는 상황실을 빠져나왔다.

"그쪽으로 지원군이 이미 출발했습니다. 비올라 님께서는 방어성의 수비를 더욱 두껍게 해주시기 바랍니다."

[지원군이요……?]

마법병대의 배치가 이제 막 끝난 상황이기에 비올라는 의아 한 듯 물었다. 그리고 그건 같은 상황실에 있는 카이신 역시 마찬가지였다.

'이걸 예상한 것은 티렌 님 혼자라는 건가. 아니…… 불의의 기습이다. 지원군의 배치 같은 건 신이 아니고선 예측할 수 없 는 법. 이건 예상이라기보다는 그가 카릴 님을 정확히 꿰뚫어 보고 있다는 것을 의미하겠지.'

앤섬 하워드는 카릴이 어째서 껄끄러운 상황임에도 불구하 고 티렌을 중역에 두고 있는 것인지 이해할 수 있었다.

하지만 그는 이렇다 할 두각을 나타내지는 않았다.

그의 뛰어남을 예의 주시 하고 있는 것은 소수의 몇 사람밖에 되지 않았지만 그중 하나가 자신이라는 것에 앤섬은 쓴웃음을 지었다.

'주군께서 티렌 님을 이곳에 둔 것은 단순히 그의 능력이 뛰어남을 이용하기 위해서만은 아니었구나.'

그는 카릴이 티렌을 자신이 경계심을 갖도록 하기 위한 도구로 쓰고자 함을 이제 깨달았다.

"가네스 경, 1비룡부대의 드레이크에 이번 아카데미에서 개발한 결계탄을 달아 두었습니다. 신호가 울리면 일제히 떨어뜨려 주시기 바랍니다."

[신호…… 말입니까?]

"네. 아마 단번에 알 수 있을 겁니다."

앤섬은 그 순간 눈을 빛냈다. 카릴의 예상은 맞아떨어졌다. 언젠가 지금 군은 얼굴로 티렌이 떠난 자리를 바라보는 카이신처럼 되지 않기 위해 앤섬은 더욱 분발하려 노력했다.

촤아아아아악--!!

통신이 끝남과 동시에 가네스는 저 멀리 바다 한쪽을 응시했다. 자세히 보니 뭔가가 바다를 가르며 질주하며 교전 중인 은익 함대 쪽으로 다가오고 있었다.

"마도…… 범선?"

가네스는 예상치 못한 지원군의 등장에 자신도 모르게 헛웃음을 터뜨리고 말았다.

"좌현 12도. 난파선들로 인한 암초들이 생기긴 했지만……이 정도면 뭐, 해왕을 만났던 거요(巨妖)의 군도에 비한다면 별거 아니지. 전속력 전진!!"

조타실에서 들려오는 경쾌한 목소리. 길게 기른 머리를 뒤로 질끈 묶고 탄탄한 근육질과는 달리 이제 막 소년티를 벗은 듯한 청년은 있는 힘껏 범선의 키를 움켜잡았다.

전생의 제국 7강의 자리에 올라서며 대륙의 상권을 쥐고 흔들었던 맥 마이스터, 칼 맥은 이제 전생과는 전혀 삶을 살고 있었다. 하지만 수많은 해협을 다닌 덕분에 그의 엄청난 조타술만큼은 오히려 그때보다 더욱 뛰어난 성장을 보였다.

파도를 가르는 마도 범선의 후미에 장착되어 있는 시동석이 불을 뿜어내자 범선은 마치 하늘을 날 듯 엄청난 속도로 질주하고 있었다.

지원군은 단순히 마도 범선만이 아니었다. 배의 갑판 위에 발을 올리며 저 멀리 벌레 떼들을 바라보는 한 남자는 전신에 달고 있는 날카로운 단검들을 한 번씩 훑으며 말했다.

"주군께서 오시기 전까지 꼴사납게 지고 있을 순 없지. 칼맥! 비룡의 결계탄이 떨어지는 순간 외곽으로 빠져야 한다!"

"알겠어요!"

"결계탄 지속 시간은 약 10분. 그 안에 은익 함대의 병사들을 모두 구해야 합니다. 그런데 고작 우리 둘이서 가능할까요?"

남자의 옆에는 여자의 목소리도 들렸다. 자신감 넘치는 남자와 달리 여자의 목소리는 가볍게 떨려 있었다.

"마도 범선에 수용할 수 있는 숫자는 정해져 있으니까요. 주군께서 당신을 믿고 계시니 너무 걱정하지 마십시오. 자신의 힘을 믿으십시오. 잔나비의 독과 청린도 막지 못한 놈들을 드루이드라면 다룰 수 있을 테니까요."

목소리의 주인공인 에이단은 안챠르를 향해 웃고는 두건으로 얼굴을 가렸다.

"벌레들을 제어하는 것에만 집중하세요. 다른 건 신경 쓰지 마십시오. 병사들은 제가 구합니다."

툭- 툭-

"놈들은 아주 작고 보이지 않을 만큼 빠르지만……."

에이단은 자신의 두 다리를 검날로 가볍게 두들기며 말했다.

"내가 더 빨라."

우에에에에에에엥……!! 에에엥……!!

날카로운 벌레들이 움직일 때마다 단단한 껍질이 부딪히는 소리가 들렸다. 소리는 요란하게 들렸지만 놈들의 위치를 찾을 길이 없었다.

"실드를 펼쳐라!! 아직 움직일 수 있는 함선들의 모든 마도 포격대의 탄환을 쏟아내!!"

조타실 안에서 함대의 사령관들이 목청이 터져라 외쳤다.

타앙-!!

보이지 않은 작은 벌레가 조타실의 유리창에 부딪히자 마치 탄환이 박히는 것처럼 날카로운 소리와 함께 피가 터졌다. 함선에 있던 사령관을 비롯한 부관들이 주르륵 흘러내리는 핏물을 긴장 가득한 눈빛으로 바라봤다.

탕! 탕! 탕! 탕! 타타타타타타!!

그 순간 마치 쏟아내듯 수십, 수백 마리의 벌레들이 일제히 조타실의 문을 두들겼다. 강철로 만들어진 실내가 마치 종이 구기듯 구겨지기 시작했다.

"시, 실드는!! 어떻게 된 거야!!"

"그게…… 이미 작동 중입니다. 놈들이 실드를 뚫고 내부로 침입한 듯 보입니다."

"실드를 뚫어?! 이번 전투를 위해서 함선에는 과거 제국의 수도에나 있었던 5클래스 중급 실드 장치를 달았단 말이다! 그런데 어떻게……."

쩍…… 쩌저적…….

사령관은 금이 가기 시작하는 조타실의 유리창을 바라보며 입술을 꽉 깨물었다.

"제길!! 보이지도 않고 찾을 방법도 없는 괴물과 어떻게 싸우란 말이야!!"

그때였다. 상공에서 날고 있는 비룡 부대의 드레이크들이 은익 함대 주위를 날며 무언가를 떨어뜨렸다.

작은 상자와 같은 것들이 바다에 닿자 번쩍이는 전격과 함께 수면 위로 커다란 반구의 형태를 띤 빛을 뿜어내기 시작했다.

차자자자작!! 차자자작-!! 츠즈즈즈즈즈……!!

빛무리가 함선을 감싸는 순간 유리창을 매섭게 두들기던 벌레들이 순식간에 타버리기 시작했다. 사방에서 터지는 녀석들의 시체에 조타실 주위가 붉게 변했다.

"사, 살았다……."

사령관은 더 이상 벽을 두들기는 라이스의 소리가 들리지 않자 다리에 힘이 풀린 듯 의자에 주저앉고 말았다.

콰앙……! 콰아아앙!!

상자에서 쏟아진 반구 형태의 빛은 곳곳의 함선들을 감싸기 시작했고 조금 전과 마찬가지로 함선 주위에 있던 벌레들을 일제히 소탕하기 시작했다.

"결계탄 발동 완료!! 효과가 있습니다!"

비룡 기수 중 한 명이 은익 함대에서 도망치는 벌레들을 보며 소리쳤다. 너무나 작고 빨라서 육안으로는 찾아볼 수 없었던 라이스였지만 조금 전 결계탄을 맞고 시커멓게 그을렸지만 살아남은 벌레들이 있었다. 무리 중에 듬성듬성 검은 벌레들이 섞여 이제는 놈들의 움직임을 포착할 수 있었다.

휘이이이익……!! 휘익……!!

녀석들은 조금 전 결계탄의 일격에 고통스러운 듯 서로 뭉치기 시작했다.

"좋아. 놈들을 상대하는 방법은 마법만이 아니라는 것이지."

가네스는 결계탄을 만든 윈겔 하르트를 떠올리며 혼잣말을 중얼거렸다. 마법병대로 라이스를 상대한다는 계획을 들었을 때 그것이 가장 확실한 방법이기는 하지만 소수인 마법사들의 숫자로는 사실상 대륙 전역을 상대할 수는 없었다.

"비룡부대!! 낙하!! 지금부터는 우리가 싸워야 한다!!"

"네!!"

"알겠습니다!!"

드레이크를 조종하는 비룡 기수들은 모두 기사급의 소드 익스퍼트였다. 애초에 그들은 마력으로 자신의 몸을 보호할 수는 있었지만 라이스를 잡을 수는 없었다. 하지만 결계탄이 성공한 시점에서부터 상황은 달라졌다. 육안으로 쫓을 수 없는 괴물의 움직임이 이제는 확실히 보였다. 사막 속 모래폭풍처럼 순식간에 뭉치기 시작하는 벌레들은 마치 거대한 괴물처럼 보였다. 그러나 여전히 결코 쉬운 상대는 아니었다.

"상대는 재해다!! 조를 유지해라! 절대로 혼자서 잡을 생각을 하지 마!!"

가네스는 외침과 동시에 커다란 할버드를 휘둘렀다.

부우우웅--!!

그의 할버드의 날에서 마나 블레이드가 뿜어져 나왔다. 갑판 위에 나타난 라이스를 향해 그의 창격이 흩뿌려지자 서로 뭉쳤던 벌레들이 빠르게 흩어졌다.

파즈즈즉……! 파각!!

할버드의 날에 벌레들이 타는 소리가 들렸지만 그건 극히 일부일 뿐이었다. 창은 허공을 벨 뿐이었고 놈들은 오히려 흩어진 상태로 가네스를 감싸듯 공격했다.

"큭!!"

사방에서 그를 두들기는 듯한 충격과 함께 그는 옴짝달싹하지 못한 채 벌레들이 만든 결계에 갇히고 말았다.

"단장님!!"

비룡기수들이 일제히 그의 주위에서 검을 휘둘렀지만 소드마스터의 공격도 피한 벌레들이 고작 기사들의 검에 당할 리가 없었다.

"모두 흩어져!!"

그의 외침에 기사들이 황급히 뒤로 물러섰다.

"흐아아아아!!"

가네스는 얼굴을 감싸고 있던 팔을 양쪽으로 활짝 펼치면서 있는 힘껏 마력을 방출했다.

콰즈즈즈즉!!

그러자 그의 주위로 낙뢰가 떨어지듯 전격이 일었고 그를 공격하던 벌레들이 후드득……! 떨어졌다. 한 번의 공격으로 수백 마리의 벌레들을 해치웠지만 기껏해야 빙산의 일각에 불과했다.

"하아, 하아……."

가네스는 벌레들에게 긁힌 뺨을 닦아내며 말했다.

"쉽게 잡혀주진 않겠다 이거로군……."

결계탄의 성공 이후 승기를 잡을 수 있다고 생각했던 비룡 기수들은 가네스의 고전에 불안한 기색을 감추지 못했다.

"가네스 경. 손을 빌리겠습니다. 기사들은 은익 함대의 대원들을 구출하는 것을 최우선으로 하십시오. 놈들은 제가 상대하겠습니다."

그때였다. 그의 등 뒤에서 들려오는 목소리.

'에이단?'

낯익은 목소리의 등장과 함께 가네스는 어느새 마도 범선이 좌초된 함선들 중심부까지 도달했다는 것을 깨달았다.

"어느새……."

믿을 수 없는 속도였다.

파앗-!!

그 순간 가네스의 등 뒤에서 뭔가가 지나간 듯 바닥에 그을린 자국만을 남기고 사라졌다.

콰즈즈즈즉!! 콰즈즉! 콰가가-!!

가네스는 눈앞에서 터지는 스파크에 자신도 모르게 손으로 얼굴을 가리며 한 발짝 뒤로 물러섰다. 조금 전 자신이 뿜어냈던 전격과 비슷하지만 허공에서 터진 전격은 그의 것처럼 단발성으로 끝나지 않았다. 사방에서 동시다발적으로 터진 번개들이 마치 그물처럼 서로 연결되면서 하나의 거대한 흐름을 만들었다.

스악-!!

바람이 처음에 일었고.

콰가가가각--!!

그 다음에 바람이 지나간 자리에 눈이 부실 정도로 빛나는 전격이 뒤따랐다.

"믿을 수가 없군……."

에이단 하밀의 신속(迅速)에 대해서는 익히 알고 있었던 가네스였지만 두 눈으로 직접 본 것은 이번이 처음이었다. 아니, 이걸 직접 봤다고 해야 할지 그 자리에 있는 그조차 쉽사리 말하기 어려웠다. 왜냐면 그의 눈에는 에이단의 모습 역시 보이지 않았기 때문이었다.

그의 움직임 다음에 일어나는 전격은 그야말로 그를 빛보다 빠르게 움직이고 있다는 것을 증명하는 증거였으니까.

'초후술(超吼術)을 익혔다는 것은 들었는데…… 그는 설마 그것마저 뛰어넘은 건가?'

가네스는 쓴웃음을 지었다. 과거 5대 소드 마스터라는 허울 좋은 명예에서 정체되어 있던 자신과 달리 그들은 끊임없이 성장하고 있었으니까. 밀리아나를 비롯해 카릴이 떠나기 전에 그를 찾았던 사람들과 자신과의 차이점일 것이다.

'어쩌면 신살의 10인에 우리가 뽑히지 못한 이유 역시 그 때문일지도…….'

쿵-!!

조타실의 천장 위로 뭔가가 떨어졌다.

"홉……."

곰 가죽을 잘라 만든 옷을 입고 있는 안챠르의 모습에 가네스의 눈빛이 떨렸다.

"에이단!! 제가 놈들을 한 곳으로 모으겠어요!"

그녀의 눈동자의 색깔이 변했다. 동시에 전신에서 뿜어져 나오는 기운이 달라졌다. 참았던 숨을 토해냄과 동시에 그녀가 머리 위로 손을 뻗었다가 아래로 있는 힘껏 내려쳤다.

쿠아아아앙--!!

그러자 그녀를 중심으로 공기가 터져 나가는 소리와 함께 그 주위에 있던 사람들의 몸이 가볍게 떠올랐다.

고작 1, 2㎝ 떠오른 것뿐이었는데 가네스는 그 순간 마치 시간이 멈춘 것처럼 모든 것이 선명하게 보이는 것 같았다. 놀랍게도 그의 시야에서 지금까지 볼 수 없었던 벌레들의 형체가 보였다. 그는 자신이 보고 있는 광경이 그의 눈으로 보는 것이 아님을 뒤늦게 깨달았다. 그녀의 감각이 주위의 사람들과 공명하며 서로 이어진 것이었다. 그 순간 마치 자연계의 모든 생명체가 그녀와 연결된 느낌이었다.

"란센! 운트 가브나!!"

그녀가 야인족의 언어로 주문을 외우기 시작했다. 하지만 그것은 마법사들의 스펠과는 뭔가 달랐다. 기원을 드리는 것 같은 의식 같았지만 그렇다고 교단의 사제들이 쓰는 기도와도 달랐다.

쉬이이이이익……!!

그녀가 두 팔을 모으자 벌레들이 그녀에게 조종이라도 당하는 것처럼 모여들기 시작했다.

"드루이드……."

이야기로만 들었던 야인의 능력을 본 순간 가네스는 자신도 모르게 헛웃음을 터뜨리고 말았다. 지금껏 그가 최강이라 생각했던 영역 밖에 너무나도 많은 존재들이 있었기 때문이었다.

"……하지만 이대로 뒷짐만 지고 있기엔 폼이 안 서지."

꽈직-!!

다른 기사들은 여전히 공중에 떠 있었지만 가네스의 발이 묵직하게 갑판을 찍어 눌렀다.

쾌가가가각--!!

"번개의 힘은 내가 더 오래 써왔으니까."

가네스는 풍 속성의 에이단이 뇌전과 뇌격으로 번개의 힘을 쓰는 것을 보며 가만히 있을 수가 없었다. 5대 소드 마스터 중 유일한 뇌 속성의 소드 마스터로서 승부욕이 생겨난 것이었다.

"흐아아아아!!"

그의 마력이 응축된 할버드가 베어질 때마다 번쩍이며 섬광이 일었다.

[저렇게 해서는 끝이 없겠군. 저거 안 도와줘도 되겠냐.]

은익 함대의 격전지에서 멀리 떨어진 절벽.

거대한 늑대 위에 서 있는 카릴은 알른 자비우스의 말에 고개를 저었다.

"아니. 확인해 볼 필요가 있어. 에이단의 실력이야 이미 알고 있지만 그녀의 실력은 아직 몰라."

[모르긴. 네 기억 속 이미 알고 있잖느냐.]

"그것과는 다르지. 내가 기억하고 있는 안챠르는 아비를 잃고 분노로 그 힘을 각성했으니까."

[뭐…… 그렇다고는 하지만 저 정도라면 충분히 쓸 만한 것 같은데.]

"달라. 파렐에 들어가게 되면 분명 낙오자가 생길 수밖에 없을 거다. 신좌에 도달하기 위한 관문을 넘기 위해 필요하다면 나는 신살의 10인을 두고서라도 갈 거야."

[동료를 버리겠다는 말이냐.]

"그곳에서 혼자 남겨져도 살아남을 수 있는 자들이라 믿는 거지."

카릴은 옅은 미소를 지었다.

"그러니 이런 재해쯤이야…… 내가 없어도 막아낼 수 있어야 하지 않겠어?"

[클클. 말은 번지르르 잘하는구나.]

알른은 그렇게 말했지만 카릴의 생각이 틀리지 않았다고 여겼다. 그 역시 천년빙동의 파렐 안을 본 사람이기에 그 안이 얼마나 괴롭고 끔찍한 곳인지 잘 알고 있었다.

[하긴, 너 같은 규격 외의 존재가 아니고선 사실 어려운 일이지.]

"에이단은 내가 없는 동안 확실히 자신을 한 단계 더 끌어올렸군. 안챠르…… 넌 어떻지?"

카릴은 만환(卍環)으로 그들을 바라보며 살짝 눈을 흘겼다.

"음?"

그때였다. 뭔가를 발견한 그의 한쪽 입꼬리가 슬며시 올라갔다.

"재밌게 흘러가는데?"

에이단과 안챠르. 마도 범선을 타고 온 지원군엔 그들 말고도 또 한 명이 아니, 한 마리가 있었다.

신록(神鹿), 알카르.

"뮤-우-"

작은 사슴이 안챠르의 옆에서 낮게 울었다. 그러자 그녀는 신록의 이마에 가볍게 손을 얹었다.

대밀림의 선령은 모두 다섯이었다. 안챠르는 야인 중에서도 그 모든 선령을 자신의 것으로 만들 수 있는 특별한 존재였다.

하지만 이제 대밀림을 떠나기 전 그녀는 여섯 번째 선령의 힘을 가진 유일한 존재가 되었다.

"쉐이프(Shape)."

우우우우웅--!!

그녀가 낮은 목소리로 읊조리자 새하얀 빛이 전신을 감쌌다.

"후웁……!!"

에이단은 자신의 뺨을 스치며 후끈거리는 열기가 지나감을 느꼈다.

"저게 드루이드의 능력인가?"

새하얀 빛으로 감싸진 안챠르의 머리에는 마치 신록의 뿔처럼 커다랗고 각진 뿔 두 개가 길게 자라나 있었고 그녀의 다리는 사슴의 뒷다리처럼 꺾여 있었다.

파앗-!!

안챠르는 파도를 마치 지면처럼 두 다리로 박차 뛰어오르며 가장 높은 함선의 꼭대기 위로 올라갔다.

"아멘-트 몬타프!"

안챠르의 목소리가 마치 커다란 확성기를 대고 말하는 것처럼 울렸다.

"큭?!"

은익 함대의 병사들은 그녀의 목소리에 자신도 모르게 움찔거리며 주춤했다.

"모두 귀를 막고 마도 범선으로 옮겨 탄다!! 주위의 비룡 부대의 드레이크나 다른 함선이 있으면 그쪽으로 피신한다!"

함대의 지휘관들은 남아 있는 구조선을 바다 위에 펼치면서 소리쳤다. 일반 병사들과 달리 기사급의 그들은 심장을 울리는 듯한 그녀의 목소리가 단순히 마력으로 이루어진 것이 아님을 알 수 있었다.

안챠르가 드루이드의 언어로 '선령의 정화술'을 외우자 그녀의 주위로 거센 바람이 일기 시작했다. 하지만 그 바람은 단순한 공기로 만들어진 것이 아니라 수많은 벌레의 움직임 때문에 일어나는 것이었다.

콰즈즈즉……!!

그녀를 공격하려고 몰아치는 라이스들의 맹렬한 움직임에도 불구하고 그녀는 더욱더 자신의 정령력을 끌어모았다.

[뮤-우-우-우-우--!!]

안챠르의 입에서 인간의 것이 아닌 울음이 터져 나왔다.

파아아아악……!! 콰가가강!!

그와 동시에 그녀의 전신에서 뿜어져 나오는 빛이 주위의 벌레들을 감쌌다. 신록(神鹿), 알카르는 빛의 정령왕인 라시스와 마찬가지로 빛의 힘을 가진 신수였다.

당연한 이야기겠지만 알카르는 정화의 힘을 가지고 있었고 그녀가 내뿜는 정화술에는 빛의 정화가 깃들어 있었다.

스아앙……!!

머리 위로 뻗은 손을 중심으로 반구의 형태로 빛의 장막이 생겨났다. 장막은 점차 범위가 커졌고 그 범위 안에 닿은 리이스들은 타닥! 거리는 소리와 함께 타들어 가기 시작했다.

하지만 결계탄의 불꽃과는 달리 빛에 닿은 녀석들은 실제로 불에 타거나 하는 것은 아니었다.

말 그대로 정화. 안챠르의 빛에 닿은 벌레들의 움직임이 주춤거리며 마치 길들여진 야수처럼 그녀의 주위를 천천히 날기 시작했다.

피육-!!

하지만 육안으로 살필 수 없었지만 수백 마리의 벌레들 사이에도 특이종이 있었다. 붉은 날개를 가진 놈은 안챠르의 주문을 맞았음에도 불구하고 오히려 반항하듯 날카로운 독침을 뱉어냈다.

"조심해."

맹독이 담긴 침이 안챠르의 목에 닿기 바로 직전 에이단 이 검지와 중지로 아슬아슬하게 잡아내며 부러뜨렸다. 그녀가 뭐라 대답하기도 전에 이미 그의 몸은 어느새 환영처럼 사라져 전격을 뿜어내며 침몰해 가는 함선 여기저기를 달렸다.

'대륙에는 저런 강자들이 수두룩한 건가.'

안챠르는 대밀림을 나온 이후 자신이 생각했던 것 이상으로 세상은 넓다는 것을 느꼈다. 그녀의 부족이야말로 가장 강력한 야인들이라 여겼던 생각이 완전히 깨져 버렸기 때문이다.

하지만 사실 대밀림 속 변종 몬스터들은 결코 약한 존재들이 아니었기에 야인들은 부족의 개개인을 놓고 따진다면 북부와 남부인들에 비해 오히려 강하다고 할 수 있었으니 그녀의 생각이 틀린 것은 아니었다. 다만 카릴의 주위에 모인 자들이 상식을 뛰어넘는 존재들만 있다는 것이 문제였지만.

"스나켈(Snakel)!!"

에이단의 외침이 해협에서 울렸다. 마도 범선에 대기 하고 있던 암연의 정예 살수들은 그의 외침에 기다렸다는 듯 사방으로 흩어졌다.

"어느새?!"

안챠르는 깜짝 놀랐다. 마도 범선에는 자신과 에이단 둘밖에 없다고 생각했었으니까.

에이단은 그녀의 놀란 얼굴을 보며 피식 웃었다. 기척을 완벽하게 지운 스나켈들은 선령의 기운을 가진 그녀조차 알아차리지 못했던 것이었다.

"기다리느라 지쳤어. 암살이 아니라 구출은 딱히 성격에 맞지 않지만…… 저들을 모두 치워야 저 빌어먹을 마물과 싸울 수 있겠지."

스나켈의 선두에서 달리고 있는 주크 디 홀드는 자신의 건틀렛을 꽉-! 쥐면서 낮게 중얼거렸다.

"흡!!"

숨을 들이켜며 주먹을 뒤로 잡아당기자 건틀렛이 두 배로 커졌다. 에이단을 라이벌로 생각하던 그녀는 에이단의 성장에 따라 그녀 역시 훈련을 게을리하지 않았다. 그녀의 특기인 신체변형술은 이제 극에 달했고 전생에는 없었던 소드 마스터급의 실수가 또 한 명 탄생하게 되었다.

콰아아아앙--!!

그녀의 주먹이 격돌하자 침몰해 가던 함선이 충격에 그대로 물속에서 부웅-!! 하고 떠올랐다.

"으아아악!!"

"아악!!"

그 안에 타고 있던 병사들은 중력이 사라진 것처럼 함선과 함께 상공으로 떠올랐고 스나켈들은 허공에 허우적거리는 병사들을 하나둘 낚아채면서 마도 범선으로 구출하기 시작했다.

지지지지지직……!!

"주크."

그 순간 에이단이 공중에서 떨어지는 함선에 미끄러지듯 바닥을 긁으며 나타났다. 두 다리를 따라 함선에는 검게 그을린 줄이 그어졌고 그 자리엔 전격이 아직 사라지지 않아 번쩍였다.

"그럼 성격에 맞는 일 좀 할까?"

"……뭐?"

"마도 범선이 생각보다 빨리 함대 안쪽으로 들어왔어. 칼맥, 그 녀석도 지금까지 놀기만 한 게 아닌가 보다. 은익 함대의 구출은 스나켈로도 충분할 듯 보인다. 넌 나와 함께 라이스의 본체를 잡는다."

"어떻게?"

"날아다니는 벌레 사이로 변종이 있다. 독침을 쏘는 놈들이 있었지만 그것 역시 여러 마리인 걸 봐서는 진짜 본체는 따로 있을 거야. 안챠르가 벌레들을 선령의 힘으로 모으면 무리 속에서 변종을 찾으면 된다."

마치 쉬운 일인 양 말하는 에이단을 보며 주크 디 홀드는 어이가 없다는 듯 헛웃음을 터뜨렸다.

"……그건 너나 할 수 있는 일이잖아."

톡- 톡-

"생각해라. 안챠르."

카릴은 자신의 관자놀이를 손가락으로 두들기면서 낮은 목소리로 중얼거렸다.

"전투는 이제 대대적으로 벌어지기 시작했다. 헤크트 때와 비슷하지만 달라. 보이지 않는 파도를 막아내기 위해서는 방파제를 세우다간 늦는다. 흐름 그 자체를 제어해야 하는 법이다."

[라이스도 결국은 본체가 있다는 말이로군.]

"물론. 재해란 결국 타락을 가리키는 거니까. 헤크트는 자신의 분신을 뿌렸지만 그 분신을 모두 잡았을 때 본체가 드러났다. 라이스 역시 마찬가지야. 수백, 수천만의 벌레 중에 결국 본체는 존재하는 법."

[보이지도 않는 작은 벌레에서 또 본체를 찾아야 하다니……. 그야말로 산 넘어 산이로군. 저기 촐싹대게 뛰어다니는 녀석을 보니 나름대로 본체를 잡으려고 하는 것 같은데.]

"에이단이라면 희박하지만 라이스의 본체를 찾을 순 있을 거야. 하지만 거기까지겠지. 본체의 심장을 베는 것은 불가능할 거다."

[어째서?]

"적을 베는 것과 찾는 것은 완전히 다른 일이니까. 베기 위해서는 적을 뛰어넘는 속도를 가져야 해. 그렇지 않으면 끝나지 않는 꼬리물기만 되풀이될 뿐이지."

[녀석이 라이스의 꽁무니만 계속해서 쫓을 거란 말이로군. 놈의 속도로도 본체를 따라잡을 수 없다는 말이냐.]

"그렇기 때문에 안챠르가 필요한 거야. 그녀라면 라이스의 속도를 제어할 수 있다. 그녀는 우리처럼 눈으로 사물을 보지 않으니까. 하지만 그 방법을 찾아내느냐 못 찾아내느냐는 그녀의 역량에 달렸겠지."

[과연…….]

카릴의 말에 알른 자비우스는 고개를 끄덕였다.

[저렇게 어려운 마물을 도대체 그때는 어떻게 잡은 거야?]

전생에 에이단은 소드 마스터급까지 오르진 못했었다. 그뿐만 아니라 다른 신살의 10인들 역시 부족하긴 매한가지였다.

하지만 카릴은 그 물음에 대답 대신 손가락을 입술에 가져가며 조용히 하라는 제스처를 취했다.

[어차피 네게만 들리는 것인데.]

그런 그의 모습에 알른은 어깨를 으쓱하며 낮게 중얼거렸다. 왜냐면 그 역시 애초에 또 하나의 기운을 포착한 지 오래였기 때문이었다.

"도와줄 생각이 없나 보지?"

카릴은 고개를 돌렸다.

"세르가."

화아아아아악--!!

카릴의 옆에서 바람이 일어나더니 로브를 입은 마법사가 나타났다.

"정령계에서 돌아오셨나 보군요. 이렇게 제대로 대화를 나누는 것은 처음인 듯싶습니다."

"네가 전쟁 이후에 언제나 숨어 있었으니까. 앤섬에게 아카데미의 마법사들을 네게 맡기라고 했었는데 여길 혼자 온 걸 봐서는…… 단독으로 움직이겠다고 했나 보군."

"그렇습니다."

카릴은 세르가의 대답에 예상했다는 듯 고개를 끄덕였다.

"뭐, 그것도 한 방법이겠지. 너는 아직 관찰자의 입장일 테니까. 하지만 동료가 고전하고 있는 상황에서까지 그 입장을 고수하다니……. 대마법사의 반열에 오른 사람치고는 너무 무성의하지 않나?"

"소드 마스터와 대마법사. 공존할 수 없을 거라 여겼던 두 경계를 모두 뛰어넘으신 분도 가만히 지켜보고 계시지 않습니까."

"원래 높은 위치에 있으면 먼저 움직이기 이전에 부하들이 먼저 행동을 해야 하는 법이거든."

카릴의 말에 세르가는 옅은 미소를 지었다.

"자유국은 평등을 목표로 만들어진 나라가 아닙니까? 계급과 신분을 없애고자 하신 것으로 알고 있는데 말입니다."

"잘도 아는군. 왜, 세르가 가문이 사라지는 게 마음에 들지 않나 보지?"

"글쎄요."

[드래곤의 기운이 느껴지는군. 밀리아나, 그 여자의 말대로 드래곤이 저 녀석을 데리고 왔나 봐.]

알른 자비우스는 세르가에게서 풍기는 마력의 냄새를 맡으며 썩 기분이 좋지 않은 듯 중얼거렸다. 그 역시 드래곤인 백금룡의 제자였기 때문이었다.

"사실 피곤해서 그래. 정령계만 다녀온 게 아니거든. 시간이 남아서 파렐도 돌아봤는걸."

"허……."

카릴은 아무렇지 않은 척 말했다. 그곳에서 라이칸스로프의 힘을 얻었다는 것을 군이 말할 필요는 없었지만 단독으로 파렐에 들어갔었다는 것만으로도 세르가에겐 충격일 수밖에 없었으니까.

"농담인지 진담인지 잘 모르겠습니다. 역시나 범접할 수 없는 분이시군요."

"유능한 부하가 있을 땐 그의 실력을 보는 것도 지휘관이 가져야 할 덕목이니까. 네가 생각하기엔 어때. 지금 이 상황에서 라이스를 잡을 방법이 있을 것 같아?"

카릴은 물었다. 세르가는 그의 물음이 자신의 전황을 바라보는 시야에 관한 평가를 하기 위한 것임을 알았다.

일종의 시험. 그는 이 와중에도 자신을 살피려는 그의 모습에 못 당하겠다는 듯 쓴웃음을 지었다.

"보아하니 라이스는 저번 타락과 달리 변종을 제외하고 나머지 벌레들은 타락의 기운이 없는 실제 벌레들이더군요."

그가 손가락을 튕겼다. 그러자 손바닥 위로 두 개의 벌레가 빙글빙글 제자리에서 움직이지 못하고 돌기 시작했다. 하나는 조금 전 안챠르에게 독침을 쐈던 변종이었고 나머지 하나는 일반 벌레였다. 눈에 보이지 않을 정도로 작고 빠른 벌레들 사이에서도 세르가는 아무렇지 않게 녀석들을 골라냈다.

[저번에 라이스를 어찌 막았는지 알겠군.]

알른은 그 모습에 고개를 끄덕였다.

"드루이드의 힘은 벌레들에게는 통용될 것입니다. 하지만 변종에는 통하지 않겠죠. 안챠르가 일반 벌레들을 제어하여 변종과 분리시킨다면 에이단이 변종을 제거할 수 있을 겁니다."

"하지만 본체는? 변종보다 더 빠르고 강력한 녀석이라면?"

"본체가 타락의 힘을 가진 녀석이라면 안챠르의 드루이드술로도 제어를 하는 것이 불가능할 테니……. 라이스를 막는 것은 실패겠군요."

"너라면?"

"가능합니다. 제 마력은 타락과 생명체를 구분 짓지 않으니까요."

"자신만만이로군."

카릴은 그의 그 모습이 썩 나쁘진 않았다. 마법사에겐 어느 정도의 자만심이 있어야 자신의 마법을 뽐내기 위해서 스스로의 실력을 높게 쌓아 올리기 때문이었다. 물론, 세르가의 경우는 달랐지만. 할 수 있는 것과 없는 것에 대한 단순한 대답이었을 뿐이다.

"확실히 대단해. 평생 천재라는 소릴 들으면서 살아온 자답군. 근데……."

카릴은 그런 그를 바라보며 씨익 웃었다.

"난 좀 다르게 생각하는데."

"……?"

"밀림 속 진흙탕에도 천재는 있거든. 고고하게 책상에 앉아 머리로만 깨우치는 천재는 찾을 수 없는 방법도 있지."

그 순간 세르가의 눈빛이 떨렸다.

▶Chapter 3◀

"······다른 방법?"

세르가는 카릴의 말에 저 아래에 있는 안챠르를 바라봤다. 그녀는 여전히 드루이드의 술법으로 라이스를 붙잡아 두고는 있었지만 점차 한계에 다다르는 느낌이었다.

"흐음."

그가 보기에 안챠르만으로는 세 번째 재해를 막을 수 없을 것처럼 보였다.

"솔직히 신수의 힘을 야인이 가지고 있는 것은 의아한 일이지만····· 만약 그 힘으로 어찌해 볼 수 있을 것이라고 생각한다면 저는 반대입니다."

"신록이라는 것을 알아차렸나 보군?"

카릴은 의외라는 듯 살짝 입술을 씰룩이며 물었다.

"카릴 님께서는 서고의 책장을 가벼이 말씀하셨지만, 그 안에도 무수한 경험이 담겨 있습니다. 야인의 선령들은 과거 신화 시대부터 존재했던 동물들이 정령화된 것. 하지만 그들 중에 빛의 힘을 가진 존재는 없습니다."

세르가는 안챠르를 손가락으로 가리켰다.

"선령과 별개로 빛의 힘을 가진 유일한 동물은 3대 위상이라 불리는 신수 중 하나인 알카르뿐입니다. 동물의 영을 받아들일 수 있는 드루이드가 빛의 힘을 쓴다는 것은 결국 신록의 힘을 쓰는 것이라는 뜻이겠죠."

그는 어깨를 으쓱했다.

"다만 멸종되었다고 알려진 신수가 어째서 살아 있어 그녀에게 있는 것인지는 모르겠습니다만."

"간단해. 내가 줬어."

"……."

카릴의 말에 세르가는 이제 놀랍지도 않다는 듯 고개를 끄덕였다.

"데릴 하리안이 카릴 님의 곁에 있다는 것을 알고 있습니다만…… 아무래도 황금 십자회에서 신수의 부활을 성공한 모양이로군요."

"흐음, 거기까지 알고 있었나?"

"예전에 십자회에 영입하기 위해 저를 찾아온 적이 있습니다. 그 당시엔 허무맹랑한 목표라고 생각했었는데…… 제가 너무 그들을 과소평가한 모양입니다."

"그래, 과소평가했지. 데릴 역시 대마법사의 반열에 오른 자인걸. 조금 빨리 영역에 발을 들여놓았다고 더 많은 것을 깨우치는 것은 아니니까."

"옳으신 말씀이십니다."

"물론 속으로는 그렇게 생각하지 않겠지? 나는 용마법까지 배운 사람인데. 어찌 그들과 같다고 생각할 수 있겠어라고 말이야."

세르가는 난색을 표했다.

"카릴 님께서는 계속해서 저를 시험에 들게 하시는군요. 밀리아나 님께서. 세 드래곤을 제게 보내주신 것에 대해서는 지금도 감사하고 있습니다. 덕분에 저는 제가 다가가지 못할 영역을 볼 수 있었으니까요."

"세 드래곤의 속성 마법을 모두 익힌 마법사."

"……."

"확실히 역사에 남을 만큼 대단한 마법사야. 하지만 말이지."

카릴은 그를 보며 묘한 웃음을 지었다.

"미하일과 세리카 로렌."

"네?"

"너는 지금껏 배움으로만 영역에 도달했을 뿐이잖아. 남들이 문을 열어주었을 뿐 스스로 벽을 부숴본 적이 없지. 조심하는 게 좋아. 그들에게 따라잡힐지 모르니까."

하지만 카릴의 경고에도 불구하고 세르가는 여전히 담담한 표정이었다. 그의 마력은 여전히 흔들리지 않았고 잔잔한 호수 같았다.

"그리고 안챠르에게도."

앞선 둘과 달리 야인의 이름이 들린 순간 처음으로 미약하지만 세르가의 마력이 흔들렸다.

'조금 더…….'

안챠르는 있는 힘껏 자신의 마력을 끌어올려 드루이드의 술법을 펼쳤다. 은익 함대를 감싸던 벌레들이 계속해서 그녀의 주위로 몰려들었고 가네스와 에이단의 번개가 하늘에서 쏟아질 때마다 무수한 벌레들이 타들어 갔다.

"제길, 이래서는 끝이 없겠어!"

주크 디 홀드는 신체변형술을 안구(眼球)에 집중시켰다. 만환(卍環)과는 다르지만 그 역시 동체시력을 극한까지 끌어올릴 수 있는 비술이었다. 하지만 그럼에도 그녀의 눈에는 변종은커녕 일반 벌레들도 쫓기 힘들었다.

"흐아아아아!!"

에이단의 외침과 함께 전신이 샛노랗게 변했다. 그의 마력혈에 가까이 갈수록 노란 빛은 새하얘지는데, 그것이 내뿜을 수 있는 전격의 최고점에 도달했다는 증거이기도 했다.

스캉-!!

그의 단검이 이리저리 빠르게 움직였다. 단검의 날이 수많은 벌레를 베었지만 시간이 지나면 지날수록 그의 표정은 굳어졌다.

우드득……!

그의 어깨가 뒤틀리는 듯한 소리가 들렸다. 마력변형(魔力變形)으로 소드 마스터 이상의 마력을 끌어올린 그였다.

마력혈이 감당할 수 없는 마력은 결국 육체를 갉아먹을 수밖에 없었다. 아무리 유연하고 신체 능력이 뛰어난 그라도 한계 밖의 힘을 오랫동안 지속하는 데는 무리가 있었다.

"도대체 어디에……!"

일반 벌레들을 검으로 정교하게 벨 수 있는 것만으로도 엄청난 일이었지만 그것으로는 부족했다.

그가 찾는 것은 수백만 마리의 벌레 무리 속에 단 하나의 본체였기 때문이었다.

'내가 조금만…… 더 빠르다면.'

아이러니하게도 이 순간 속도에 대하여 생각하고 있는 또 한 명이 있었다.

안챠르가 쓰는 드루이드의 술법은 마치 가느다란 실처럼 마력을 사방으로 쏟아내어 벌레들을 제어하는 것이었다. 알카르의 힘에 의해 더욱 정교하게 마력을 제어할 수 있게 된 그녀는 당연한 일이겠지만 그 가는 마력으로 본체를 찾고자 했다. 하지만 그녀의 마력실도 라이스를 찾아내는 것은 불가능했다.

그렇기에 그녀는 에이단과 같이 육체가 아닌 자신의 마력 제어에 관하여 더 빠르고 정교하게 움직일 수 있길 바랐다.

"에이단!!"

그때였다. 종횡무진 달리는 자신을 부르는 목소리에 황급히 에이단이 고개를 돌렸다.

"내 마력을 네게 주겠다. 번개는 바람보다 빠르니 내 힘이 너를 분명 지금보다 한 단계 더 높은 속도를 낼 수 있게 해줄 터! 놈을 찾아라!!"

가네스 아벨란트였다. 소드 마스터인 그의 마력은 4클래스. 확실히 마력변형을 써서 4클래스의 반열에 오른 그보다 더 많은 양을 보유하고 있었다.

"하지만 경께서도 이미 마력을 쓰지 않으셨습니까. 제게 마력을 준다면 순식간에 모두 소진될 겁니다."

"잔챙이들을 잡아봐야 아무런 의미가 없다. 마력도 무한한 것이 아닐 테니 본체를 잡지 않는 이상 끝나지 않아."

쿠웅-!!

가네스는 결심이 선 듯 보였다.

"날 써라."

과거의 영웅에 불과한 자신이 앞으로 나아갈 그들에게 해줄 수 있는 것은 발판의 역할이었으니까.

"칫……. 꼴이 우습게 되었군요."

자신만만하게 나섰지만 에이단은 자신이 유일한 자랑거리

인 속도에서 지자 못마땅한 표정으로 중얼거렸다.

꽈악-!!

가네스가 손을 뻗었다. 허공을 밟으며 질주하던 에이단이 그대로 그의 손을 움켜잡았다.

콰드드드드드드드드……!! 콰가가각……!!

그러자 묵직하고 뜨거운 마력이 그의 손을 타고 에이단에게 흘러들어 왔다.

'이게 소드 마스터의 마력……'

에이단은 엄밀히 따진다면 온전한 소드 마스터는 아니었다. 마력 변형으로 잠깐씩 4클래스를 쓸 수 있는 상황에서 초후술을 이용해 소드 마스터의 속도를 뛰어넘어 유리하게 싸움을 풀어 가는 것일 뿐이었다. 처음으로 순수한 소드 마스터의 마력을 느낀 그는 순간 눈을 부릅떴다.

스팟-

우연이지만 어쩌면 행운일지 모른다. 다른 소드 마스터가 아닌 뇌 속성의 소드 마스터의 마력을 몸 안에 담을 수 있었으니까. 덕분에 가네스의 마력이 에이단의 마력과 섞이며 더 큰 효과를 내었다.

퉁-! 퉁-! 투웅-!!

에이단은 허공을 밟을 때마다 마치 시간이 멈춘 것 같은 느낌이 들었다. 눈으로는 쫓을 수 없을 만큼 빠르던 벌레들이 너무나도 선명하게 자신의 주위에 움직이지 않고 가만히 있는 것이었다.

하지만 그는 그 이유가 시간이 멈춘 것도 마물이 가만히 있는 것도 아님을 깨달았다. 그가 빠르기 때문이었다. 초후술의 영역으로도 경험해 보지 못한 영역에 그는 신기했지만 이 광경을 그저 감상하고만 있을 순 없었다.

'어디지?'

그의 눈이 빠르게 움직였다.

'저거다!!'

지금까지와는 다른 은빛으로 빛나는 벌레 한 마리가 보였다. 에이단은 있는 힘껏 허공을 밟았다.

파앙-!!

공기가 터져 나가면서 그가 빠르게 녀석을 향해 날아갔다. 벌레들의 무리는 여전히 멈춘 듯 가만히 있었고 그의 뺨에 부딪히며 튕겨 나갔다.

부우우웅-!!

에이단의 검이 움직였다.

"······!!"

하지만 그때였다. 시간이 멈춘 것 같은 광경 속에서 마치 거울을 깨고 튀어나오는 것처럼 에이단의 검이 라이스를 베기 바로 직전 놈이 움직였다.

그의 속도를 뛰어넘는 움직임. 소드 마스터 두 명의 마력을 합쳤음에도 불구하고 타락은 쉽사리 죽어주지 않았다.

부우우우웅--!!

에이단의 검이 아슬아슬하게 종이 한 장 차이로 라이스를 놓치며 허공을 갈랐다.

"제길!!"

그는 자신도 모르게 욕지거리를 내뱉었다. 그와 동시에 그의 마력이 풀리자 시간이 멈춘 것 같이 느리게 움직이던 벌레들이 순식간에 보이지 않는 속도로 날아오르기 시작했다.

'놓쳤어.'

그 광경을 안챠르는 모두 지켜보고 있었다. 아니, 정확히 말하자면 모두 느끼고 있었다고 해야 할 것이다. 드루이드는 눈으로 사물을 보는 것이 아니라 사물 그 자체를 느끼니까. 놀랍게도 그 순간 쉐이프로 신록과 동화된 그녀의 뒷다리가 움직였다.

스캉-!!

사슴이 도약을 하는 것처럼 그녀의 두 다리가 미칠 듯한 속도로 뛰어오르며 한 곳을 향해 날아올랐다.

"꺄악!!"

자신의 몸임에도 불구하고 그 속도를 주체할 수 없다는 듯 그녀는 비명에 가까운 고함을 질렀다.

그때 누구 하나 막을 새도 없이 알카르가 그녀의 몸에서 튀어나왔다. 단 한 번도 선령의 계약이 강제적으로 풀린 적이 없었던 안챠르였기에 그녀는 놀라지 않을 수 없었다. 그녀의 몸에서 튀어나온 신록이 마치 빛이 쏟아지는 것처럼 엄청난 속도로 라이스를 쫓아갔다.

퉁-! 퉁-! 투웅-!!

사슴의 뒷발이 움직일 때마다 발아래에서 공기가 터지듯 폭발했다.

[푸르르!!]

지금까지와는 달리 신록을 본 순간 라이스는 미친 듯이 도망치려 했다. 하지만 놀랍게도 알카르는 타락을 아무렇지 않게 꿀꺽 삼켜 버렸다.

"헐……."

"이게 무슨……."

에이단과 안챠르는 어안이 벙벙한 얼굴로 서로를 바라봤다.

화르르르륵……!! 화아악!!

라이스의 본체가 사라지자 은익 함대의 주변에 가득했던 벌레들이 순식간에 재가 되면서 사라졌다.

"실망인걸. 결국 라이스를 잡은 건 이 작은 사슴이라니 말이야."

"주군!!"

카릴의 목소리가 들리자 에이단은 황급히 무릎을 꿇었다. 상공에서 내려온 알카르가 카릴의 옆구리에 머리를 비볐다.

"……우리는 재해를 막은 것인가요?"

안챠르를 지친 기색이 역력한 모습으로 카릴을 바라보며 물었다. 갑자기 계약이 해제된 것도 있지만 신수를 부리는 것 자체가 아무리 그녀라 할지라도 부담이 가는 일이었기 때문이다.

"아니. 적월의 밤은 이제 시작에 불과하다. 알카르가 먹은 녀석은 그저 대륙을 휩쓸 라이스들 중 하나에 불과하지."

"저희는 실패한 거군요."

"너희들만 놓고 본다면 그렇겠지."

"뮤우-"

카릴이 알카르의 머리를 가볍게 쓸어 넘겼다. 안챠르는 그 모습을 보며 살짝 입술을 깨물었다.

"한 가지 물어볼 게 있어요."

"뭐지?"

안챠르는 에이단을 바라봤다. 시선의 의미를 알지 못하는 그는 그저 고개를 갸웃거릴 뿐이었다. 그리고 그건 카릴 역시 마찬가지였다.

"저자에게서 번개의 냄새가 나요."

"난 또 뭐라고."

자신이 호명되자 살짝 긴장했던 에이단은 안챠르의 말에 낮은 한숨을 내쉬었다.

"조금 전까지 함께 싸웠는데 눈치 못 챈 게 더 이상한 것 같은걸요."

"그건 제 마력의 속성이 번개이기 때문입니다. 당연한 얘기를 하시네요."

"……그렇게 당연한 얘기라면 제가 할 리가 없죠. 제가 말하는 건 당신의 속성이 아니라 다른 것에서 번개의 냄새가 난다는 뜻이었어요. 마치 비가 내리기 직전 대밀림에서나 맡을 수 있는 매캐하고 텁텁한 향기."

카릴은 그녀의 말에 피식 웃었다.

"확실히 야인이로군. 대밀림에 갔을 때 나 역시 비슷한 느낌을 받았었으니까."

그는 눈을 빛냈다.

"우레군주 쿤겐을 말하는 거로군."

안챠르는 천천히 고개를 끄덕였다.

"에이단. 네 검을 그녀에게 보여줘라. 해답이 될 거다."

카릴의 명령에 에이단은 자신이 쓰고 있던 두 자루의 검을 보여줬다. 뇌격(雷擊)과 뇌전(雷電)이었다.

"번개라는 것이 단순히 뇌 속성을 뜻하는 것이 아니라 냄새가 다르다니······. 야인의 후각은 무시 못 할 일이군요."

에이단은 신기한 듯 그녀를 바라봤다.

"이 검은 마도 시대에 만들어진 다섯 개뿐인 블레이더의 무구입니다. 확실히 우레군주의 힘이 담겨 있다고 알려지기도 했죠."

하지만 어쩐 일인지 쌍검을 본 안챠르의 표정이 굳어졌다.

"가짜."

"······네?"

"고작 이걸 가지고 우레군주의 힘이 담겨 있다고 말하는 것 자체가 창피한 일이네요."

"뭐, 뭐라는 거야? 가짜? 지금 주군께서 내게 주신 무구를 그따위로 말해?"

에이단은 그녀의 신랄한 말에 당혹감을 감추지 못했다. 지금까지 예의를 지키던 그였지만 카릴과 얽힌 일에 관해서 만큼은 냉정하리만큼 태도가 변했다.

안챠르는 쌍검에 눈을 떼고서 카릴을 바라봤다.

"라이스를 막기 위한 방법이 있어요."

"그래?"

카릴은 그녀의 말에 살짝 고개를 돌렸다.

"내 말이 맞지? 그녀는 분명 새로운 방법을 찾아낼 거란 말."

그의 눈빛을 본 세르가는 살짝 당혹스러운 듯한 표정을 지었다.

"다음에는 실패하지 않겠어요."

"방법을 들어볼까?"

"놈보다 더 빠르면 됩니다."

"네가? 알카르의 힘으로도 그건 불가능할 텐데."

"제가 아니라 저분이요."

안챠르는 에이단을 가리켰다.

"저요?"

어리둥절해하는 그를 두고 그녀는 카릴을 바라봤다.

"아버지께 연락해 주세요."

그녀는 결심을 굳힌 듯 단호한 목소리로 말했다.

"야인의 신물(神物)을 이곳으로 가져와 달라고."

"야인의 신물?"

에이단은 그게 뭐냐는 눈빛으로 카릴을 바라보며 되물었다. 하지만 카릴 역시 처음 들어보는 것이었다. 전생에 안챠르는 선령의 힘을 쓰는 드루이드였지만 유물에 관한 이야기는 한 적이 없었다.

"대밀림이 비와 낙뢰가 많이 내리는 곳이라는 것은 다들 아실 겁니다. 하지만 그것이 단순한 자연현상만은 아니에요."

"설마 그게 우레군주와 관련이 있다는 말인가?"

"네."

[허…… 설마 쿤겐이 대밀림에 봉인되어 있다는 건가?]

[놀랍군. 전에 했던 대화가 사실이었을 줄이야. 어쩐지 대밀림에 갔을 때 자연의 섭리가 뒤엉킨 느낌이라더니…….]

[어째서 율라가 그를 인간계에 그냥 두었지? 정령 중에서 라시스와 함께 가장 꺼리는 존재 중 하나인데.]

정령왕들이 안챠르의 말에 놀란 듯 침묵을 깨고 황급히 이야기했다.

[모를 일이지. 라시스 역시 정령계가 아니라 인간계에 남아 있었으니까. 그와 같은 이유 아닐까.]

정령왕들의 대화를 뒤로한 채 카릴은 안챠르에게 물었다.

"지금 신물은 어디에 있지?"

"아버지께서 가지고 계세요. 사실 저는 기억이 없는데 카릴님께서 다녀가신 이후 아버지께서 말씀하시길 신물이 반응했다고 했어요."

[정령계로 바로 떠나는 바람에 확인을 하지 못했군.]

카릴은 알른의 말에 고개를 끄덕였다.

"잘했어. 선견지명이 있는걸. 할카타와 함께 온 것으로 알고 있는데 다행이야. 대밀림으로 사람을 보내야 할 시간을 아낄 수 있으니까."

그는 마도 범선 위에서 우월한 눈으로 연결되어 있는 상황실의 이스라필을 불렀다.

"들었지? 지금 당장 할카타를 불러오도록 해. 곧장 수도로 돌아갈 테니까."

[걱정 마십시오. 이미 연락을 취해 놓았습니다.]

이스라필의 빠른 일 처리에 카릴은 만족스러운 표정을 지었다.

"그럼, 꼭 잡으세요. 전속력으로 가겠습니다!!"

기다렸다는 듯 칼 맥은 키를 있는 힘껏 당겼다.

촤아아아아--!!

마도 범선이 하늘을 가르며 질주하기 시작했다.

"여기 있습니다."

수도로 돌아온 카릴은 자신을 기다리고 있던 할카타를 바라봤다. 그의 손에 들려 있는 가로로 긴 직사각형의 상자는 누가 봐도 그 안에 검이 들어 있음을 짐작게 했다.

"열어봐."

카릴의 명령에 할카타는 상자를 그에게 더 가까이 밀며 말했다.

"이 신물은 대대로 야인들에게 내려온 보물이지만 내부를 본 자는 아무도 없습니다. 저희로는 이 잠금을 푸는 것이 불가능합니다."

"흠."

상자에는 신기하게도 이음새가 전혀 없었다. 상자는 나무로 되어 있었는데 겉에 표면에는 음각으로 새겨진 특이한 문양만이 남아 있었다.

[확실히 안에서 정령의 기운이 느껴지는군. 번개를 막기 위해 목(木)의 봉인을 쓴 거라면 일리가 있어.]

라미느가 상자를 살피며 말했다.

"어때? 태울 수 있겠어?"

[해보지.]

화르르륵……!!

카릴의 손등에 있는 아인트리거에서 불꽃이 일었다. 하지만 폭염왕의 맹렬한 불길에도 불구하고 그의 화염이 상자에 닿는 순간 맥없이 열기가 사라져 버렸다.

[일반적으로 목 계열의 봉인은 불에 약한 법인데…… 이건 단순한 나무가 아니로군.]

[수분을 머금고 있는 나무야. 게다가 단단해서 바람의 칼날에도 쉽게 잘리지 않을 거야. 인간의 봉인이 아닌 것은 확실해.]

마치 흡수를 하듯 화염을 꺼뜨린 나무 상자를 보며 에테랄이 말했다.

"방법은?"

[하나뿐이다. 나무의 근간이 되는 것은 결국 뿌리. 뿌리는 대지의 힘이 없으면 존재할 수 없다. 결국 그 근원을 부수면 봉인은 사라지게 되지.]

"……!!"

그때였다. 수도의 홀 안에 거대한 차원문이 생성되며 낮고 묵직한 목소리가 울렸다.

"어……? 이, 이게 왜 이래?"

그 목소리가 들림과 동시에 그곳에 있던 수안 하자르는 자신이 차고 있던 건틀렛이 빛을 뿜어내는 것에 당혹감을 감추지 못했다.

"왔군."

카릴은 목소리의 주인공을 단번에 알아차렸다.

"허……."

"말도 안 돼. 진짜 골렘이잖아?"

차원문을 통해 나타난 거대한 골렘에 사람들은 할 말을 잃은 듯 그저 멍하니 쳐다볼 뿐이었다. 공국에서 만들어진 마도기병이 아닌 살아 있는 정령체로서의 골렘은 처음이었다. 정령계가 소실되어 가는 상황에서 기껏해야 몇 남지 않은 정령술사들은 중급 정령도 소환할 수 없는 상황이었으니 이토록 거대한 정령에 놀라는 것은 당연한 일이었다.

"몸은 이제 회복이 되었나? 막툰."

홀의 천장을 가득 채운 크기임에도 불구하고 골렘은 차원문이 비좁다는 듯 얼굴만을 내밀며 카릴에게 말했다.

[그건 율라의 봉인이 아니다.]

막툰의 말에 카릴이 그를 바라보며 말했다.

"그럼?"

[그 봉인은 내가 만든 것이다.]

그의 대답에 정령왕들은 당혹감을 감추지 못했다.

[그게 무슨 말이야?]

[설마…… 네가 쿤겐을 가두었다는 말이냐?]

[막툰!! 너마저 율라의 편에 섰던 것은 아니겠지!]

정령왕들의 힘이 거세졌고 홀 안에 있는 사람들은 중압감을 느꼈다.

"모두 진정해. 막툰이 율라의 편에 섰었다면 우리가 정령계로 갔을 때 그 꼴이 되진 않았을걸."

소란스러운 그들을 진정시키며 카릴은 막툰을 올려다봤다.

"물론 그마저 연기였다면 다음엔 심장만 남는 게 아니라 심장만 부숴 버리겠지만 말이야."

[……내가 그를 봉인한 이유는 율라에게 패배의 규율을 지

키기 위함이 아니다. 그 이전에 그를 봉인시켜야 할 이유가 있었을 뿐이지.]

"어째서?"

[율라는 쿤겐을 꺼렸지. 그 이유는 그 역시 빛의 힘을 가지고 있었기 때문이다. 하지만 우레군주는 정령왕 중에서도 특수한 존재다. 그는 빛의 힘만을 가진 것이 아니니까. 우레는 빛을 가지면서 열도 가졌고 물 안에서 더욱 자유로우며 바람을 머금고 있으면서 또한 먹구름의 어둠까지 지녔다.]

[맞아. 율라는 신령대전 이후 다른 정령왕들과 달리 쿤겐을 오히려 봉인하지 않으려 했다. 왜냐면 다른 정령왕들이 사라지고 그 혼자 남는다면 오히려 자연계는 날뛰는 번개의 힘에 균형을 잃어버리게 될 테니까.]

"대밀림의 기후가 오락가락하는 것과 같군요."

앤섬 하워드는 정령왕들의 이야기를 이해했다는 듯 고개를 끄덕였다.

[그렇기 때문에 나는 정령계로 도망치기 직전 쿤겐을 내 힘으로 봉인시켰다. 쿤겐의 힘을 감당할 수 있는 정령왕은 오직 대지의 힘뿐이었으니까.]

"율라는 왜 네 봉인 상자를 그냥 뒀지?"

[글쎄……. 쿤겐 스스로 내 봉인을 풀 수 없으리라 생각했기 때문일지도 모르지. 율라는 정령계를 마음대로 오갈 수 있으니 자신의 감시 아래에 있는 내가 그의 봉인을 풀지 않을 거

라 여겼을 테고.]

"하지만 타락을 잡기 위해서는 쿤겐의 힘이 필요하니 율라
도 이해하겠지."

카릴은 의미심장한 목소리로 말했다. 정령왕의 봉인이 풀리
는 것을 꺼리겠지만 이미 라시스이 봉인이 풀린 상황에서 쿤겐
의 존재는 율라에게 큰 의미를 주지 않을 수도 있었다.

'하지만 그 작은 차이를 모아 큰 빈틈을 만드는 것이야말로
적을 무너뜨리는 데 가장 필요한 일이지.'

"그럼 막튠, 네가 저 봉인을 풀 수 있나?"

[아니. 불가능하다.]

그의 대답에 카릴은 살짝 인상을 찡그렸다.

"네가 만든 봉인인데 어째서?"

[나는 그의 힘이 세상에 나오지 않기 위해 봉인을 하는 과
정에서 몇 가지 주문을 더 새겨 넣었다. 봉인을 풀기 위해서는
단순히 대지의 힘만이 아닌 대지의 힘을 통한 물리력이 뒷받
침되어야 한다.]

"그거라면 간단하군. 정령 계약을 통해서 해결할 수 있잖아."

[지금의 너는 나와 계약할 수 없다.]

"……뭐?"

카릴은 막튠의 말에 되물었다.

"그게 무슨 뜻이야. 나는 지금껏 남아 있는 정령왕들과 계
약을 했다. 네가 다른 자들보다 특별한 이유가 있나?"

[그게 아니다. 지금의 나는 완벽한 회복이 되지 않았기 때문이다. 내 심장은 여전히 정령계에 머물러 있다. 지금 상황에서 내 힘을 인간계에 발현하기 위해서는 대지의 힘을 가진 자가 필요하기 때문이다.]

"대지의 힘이라니…… 내 마력은 용마력이다. 무색의 속성이지. 나 역시 대지의 속성을 쓸 수 있어."

막툰은 천천히 고개를 저었다.

[순수한 대지의 힘이어야 한다. 토(土) 속성의 마력만을 가진 자여야 하지. 다행이라면 나 스스로 계약의 체결을 원하니 정령력은 크게 중요하지 않을 것이다.]

"토 속성의 마력이라면……."

그때였다.

"저기."

수안 하자르는 떨리는 목소리로 자신의 앞에 서 있는 거대한 골렘을 향해 물었다.

"제게 힘을 빌려줄 수 없습니까?"

[네게?]

막툰은 그를 내려다보았다.

[칼두안의 건틀렛이로군. 확실히…… 퀘니테의 부탁으로 청귀의 힘을 담은 건틀렛을 만들었었지. 그걸 찾은 자가 있을 줄이야.]

세기의 정령술사라 불리던 퀘니테에게서 얻었던 건틀렛을

보며 막툰은 마치 추억을 되새기듯 말했다.

"확실히 수안 하자르라면 소드 마스터급의 투사에다 토 속성의 마력을 가졌으니……."

"잘되었는걸?"

에이단을 비롯해서 몇몇 사람들이 그의 도전에 수긍하듯 말했다.

[글쎄.]

하지만 그들과 달리 막툰은 고개를 저었다.

[굳이 내 힘을 받들겠다면 그대보다는 저자가 더 나와 어울릴 듯싶은데.]

골렘의 거대한 손가락이 가리킨 곳에는 다름 아닌 고든 파비안이 있었다.

"클클, 사람 볼 줄 아는군. 봤냐, 수안. 넌 아직 멀었다. 애송아."

그는 수안을 놀리듯 말했다. 가벼운 농담과 같은 말이었지만 수안은 쉽사리 웃을 수 없었다.

"글쎄요. 위대한 정령왕에게 외람된 말이오나 저런 퇴물보다는 수안이 더 낫다고 봅니다만 다시 한번 재고해 주시는 것은 어떻습니까."

"뭐? 늙은이는 당신이지. 제자라고 싸고도는 것 좀 보게?"

그의 옆에 있던 권왕의 말에 고든은 어이가 없다는 듯 코웃음을 쳤다. 둘은 여전히 티격태격하고 있었지만 전장에서 누구보다 호흡이 잘 맞는 지기(知己)라는 걸 모르는 이는 없었다.

[그대들은 인간의 한계에서 극의에 도달한 자들이로군. 신화 시대의 나와 함께했던 동료들과 비슷한 기운이 난다. 그대의 말대로 저자의 가능성은 충분히 알고 있으나…… 전쟁은 이미 시작되었고 나는 지금 당장 강자에게 힘을 보태는 것이 더 이로운 결과를 만들 것이라 생각하는데.]

"타당한 말씀입니다. 하지만 다행스럽게도 안챠르와 에이단이 라이스를 막아냈습니다. 약간의 시간을 번 셈이지요."

[고작 그 짧은 시간 동안 무엇을 할 수 있지?]

"많은 것을 할 수 있습니다. 혹…… 그가 그 짧은 시간 동안 고든을 뛰어넘을 수도 있지요."

"이 인간이야말로 노망이 났나. 말이 되는 소리를 해. 발본트. 자네 8태세가 제법 훌륭한 건 알지만 당신도 아니고 수안이 날 뛰어넘어? 막 소드 마스터급에 오른 녀석이?"

고든은 어이가 없다는 듯 말했다.

"확실히 수안은 보기 드문 재능을 가진 아이야. 처음 그를 봤을 때 정식 제자로 받아들이고 싶을 정도였으니까. 이제 와서 내가 후회하는 것은 그에게 하루라도 빨리 내 태세를 알려 줬을 걸 하는 것이지."

"늦긴 했지만 이제 저 녀석에게 8태세를 모두 전수해 줬잖아."

"하지만 부족해."

"……무슨 말을 하고 싶은 거야?"

어쩐지 자신을 바라보는 발본트의 눈빛이 꺼림칙한 느낌에 고든이 머뭇거리며 말했다.

"자네나 나나 결국은 지는 해일 뿐일세. 신살의 10인에 들지 못한 자들이지. 하지만 수안은 카릴과 함께 파렐에 가야 하네. 그러니 우리가 힘을 실어줘야 할 거 아니겠는가."

"너 설마……."

"수안이 자네를 뛰어넘게 만드는 방법이 하나 있지."

고든은 낮은 한숨을 내쉬었다.

"그에게 오토마타를 가르쳐 주게나. 토(土) 속성의 마력을 가진 수안이야말로 적임자니까."

"미친…… 내 밥줄은 저놈에게 그냥 주라고?"

"클클, 오히려 그가 밥줄이 될지 누가 알아. 말년에 숟가락 들 힘도 없을 때 돌봐줄 제자 하나 정돈 있으면 좋잖아?"

발본트는 고든의 표정이 볼만하다는 듯 웃었다.

"잘 생각해 보게. 저 녀석은 세상을 구하러 가는 거니까. 놈의 성격은 자네도 알겠지. 어리숙한 저놈은 제 주군을 위해서라면 적의 칼날에 몸을 던질 놈이야. 적어도 살아서 돌아오게 하려면 제 몸 지킬 방법은 있어야 하지 않겠나."

고든은 그의 말에 살짝 인상을 찡그리며 수안을 바라봤다. 그의 눈빛에 수안은 긴장한 듯 덩치에 어울리지 않게 움찔거렸다. 그도 그럴 것이 건장한 체격의 수안도 고든의 앞에 서자 왜소해 보일 정도였으니 말이다.

"너 자신 있냐."

"······네? 아, 네!! 물론입니다!"

수안은 그의 물음에 다급히 대답했다. 다른 것도 아닌 고든 파비안의 오토마타였다. 대마법사의 마법도 통하지 않는다는 절대 방어술을 배울 기회는 천금과도 같은 것이었으니 수안은 흥분을 감추지 못했다.

"좋아."

"잘 됐어. 수안, 잘 배워보게. 그의 방어술은 우리도 깨우치지 못한 비기이니까 말이야."

발본트는 고든의 허락에 만족스러운 듯 수안의 어깨를 가볍게 두들겼다.

카릴은 그 모습에 피식 웃고 말았다. 발본트는 지금까지 호시탐탐 수안에게 오토마타를 배우게 할 계획을 짜고 있었던 것이 틀림없었다.

"카릴, 우리에게 시간이 얼마나 남았지?"

"글쎄요. 하루, 이틀 정확한 날 수를 말씀드릴 순 없지만 여유를 부릴 수 있지 않다는 것은 확실하죠."

"그래. 속성으로 가르쳐야 한다는 거군."

고든은 고개를 끄덕이고는 수안을 바라봤다.

"그럼, 이 꽉 깨물어."

"······네?

그는 자신의 거대한 전투 해머인 모우터를 들어 올리고는 씨익 웃었다.

"일단 좀 맞자."

고든 파비안. 그는 대륙의 모든 소드 마스터를 통틀어서 가장 강력한 완력을 지닌 남자였다.

"수안이 고든과의 훈련을 위해서 떠났습니다."

보고를 올리는 에이단이 말을 할 때마다 히죽거리며 웃었다.

"제대로 인사도 못 했군."

"어쩔 수 없을 겁니다. 정신을 잃고 고든의 어깨에 얹혀서 갔으니까요."

카릴은 그의 말에 쓴웃음을 지었다. 포나인 강물을 작은 배로 거슬러 오를 정도로 대단한 체력을 가졌던 수안이었지만 역시 고든 파비안에게는 당할 수가 없었던 모양이었다.

'그만큼 그가 괴물인 걸지도 모르지만.'

처음 신살의 10인 명단을 구성할 때 카릴 역시 고든에 대해서 많은 고민을 했었다. 그는 전생에는 존재하지 않았던 자였으며 과거 5대 소드 마스터 중에 현생에서 자신과 가장 친분이 깊은 사람이었으니까.

실력과 믿음. 모두가 완벽하게 갖춰진 최상의 멤버였다. 하지만 카릴은 그를 10인에서 제외시켰다. 고든은 동료로서 훌륭하지만 그렇기에 강함을 떠나 동등한 위치에서 서로를 바라봤다.

하지만 파렐의 공략에 있어서 그들은 수많은 갈림길을 마주하게 될 것이다. 그럴 경우를 대비해 수장은 하나여야 한다. 그렇기에 자신에 대한 수안의 절대적 충성을 카릴은 더 높게 샀다.

'발본트 덕분에 수안의 능력이 더욱 높아지면 나로서는 좋은 일이지.'

카릴은 잠시 눈을 감았다가 생각을 정리한 듯 뜨며 에이단을 바라봤다.

"그렇다면 네가 날 찾아온 이유는 야인의 신물 때문이겠지."

에이단은 그의 말에 속마음을 들킨 듯 살짝 입술을 씰룩였다.

"내가 네게 준 뇌전과 뇌격은 확실히 마도 시대에 만들어진 무구니까. 상자 속에 들어 있는 신물이야말로 진짜 무구일 터. 뇌 속성의 네가 탐낼 만해."

"제가 어찌 주군의 힘을 탐하겠습니까. 주군께서 모든 정령 왕들과 계약을 하실 거란 걸 알고 있는데 말입니다."

"그럼?"

"다만…… 안챠르의 말대로 라이스를 소탕할 때까지만이라도 뇌격과 뇌전을 쓸 수 있게 해주셨으면 합니다."

"어째서지?"

에이단은 카릴을 바라봤다.

"은익 함대 구출에 있어서 저는 안챠르에게 자신만만하게 라이스의 벌레들보다 제가 빠를 거라고 말했습니다. 하지만 보기 좋게 놈의 본체를 잡긴커녕 닿지도 못했죠."

에이단은 쓴웃음을 지었다.

"하지만 그 과정에서 가네스 경의 자신의 마력을 제게 주었을 때 저는 지금까지 느껴보지 못했던 새로운 경지를 경험했습니다. 마치 시간이 멈춘 것 같은 느낌이었죠."

"흐음."

카릴은 그를 물끄러미 바라봤다. 말을 하는 그의 표정은 자신의 부족함에 대하여 실망하는 것이 아니라 새로운 영역에 대한 도전의 의지가 더 강하게 느껴졌다.

"외람된 말씀이오나 우레군주가 제게 새로운 길을 제시할 방향키가 되어줄 것이라 생각합니다. 정령왕은 인간보다 훨씬 더 순도 깊은 마력을 가지고 있으니까요."

에이단은 긴장 가득한 얼굴로 카릴에게 말했다.

"좋아."

"……네?"

"원한다면 우레군주와의 계약을 해도 좋아. 나는 필요하다면 막툰의 계약을 수안에게 유지시킬 생각도 하고 있었으니까."

"정말이십니까?"

"하지만 명심해야 할 것이 있다. 네 마력의 속성은 바람. 극한의 속도를 이루기 위해서 번개를 이용하겠다는 것은 알겠지만 자칫하면 번개의 속성에 네 마력이 잡아먹힐 수도 있다."

"걱정 마십시오."

카릴은 단호한 에이단의 모습을 보며 피식 웃었다.

"광풍이 서운해할 수 있겠군. 하나 네가 정말 우레군주의 힘을 다룰 수 있게 된다면…… 지금까지 정의 내리지 못한 바람의 영역을 뛰어넘을 수 있겠지."

꿀꺽-

그의 말에 에이단은 긴장 가득한 눈빛으로 자신도 모르게 마른침을 삼켰다.

"그러나 명심할 게 있다. 그렇게 된다면 나는 정령왕을 네게 나눠주게 되는 것이다. 네가 그와 계약을 한다면 무슨 일이 있어도 너와 수안은 내가 있는 전장에 도달해야 할 것이야. 어때, 자신 있나?"

"물론입니다."

에이단은 카릴의 물음에 거침없이 대답했다.

"내가 무슨 싸움을 할지 알고? 어떤 전장에 설지 알고 그렇게 쉽게 대답하지?"

"기억하십니까? 타투르에서 첫발을 내디뎠을 때부터 저와 수안은 주군의 곁에 있었습니다. 그러니 끝맺음 역시 함께해야 하지 않겠습니까. 저는 오히려 주군의 옆에 저희가 없는 상황을 상상해 본 적도 없는걸요."

[낯간지러운 소리를 잘도 하는군. 차라리 남정네들끼리 사귀지 그래? 곧 이 녀석도 성인식을 치를 때가 되었으니까. 새해가 찾아오기도 이제 한 달도 채 남지 않았잖느냐.]

"무슨 헛……."

"헛소리하지 마."

그때였다. 카릴이 알른의 말에 답을 하려고 하는 순간 그보다 먼저 신경질적인 목소리가 들렸다.

"해가 바뀌는 날을 손꼽아 기다리는 게 누군데 고작 이런 놈에게 카릴을 줘? 유령 주제에 노망이라도 났나…… 응?"

[시끄러운 녀석이 왔군.]

알른은 이내 고개를 젓고는 연기처럼 사라졌다.

"어, 어딜 가?!"

천하의 대마법사인 그를 사라지게 만든 사람은 다름 아닌 밀리아나였다.

"흥."

그녀는 공중에 아직 남아 있는 알른의 기척을 손으로 휘저으며 콧방귀를 뀌었다.

"하하, 그럼 저는 물러가 보겠습니다. 말씀 나누시죠."

에이단은 살짝 밀리아나를 향해 눈빛을 주더니 묘한 미소를 띠며 사라졌다.

"여긴 왜 왔어?"

"왜라니. 네가 헛짓을 하진 않나 싶어서 감시하러 왔지."

밀리아나는 뾰로통한 얼굴로 대답했다.

"헛짓이라니. 말도 안 되는 소리."

"왜? 지금도 수도로 돌아오자마자 날 찾지도 않고 게다가 이런 한밤중에 남자랑 둘이서 떠들고 있었잖아."

카릴은 그녀의 말에 쓴웃음을 지었다. 그녀의 감정을 모르는 것은 아니었다. 사실 전생의 동료였으며 현생에 와서 이렇게까지 가까워질 것이라고는 생각지 못했던 일이었다.

그녀가 싫은 것은 결코 아니었다. 다만 그가 그녀에게 쉽사리 다가가지 못한 이유는 단 하나였다. 신살의 10인 중 유일하게 살아남은 그는 파렐을 통해 과거로 돌아왔다. 그 말인즉 슨 자신의 동료였던 9명의 죽음을 모두 자신의 눈으로 지켜보았다는 것이기도 했다.

'또다시 너희를 잃고 싶지 않다.'

카릴은 전생에 와서 무수히 많은 위업을 달성했지만 그 모든 것이 이 전쟁을 위한 준비에 불과할 뿐이었다. 그는 지금껏 단 한 번도 자신의 이익을 위해서 행동하지 않았다.

하지만 처음이자 마지막으로 욕심을 부리려 했다. 그렇기에 그는 밀리아나를 일부러 멀리하고 있었던 것이기도 했다. 하지만 밀리아나는 그의 생각을 모를 터.

카릴은 그저 물끄러미 그녀를 바라보며 쓴웃음을 지을 뿐이었다.

"혼자 갈 생각이지?"

순간 그녀의 말에 카릴은 당혹감을 내비쳤지만 이내 곧 표정을 감추었다.

"무슨 말이야?"

"내가 말한 헛짓은 고작 에이단과 노닥거리는 걸 얘기하는 게 아냐. 신살의 10인이다 뭐다 하면서 사실은 혼자서 파렐을 가려고 하는 게 아니냔 말이야."

"말도 안 되는 소리 하지 마. 파렐을 공략이 혼자서 가능한 일이라고 생각해? 날 너무 과대평가하는 것 아냐."

"혼자 가도 좋아."

"……뭐?"

생각지 못한 그녀의 말에 카릴은 오히려 속내를 들킨 것보다 더 놀란 표정으로 되물었다.

"우리가 방해가 된다면 말이야. 하지만 방패막이로라도 쓸 수 있다면 데려가. 목숨 한 번에 검을 한 번 벨 수 있다면 적어도 아홉 번의 기회는 우리가 네게 만들어줄 수 있다는 것이잖아."

밀리아나의 말에 카릴은 아무런 대답을 하지 못했다.

"왜? 부족해? 하긴 적어도 상대가 신인데 인간의 목숨 하나로 기회를 잡는다는 것은 욕심이겠지."

그녀는 아무렇지 않은 표정으로 말했다.

"너와 나. 둘을 제외하고 여덟. 뭐…… 그럼 둘씩 묶어서 기회를 만들라고 해. 적어도 나는 녀석들하고 다르니까. 혼자서도 충분하거든."

"잘난 척은……."

끝 모를 자신감이 그녀의 장점이기도 했지만 카릴은 긴장감 없는 말에 자신도 모르게 헛웃음을 터뜨리고 말았다.

"이제야 좀 웃네. 목숨 정도는 걸어야 웃는 걸 볼 수 있으니

이거야 원⋯⋯. 세계의 주인이 되었다고 너무 재미없어진 것 아냐? 적어도 디곤을 찾아왔을 때 너의 첫 모습은 건방져도 흥미로운 사내였는데."

밀리아나는 그 모습에 어깨를 가볍게 으쓱하며 말했다.

"카릴."

"왜?"

"에이단과 수안이 분발하고 있다. 처음에는 믿음직스럽지 않던 녀석들이지만 이제는 누구보다 네 등을 맡길 만한 자들이야."

"알고 있어."

"그러니 절대로 혼자 가지 마라."

그녀는 다짐을 받듯이 그를 향해 다시 한번 말했다.

"이 말을 하러 온 거야."

그러고는 가볍게 손을 흔들며 카릴을 떠났다.

"아 참, 한 가지 깜빡했군."

밀리아나는 발걸음을 멈추고서 돌아섰다.

"뭔데?"

"잠이 안 오면 내 침소로 와도 좋다."

"⋯⋯됐어."

그의 거절에 그녀를 피식 웃었다.

"온기가 그립다면 말이야. 나머지는 성인식이 끝나는 날을 기다리지."

그녀가 떠난 후 카릴은 웃던 얼굴을 뒤로하고 심란한 표정으로 아래를 내려다봤다. 이제 막 동이 트기 시작하는 새벽임에도 불구하고 수도의 사람들은 분주히 하루를 시작하는 사람들로 북적거렸다. 세상이 멸망을 하는 순간에도 저들은 그저 평범한 하루를 살았을 것이다. 자신의 운명을 스스로 정하지 못한 채 말이다.

꽈악-

그렇게 만들고 싶지 않았다.

[흐음, 여자의 감이라는 건가? 무섭군. 아무도 눈치채지 못했으리라 생각했는데 말이야. 내가 다 깜짝 놀랐네.]

알른이 다시 나타나 그의 옆에 섰다.

"무슨 말이야."

[시치미 뗄 필요 없어. 내 앞에서까지 숨길 필요 없으니까. 솔직히 말해서 정말 파렐을 혼자 갈 생각도 있었잖느냐.]

"……."

[너는 안챠르와 에이단이 싸울 때 파렐을 올라가는 과정에서 때로는 10인을 남겨두고 올라가야 할 일이 생길 수도 있다고 했었지.]

"그런데?"

[하지만 과연? 내 눈엔 저 녀석들을 바라보는 네 눈빛이 아무리 봐도 냉정하게 버리고 갈 수 없을 것처럼 보이거든. 게다가 전생에 죽은 동료들을 위해 억겁의 시간을 걸어온 네가? 또

다시 그들을 죽음에서 쉽사리 버릴 수 있을까.]

"헛소리할 거면 그냥 조용히 돌아가."

카릴은 알른의 말에 거칠게 대답했지만 오히려 그 모습이 의구심을 자아내기 충분했다.

[녀석아. 매사에 냉철해져야 한다고 언제나 말하지 않았더냐. 하지만 어떤 면에서는 한없이 바보 같은 면이 있어.]

"잔소리할 거라면 그만해. 혼자 가지 않아."

[그래?]

알른은 그의 옆에서 낮은 목소리로 말했다.

[난 혼자 가도 좋다고 보는데.]

"……당신도 밀리아나처럼 말장난을 하려는 거야?"

[아니. 나는 확률을 보고 말하는 거다. 그녀처럼 감성적으로 내뱉는 게 아냐.]

"확률?"

[버리지 못하고 짊어지고 갈 거라면 차라리 짐을 만들지 않는 게 낫지.]

알른은 차갑게 말했다. 카릴은 그의 말을 부정하지도 긍정하지도 않았다. 두 사람 사이에 침묵이 흘렀다.

[어째서 올리번은 너를 죽이려 했을까.]

갑작스러운 물음에 카릴이 살짝 인상을 찡그렸다.

"그게 무슨 소리야? 그야 당연히……."

[나는 현생이 아니라 전생을 말하는 거다.]

"……."

[너는 과거로 오기 위해서 파렐을 올랐다고 했다. 그 말은 파렐이 남아 있었다는 뜻이고 결국 신탁의 10인이 재해를 모두 막지 못했다는 말이잖느냐.]

"그렇지."

생각하고 싶지도 않은 과거였다.

카릴은 낮은 한숨과 함께 고개를 끄덕였다.

[지금까지 우리가 만난 타락들은 결코 쉬운 마물이 아니었다. 게다가 전생의 전력은 지금보다 훨씬 더 약했을 터. 그런데 유일한 희망이라고 할 수 있는 너를 왜 죽이려 했을까.]

"그건……."

알른의 물음에 카릴은 선뜻 대답하지 못했다.

[전생의 너는 왕위에 대한 욕심 같은 건 없던 사람이야. 그저 살기 위해 싸웠을 뿐이지. 올리번은 과연 네가 자신의 위치를 위협하는 자라고 생각했을까? 이민족을 친우라 했던 그 모습이 정말 가면에 불과한 것인가 말이야.]

그 순간 카릴의 눈빛이 흔들렸다. 자신이 전생의 기억을 가지고 있다 하더라도 그건 과거일 뿐. 현생의 올리번과의 추억은 남아 있지 않았다. 게다가 이번 생에는 자신의 손으로 그를 끝내지 않았던가.

[어쩌면 그건 거절할 수 없는 뭔가를 율라가 올리번에게 약속한 것일지 모른다.]

알른은 저 아래에 있는 무덤을 바라보며 말했다.

[과연 그게 뭘까.]

"넌 그때 율라가 올리번과 또 다른 거래를 했다고 말하는 거야?"

[신을 섬기는 자로서 그게 거래일지 아니면 신탁이란 이름 아래 일방적인 명령일지는 모르겠지만…… 널 죽여야 했던 이유가 문득 궁금해졌을 뿐이다.]

"그래 봐야 전생의 일이야. 신탁이 내려지고 난 이후 수차례의 전투 후에 벌어진 일이라면 더더욱 지금의 올리번과는 관계가 없는 일이겠지. 녀석은 신탁이 내려지는 것도 보지 못한 채 내게 죽었는걸."

[글쎄. 과연 신이 대륙에 처음 모습을 드러낸 것이 신탁이었을 때라고 누가 확신을 내려 줬지?]

"……뭐?"

[물론 나 역시 어떠한 확신을 가지고 얘기하는 것도 아니야. 여자의 감만큼 정확하진 않지만 늙은이의 감이라고 해야 하나 아니, 유령의 감이라고 하는 게 더 맞겠지.]

알른 자비우스는 괴상한 미소를 지으며 말했다.

[올리번은 뭔가 알고 있을지 몰라.]

어째서일까. 그 순간 카릴은 백금룡의 금제를 풀기 위해 올리번을 찾아갔을 때 기억이 떠올랐다. 그가 사라지기 전 마지막으로 남겼던 한 마디가.

"내 심장 속에 남겨둔 이야기 하나를 할 수 있겠지……."

카릴은 그 말을 낮게 읊조렸다.

►Chapter 4◄

　"피아스타 방면 몬스터 대거 출현!! 현재 항구에서부터 약 5㎞ 떨어진 부근에서 쏟아지고 있습니다!!"

　휘리리릭--!!

　앤섬 하워드는 척후병들의 보고에 빠르게 책장을 넘기듯 지도를 넘겼다. 지도 위에는 마경으로 빼곡하게 채워진 수많은 창이 있었다.

　"베이칸, 지금 당장 자유군을 이끌고 피아스타를 방어하십시오. 또한 북부 쪽에 주둔하고 있는 청기사단 역시 방어를 합류하도록 하세요."

　그의 말에 상황실에 있는 병사들이 일제히 긴장한 얼굴로 바라봤다.

　[알겠습니다. 곧바로 합류하겠습니다.]

낮고 굵은 목소리가 대답했다.

"크웰 경께서…… 드디어……."

고작 한마디였음에도 불구하고 병사들은 마치 감격스러운 듯 저마다 중얼거리기 시작했다. 대륙제일검이라 불렸던 크웰은 더 이상 최강의 소드 마스터는 아니었지만, 여전히 그와 그의 청기사단이 가지는 안정감은 유효했다. 특히 상황실에 있는 대부분의 병사들이 과거 제국병이라는 것을 감안했을 때 북부의 경계를 철통같이 지켰던 청기사단의 출격은 승리를 보장하는 것과 같았기 때문이었다.

'부디 승리해 주십시오. 선봉의 역할을 이루어야 승기를 우리 쪽으로 가져올 수 있으니.'

앤섬은 진군하는 청기사단을 바라보며 생각했다.

"다행이로군요."

티렌이 그를 보며 말했다.

"네?"

"앤섬 님이 바라는 곳에 타락이 나타났으니 말입니다. 배치된 병력 중에 가장 승률이 높은 곳이잖습니까."

자신의 생각을 읽은 듯한 그의 말에 앤섬은 쓴웃음을 지었다.

"바라는 것이야 사실 재해가 오지 않는 것이지만…… 만약 온다면 가장 피해가 적은 곳이길 바랄 뿐이었습니다."

"피아스타의 시민들을 이미 대피했던 걸 봐서는 어느 정도 예상을 하셨던 모양입니다만."

앤섬은 고개를 끄덕였다.

"재해가 시작된 이후 저는 놈들에 대하여 몇 가지 가설을 세웠습니다. 처음 두 번의 경우로 결론을 내리기 어려웠지만 세 번째 재해가 나타나고 두 마리의 타락을 해부한 결과 그중 몇 가지 가설이 유력할 수 있음을 찾았습니다."

"어떤 것이죠?"

"일단 재해에는 속성이 있다는 것입니다. 혈은 독기를 가지고 있었지만 그 힘을 발산하는 점화점은 폭발 즉, 불꽃입니다. 그리고 헤크트는 보시는 바와 같이 물의 속성을 가지고 있고요."

"으흠."

촤르륵-

앤섬이 손을 젓자 작은 마경이 나타났고 그곳에는 두 개의 시체가 나란히 봉인되어 있는 모습이 보였다.

"라이스가 시작된 곳은 은익 함대가 주둔하고 있던 해협이었습니다. 처음에는 놈들 역시 물의 속성을 가진 것이 아닐까 싶어 가설이 틀린 것인가 싶었지만 아니었습니다."

"보이지 않을 정도의 빠른 속도. 세 번째 재해가 나타내는 것은 바람이군요."

티렌과 앤섬이 들려오는 목소리에 고개를 돌렸다. 데릴 하리안은 옅은 미소와 함께 가볍게 목례를 하며 인사를 했다.

"두 개의 타락을 조사하는 데에 있어서 도움을 주셨습니다. 첫 번째 가설에 대한 것도 데릴 님께서 조언을 하셨었습니다."

"별말씀을. 황금십자회에는 언제나 새로운 것을 탐구하는 자들이니까요."

"신수의 연구도 진척이 있다 들었습니다만."

"네. 아직은 단계에 있지만…… 좀 더 박차를 가하도록 하겠습니다. 조만간 좋은 결과를 보여 드릴 수 있을 듯싶습니다."

데릴은 앤섬의 말에 고개를 끄덕였다.

"신기하군요. 멸종된 신수를 복원한다는 것은 다시 재탄생시킨다는 것인데 금속을 다루는 연금술도 쉬운 일이 아닌데 생명을 복원한다라……. 솔직히 금단의 영역 아닙니까?"

하지만 앤섬과 달리 티렌은 데릴에게 날카롭게 그의 연구를 지적했다.

"오해가 있으신 것 같습니다. 저희가 말하는 복원은 생명의 탄생을 의미하는 것이 아닙니다."

"그럼?"

"말 그대로 복원입니다. 존재하던 것을 되돌리는 것."

데릴 하리안은 나지막한 목소리로 말했다.

"티렌 님께서는 신수가 멸종되었다고 하셨습니다만…… 누가 멸종의 정의를 내렸죠? 눈에 보이지 않는다고 해서 그들이 사라졌다고 단정 짓는 우를 범하지 말아주십시오."

그는 묘한 미소를 지었다.

"그들은 언제나 존재하였습니다. 소실되어 가던 정령계에서 카릴 님께서 정령들을 되살려 내신 것처럼 말이죠."

티렌은 더 이상 아무런 말을 하지 않았다. 앤섬은 그런 그를 보며 쓴웃음을 지을 수밖에 없었다.

'그는 여전히 타국 출신을 꺼리는구나. 뭐, 그건 이곳에 있는 다른 병사들도 마찬가지겠지. 그 때문에 크웰 경을 가장 먼저 출진시킨 것이지만······.'

민심은 천심이라 그만큼 중요한 기틀이지만 한편으로는 그 마음을 사로잡는 것이 결코 쉬운 일이 아니라는 것을 느꼈다.

"그런데 풍 속성의 마물이라는 것만으로 어째서 항구 쪽으로 올 것을 예상했습니까?"

데릴이 티렌의 시선을 무시하며 앤섬에게 물었다.

"꼭 피아스타를 짚은 것은 아닙니다. 처음에 놈들이 풍 속성의 마력이며 지형물에 큰 제약을 받지 않는다 했을 때 녀석들이 나타나야 할 위치는 광범위했습니다."

"특이점을 찾으신 거군요."

"네, 놈들은 전장을 정한 것입니다. 자신들의 제약과는 무관하게 상대방에게 제약이 있는 장소로."

"허······."

기가 막혔다.

"마물이 전술을 세웠다는 것입니까."

"전술이라고 부르기엔 미약하지만 적어도 지금까지와는 분명 다르다고 할 수 있겠군요."

티렌과 데릴은 저마다 한마디씩 했다.

"만약 그렇다면 그 가설로 내릴 수 있는 결론은 하나입니다. 헐에서부터 헤크트 그리고 이번 재해인 라이스까지, 놈들은 우리가 생각하는 단순한 마물이 아닙니다. 놈들의 지능은 단계를 거듭해 갈수록 더 진화하고 있습니다."

"그 말은 타락이 거듭된다면 앞으로 우린 단순히 힘만 센 괴물을 상대하는 것이 아니란 말이겠군요."

앤섬은 고개를 끄덕였다.

"두뇌 싸움."

데릴은 나지막하게 말했다.

"점점 더 힘들어질 것입니다. 그렇게 되지 않기 위해서 우리는 허를 찔러야겠죠."

앤섬은 고개를 돌렸다.

"티렌 님. 저는 주군의 큰 뜻을 이해하기엔 그릇이 작습니다. 하지만 제국인이든 자유국인이든 상관없습니다. 어린아이처럼 칭얼거릴 힘이 있다면 싸우는 데 써야 하겠죠."

그의 말에 티렌의 얼굴이 살짝 굳어졌다.

"날카로운 검은 이미 준비되어 있습니다. 저희가 해야 할 일은 그저 검날이 닿을 수 있도록 적의 파도를 막아내는 방패가 되는 것입니다."

앤섬은 지도 위에 점차 붉어지기 시작하는 점들을 바라봤다.

타락의 재림. 피아스타를 시작으로 라이스들은 걷잡을 수 없는 속도로 나타나고 있었다.

"이미 전장에서는 제국인이든 자유국인이든 모두가 목숨을 걸고 방패가 되고 있으니⋯⋯."

피아스타 항구.
크웰 맥거번은 저 멀리 바다를 바라봤다.

마론협곡.
가네스 아벨란트는 비룡의 머리 위에서 협곡을 뚫고 쏟아지는 벌레 떼를 응시했다.

북부 정상.
화린과 릴리아나가 이끄는 이민족 부대들은 차디찬 냉기를 이기기 위해 얼굴을 가렸다.

키웰 해안.
칼 맥이 있는 힘껏 마도 범선을 이끌었다. 범선 위에 타고 있는 키누 무카리의 비궁부대와 톰슨의 마법병대가 주문을 외우기 시작했다.

남부 사막.
디곤의 3자매가 이끄는 일족의 군사가 먼지바람을 일으키며 달리고 있었다.

앤섬은 자신의 이마를 가볍게 툭툭 두들기며 티렌을 향해 말했다.

"우리는 지식을 걸고 싸워야 할 것입니다."

"재해가 시작되었습니다."

카릴은 천천히 감았던 눈을 떴다. 그의 손에는 낡은 책 한 권이 있었다. 표지에 뭐라고 적혀 있는지 알 수 없을 정도로 오래된 그것은 족히 몇백 년은 된 듯 보였다.

"수안과 에이단은?"

"둘 다 소식은 없습니다. 교도 용병단의 비공정은 아직 수도 뒤쪽의 숲에 정박된 상태입니다."

어둠 속 목소리의 대답에 그는 천천히 고개를 끄덕였다.

"월야(月夜)의 준비는?"

"언제든 가능합니다."

검날이 번뜩였다. 복면을 쓰고 있는 지그라에게서 잘 다듬어진 검과 같은 예기가 뿜어져 나왔다.

"너희들은 지금부터 안챠르의 호위를 맡는다. 에이단이 그녀에게 가기 전까지 절대로 다치게 해서는 안 된다는 것을 명심해라."

"에이단이 정말 우레군주의 힘을 받아들일 수 있으리라 생각하십니까. 속성이 서로 다른 마력을 쓰는 것은 솔직히 말해서 자살 행위나 다름없지 않습니까."

지그라는 물었다. 하지만 그는 마력을 가지지 않은 이민족이었기에 물음에 조심스러울 수밖에 없었다.

"가능성을 찾는다면 그가 동방국 출신이라는 점이겠지. 바다 건너 위치한 그 섬은 금역이라 약속의 땅, 드래곤의 성지와 가깝다. 예로부터 동방국은 무색의 속성인 용마력을 연구해왔었고 그로 인해 마력 변형이라든지 육체 변형 같은 비술이 탄생했다."

"으흠……."

"뭐, 결과는 녀석의 능력에 따라 다르겠지. 중요한 것은 세 번째 재해를 막는데 안챠르의 힘이 필요하다는 것이니까. 아무리 그가 쿤겐의 힘을 빌릴 수 있다 한들 안챠르가 벌레들을 제어하지 못한다면 라이스의 본체를 잡는 것은 쉬운 일이 아니니까."

"야인의 보호. 알겠습니다. 명을 따르겠습니다."

지그라는 인사를 하고는 어둠 속으로 사라졌다.

"그럼 저희는 무엇을 해야 할까요. 아무래도 이 덩치하고 같이 움직이라 하실 것 같은데."

그가 사라지고 난 뒤 기다렸다는 듯 목소리가 들렸다. 유린 휴가르였다. 그가 툭툭 팔꿈치로 두들기는 덩치의 주인공은 다름 아닌 거인족 하와트였다.

"……."

하와트의 등에는 커다란 방패가 하나 달려 있었다.

"완성되었군."

카릴은 어둠 속에서 빛나는 방패를 바라봤다.

운철(隕鐵)의 아이기스. 교단을 세운 최초의 사도에게 내려졌던 신의 방패. 일전에 유린 휴가르가 탐냈던 교단의 성물이었다.

"도대체 이걸 쓰는 자가 누군지 궁금했는데 이제야 알 수 있겠군요."

유린 휴가르는 피식 웃었다.

처음에 교단에서 아이기스를 가져 왔을 때만 하더라도 거인족인 하와트의 것이라 짐작했었다. 하지만 커다란 상자로 한 번 더 봉인되어 있는 방패의 모습에 미루어 짐작했을 때 그 역시 아이기스의 주인은 아니었다. 게다가 처음 교단에서 방패를 가져왔을 때와 지금의 외형은 많은 차이가 있었다.

교단에서 가져온 토스카의 뼈와 함께 칼립손이 아이기스를 새로이 개조했는데 중심부에 방패를 두고 그 위에 다시 한번 청린을 달고 마지막으로 토스카의 뼈를 녹여 그 위에 발랐다. 애초에도 거대했던 방패였지만 그 크기가 더 커져 이제 거인족인 하와트가 아니면 들 수도 없을 정도였다.

"너희 둘은 지금 윈켈 하르트가 있는 전선으로 간다. 그에게 저 방패를 주도록 해."

"윈겔 하르트라면……."

유린은 해답을 찾고 기가 막힌 듯 웃었다.

"아스칼론(Ascalon)."

카릴이 그를 바라보며 말했다.

그제야 궁금증이 풀린 듯 유린은 하와트의 등에 있는 아이기스를 바라보며 나지막하게 말했다.

"하긴 확실히 인간이 쓸 수 있는 물건은 이제 아닙니다만 이걸 골렘에게 주려 할 줄은 꿈에도 몰랐습니다. 그런데 이번 재해는 눈에 보이지 않을 정도로 작은 벌레라 하지 않았습니까? 골렘의 능력이 아무리 뛰어나다 하더라도 과연 유효할지……."

"걱정 마. 아스칼론은 라이스를 상대하기 위한 방패로 쓰는 게 아냐. 그는 다른 곳으로 간다."

"네?"

절대 거절의 방패라 불리는 아이기스는 누가 봐도 가장 수비에 어울리는 것이었다. 하지만 반대로 그 방패를 방어에 쓰지 않는다는 카릴의 말에 유린은 이해가 가지 않는 듯 고개를 갸웃거렸다.

"거신에게 잔챙이는 어울리지 않지. 당연히 그에 걸맞은 상대를 주어야 하는 법."

카릴은 나지막하게 말했다.

"파렐(Pharel)."

[방패를 펼쳐라!!]

비올라의 외침이 마경을 통해 들렸다.

화아아아악--!!

기사들이 허리에 달려 있는 기다란 줄을 잡아당기자 갑옷의 등 쪽에 마치 날개처럼 칼날이 돋아나더니 부채가 펼쳐지듯 날카로운 방패가 생겼다.

탕! 탕! 탕! 타타타타타……!!

요란한 소리와 함께 방패와 부딪히는 벌레들이 기사들을 덮쳤다.

"벌레를 쫓으려 하지 마라!! 범위를 지정해서 놈들을 불태운다!! 마법병대 준비!!"

철벽의 뒤에서 그녀가 소리쳤다.

"발사!!"

은빛 서슬을 있는 힘껏 머리 위로 치켜세우고서 아래로 긋자 기사단 뒤에 있던 마법사들이 불꽃을 일으켰다.

"50기를 제외하고 모든 병력은 진형을 유지하는 데 집중하라! 너희들은 나를 따른다."

"넵!!"

그레이스 판피넬이 불타는 화염을 뚫고 달렸다. 불꽃에 일

순간 멈췄던 벌레들이 그를 따르는 50기의 기사단을 쫓기 위해 움직였다.

"우리가 미끼가 되겠다! 마법병대는 우리의 뒤를 맞춰 포격을 실시하라!!"

얼굴에 가득한 시커먼 그 을 닦아내며 그가 소리쳤다. 자칫 잘못하면 순식간에 벌레 떼들에게 잡아먹힐지도 모르는 위험한 상황임에도 불구하고 그레이스는 누구보다 먼저 선두로 달려갔다.

"청기사단!!"

"옛설!!"

그 이상의 설명은 따로 필요하지 않았다. 크웰의 검이 검집에서 뽑히는 순간 기사단은 투구의 안면 가리개를 내리며 말을 달렸다.

와아아아아아--!! 와아아아--!!

피아스타 항구에 선박되어 있던 배들은 이미 라이스에게 갈아 먹혀 부서진 지 오래였다. 바닥에서부터 상공까지 뒤덮은 벌레들은 보이지 않았지만 녀석들의 위치를 찾는 것은 그다지 어렵지 않았다.

우지끈-!! 콰아앙!!

마치 보이지 않는 파도에 쓸려 가는 것처럼 피아스타에 세워진 건물들이 하나둘 차례차례 부서지기 시작했다.

"좌측에서부터 방어선을 유지하라. 기사단을 둘로 나누어 신속히 1, 2차 방어벽을 만든다."

"알겠습니다."

폴헨드는 오랜만에 듣는 크웰의 명령에 아이러니하게도 고양이 되는 기분이었다. 목숨을 걸어야 할 싸움임에도 불구하고 그는 크웰 맥거번의 존재가 청기사단을 완전하게 만든다는 것을 다시 한번 확인했다. 그가 커다란 청기사단의 깃발을 들어 올리자 기사들이 일제히 흩어졌다.

"나머지는 그대들에게 맡기지."

베이칸이 이끄는 자유군은 청기사단이 만드는 방어선 사이사이로 기다란 창을 들어 올렸다.

'확실히 제국 제1의 기사군.'

대초원의 전사로서 기세에 밀려본 적이 없는 그였지만 단순히 강함을 떠나 크웰에겐 알 수 없는 위압감이 느껴졌다. 그리고 그 느낌은 신탁이 내려지고 천년빙동의 파렐의 존재가 세상에 알려지고 난 이후 더 굳건해진 것 같았다.

'다른 5대 소드 마스터들은 제자리에서 머물러 있었으나 최강이라 불렸던 그는 오히려 그때보다 더 높은 경지에 오른 듯싶다.'

비록 마력이 없지만 뛰어난 전사인 베이칸은 풍기는 기세만으로도 충분히 짐작할 수 있었다.

'주군에 대한 사죄인가. 무엇이 그를 더 담금질하게 만든 것인지는 모르겠으나……'

베이칸은 청기사단이 만든 방패벽을 보며 낮은 목소리로 중얼거렸다.

"그들이 만든 방어가 실로 두껍구나."

피아스타에 먼저 도착했을 때 솔직히 말해서 라이스를 어찌 막아야 할지 막막했었다. 많은 마굴을 공략하고 무수한 몬스터를 사냥했다고 자부하는 그들이었음에도 불구하고 보이지 않는 적에 대한 불안감은 어쩔 수 없었다.

'과연…… 제국을 힘으로 무너뜨려 얻었다면 지금 그들의 전력은 전무하다고 해도 무방할 터. 그랬다면 우리만으로 막기는 어려웠을 것이다.'

베이칸은 이제야 카릴이 적임에도 불구하고 그토록 어렵게 제국의 병력 손실을 최소화하려고 노력한 이유를 이해할 수 있었다.

'주군께서는 참으로 큰 그림을 그리셨구나.'

비록 끊임없는 적의 출현으로 인해 절망적인 상황임에도 불구하고 거듭되는 감탄스러운 카릴의 행보에 그들은 불안해하지 않을 수 없었다.

"자유군!! 전투 준비!!"

척-!! 촤르르륵--!!

베이칸의 외침에 병사들은 기사단이 만든 방패 사이로 무구를 들었다.

"주군께서는 이번에도 우리가 상상할 수 없는 방향으로 발을 내디디실 것이니 우리는 그저 이 땅을 지키기만 하면 된다. 그 이상도 그 이하도 생각할 필요 없다."

그러고는 말의 고삐를 있는 힘껏 잡아당겼다.

히이이이잉--!!

말이 앞굽을 위로 들어 올리며 울었다.

"자유군이여. 창과 활을 들어라.

"감각을 곤두세워라!! 진형을 유지하고 놈들이 안으로 들어올 때까지 기다려라."

화린은 북부의 추위도 잊은 듯 소리쳤다. 그녀가 움직일 때마다 탄력 있는 근육들이 꿈틀거렸다.

"꼬마. 준비는 끝났나? 이제 시작해라. 지금부터는 네 무대다."

그녀의 말에 옆에 서 있던 릴리아나도 뒤를 돌아봤다. 언덕 위에는 세 여인이 서 있었는데 화린과 릴리아나의 커다란 덩치에 가려 보이지 않았었다.

"……여전히 이 추위는 적응이 되지 않아."

두 사람과 달리 두툼한 망토를 온몸에 휘감고도 오들오들 떨고 있는 그녀는 다름 아닌 카일라 창이었다.

"북부는 역시 안 맞아……."

일전에 카릴이 제국을 상대로 자유국을 선언할 때, 북부를 통해 군사를 황도로 이끌었던 기억을 떠올리며 카일라는 그때보다 더 매서운 추위에 진절머리가 나는 듯 중얼거렸다.

"하하하, 남부인은 연약하군."

"남부에는 오지 않으셨으면 좋겠네요. 사막의 열기에 쓰러지면 그 덩치를 엎고 생고생을 하고 싶진 않으니까."

화린은 지지 않는 카일라의 태도가 마음에 들었다. 체구는 왜소했고 전투력 역시 자신들에 미치지 못했지만 그녀 역시 한 부족의 수장.

"무진의 진은 강하지만 이민족의 힘을 발휘하기엔 맹화진만큼 알맞은 것도 없죠."

하지만 과거 17대 가주인 오르도 창이 창안한 이 진법은 결국 유물과도 같은 것. 앤섬이 그러했듯 맹화진 역시 진보할 가능성은 무궁무진했다. 카릴은 그것을 알기에 천년빙동 파렐의 공략대에 카일라 창을 포함시켰던 것이기도 했다.

"전술은 숙지했겠죠?"

"보면 알 거다."

카일라의 물음에 릴리아나는 망설임 없이 대답했다. 그녀는 고개를 끄덕이고는 언덕 위에 섰다. 저 멀리서 쏟아지는 벌레들을 향해 협곡 아래에 있는 병사들을 향해 외쳤다.

"전사들이여!!"

와아아아아아아--!! 와아아아--!!

남부와 북부의 전사들이 한데 어우러져 있는 이곳의 모습은 다른 의미로 장관이었다.

"북부를 뜨겁게 달구자."

카일라 창의 카랑카랑한 목소리가 눈보라를 뚫고 들렸다.

"염화(炎火)의 진을 펼쳐라!!"

"전투가 시작되었어. 항구에서부터 북부와 남부 가릴 것 없이 벌레 떼가 대륙을 습격했다. 그런 와중에 수장인 네가 이런 곳에서 뭘 하고 있는 거야?"

전쟁이 시작된 이후 카릴을 찾아온 밀리아나는 우두커니 서 있는 그를 발견했다.

"응? 황가의 무덤에는 도대체 왜 온 거야?"

그녀는 카릴을 찾은 장소가 제국의 황제들이 묻혀 있는 곳임을 떠올리며 못마땅한 목소리로 말했다.

"역시 관둘래."

카릴은 낮은 한숨과 함께 마음을 굳힌 듯 말했다. 무슨 말인지 이해가 가지 않아 밀리아나는 그를 물끄러미 바라봤지만 그는 그저 어깨를 으쓱할 뿐이었다.

"아직 파렐을 무너뜨린 것도 아닌데 녀석을 만날 순 없지.

궁금한 것은 태산 같지만 지금은 때가 아냐. 꼴사나운 모습을 보일 뻔했어."

그가 털어내듯 뒤로 돌아섰다.

"이스라필."

[네, 주군.]

"유린의 위치를 확인해 줘."

[현재 목적지에 거의 다다른 것으로 보입니다. 윈켈과 연결할까요?]

"그래."

카릴이 고개를 끄덕이자 그의 눈앞에 하나의 마경이 나타났다.

[도착했습니다.]

조종석에 앉아 있는 윈켈은 헬멧을 벗으며 카릴에게 고개를 숙였다.

[저기 파렐이 보입니다.]

"이제 곧 유린과 하와트가 그쪽으로 갈 거다. 우리의 예상보다 라이스의 습격이 더 빨랐다. 하지만 계획은 그대로 시작될 것이다. 무슨 뜻인지 알겠지?"

[걱정 마십시오.]

"어느 곳보다 그곳이 치열한 전장이 될 거야."

[그를 위해 지금까지 창고에서 틀어박혀 있었는걸요. 기대하셔도 좋습니다.]

자신만만한 윈켈의 대답에 카릴은 피식 웃었다.

[골렘 부대, 전투 준비!!]

그의 명령이 떨어지자마자 아스칼론의 주위에 있던 수백 기의 골렘들이 먼지를 일으키며 진형을 만들기 시작했다.

"자, 잠깐! 저건 뭐야?"

밀리아나는 마경 속에 보이는 골렘의 모습을 보며 인상을 찡그렸다. 거신의 등장이 문제가 아니었다. 그녀를 인상 찌푸리게 만드는 것은 그들의 앞에 서 있는 거대한 탑 때문이었다.

"……파렐?!"

밀리아나는 할 말을 잃고 말았다. 재해로 뒤덮인 대륙은 마물을 막는 것만으로도 벅찬 상황이었다. 하지만 카릴은 그 와중에 파렐을 공략한다는 대담한 작전을 세운 것이었다.

"그래, 우리는 파렐을 공략할 거다."

"하지만 지금 네가 뽑은 신살의 10인은 현재 뿔뿔이 흩어져 있어. 내가 분명히 경고했을 텐데? 혼자서 해결하려 하지 말라고."

"그 때문에 자매들만 남부로 보내고 너는 수도에 남은 것이로군? 내가 혼자 파렐에 갈까 봐."

카릴의 말에 밀리아나의 얼굴이 붉어지며 머뭇거렸다.

"바보 같은 소리 하지 마! 지금 그게 중요한 게 아니잖아. 재해가 대륙을 덮친 이 상황에서 언제 파렐의 꼭대기에 오르냔 말이야!!"

그녀의 외침에 카릴은 옅은 미소를 지었다.

"나는 계속해서 생각했었어. 파렐을 공략하지 않고서 재해만을 막는 것만으로는 결국 우리는 멸망을 막을 수 없어."

전생과 달라졌다 하지만 카릴은 전생에서 인류의 미래가 어찌 변하는지 알고 있었다. 마지막 재해가 도래했을 때 더 이상 인류는 타락을 막을 병력이 남아 있지 않은 절망적인 상황이었다.

"그렇다고 파렐을 공략하는 것 역시 쉬운 일이 아니지."

아이러니하게도 그 역시 누구보다 카릴은 잘 알고 있었다. 파렐의 정상에 오르기 위해 억겁의 시간을 쏟아부었던 그였으니까. 율라는 마치 유일한 방법인 것처럼 파렐을 공략하라 하였지만 결국 그 역시 인간의 멸망을 초래하는 것이었다.

"신은 인간이 살아남길 바라지 않아."

"그럼……."

[주군, 도착했습니다!!]

윈겔의 목소리가 들렸다. 하와트가 가져온 아이기스가 아스칼론의 팔에 장착되자 거신의 심장에 박혀 있는 시동석이 빛나기 시작했다.

"나는 더 이상 신을 위해 싸우는 용사가 아냐. 그렇다면 녀석이 말 한대로 착실하게 계단을 오를 필요도 없지."

철컥- 부우웅--!!

아스칼론이 양팔로 거대한 아이기스를 움켜잡고서 마치 파렐을 향해 있는 힘껏 던졌다.

'전생에는 혼자였다. 그래서 율라, 네가 만들어놓은 주어진 길을 그저 걸을 수밖에 없었지. 나는 재해와 싸웠고 파렐을 오

르는 것밖에 없었다.'

카릴은 마경 속에 파렐을 바라보며 생각했다.

"근데 이젠 아냐."

그의 눈빛이 빛났다.

"역사가 바뀌고 미래가 변혁을 이루었듯 이제 나는 율라, 네가 만든 길을 따라 걷지 않는다."

콰아아아아아아아아아앙……!!

날아간 아이기스가 파렐의 벽에 박히면서 맹렬한 굉음이 터져 나왔다.

"정상에 오르는 방법은 걸어 올라가는 것만이 방법은 아니거든."

카릴은 손가락을 하늘을 향해 들어 올렸다.

"……!?"

"정상을 내 발아래에 두면 되는 것이지."

그러고는 그 손가락을 다시 아래로 가리키며 낮은 목소리로 말했다.

[골렘 부대!! 전원 출격!!]

윈겔의 외침과 함께 골렘들이 일제히 파렐을 향해 달려가기 시작했다.

[크르르르르……]

그리고 붉은 비늘이 그를 기다리는 것처럼 카릴의 머리 위를 날아올랐다.

"파렐?"

카릴은 반쯤 박힌 거대한 방패 위로 피어오르는 탑의 불꽃을 바라보며 날카로운 목소리로 말했다.

"그냥 무너뜨려 버려."

[전방에 세크무트 출현!!]

"소형 골렘부대, 대규모 실드 작동!! 제1거점을 형성한다!!"

쿵-! 쿵-!! 쿵-!!

윈겔 하르트는 조종석의 레버를 있는 힘껏 당기면서 소리쳤다. 심장이 미칠 듯이 뛰었다. 여기저기 사방에서 아스칼론을 향해 튀어 오르는 타락들을 향해 그는 있는 힘껏 검을 휘둘렀다.

스팍!! 퍼억-!! 콰가가강……!!

아스칼론의 대검에 맞은 타락들은 마치 점액이 터지는 것처럼 진득한 액체로 녹아내리며 사라졌다.

"이건……?!"

끈적한 점액들이 검날에 달라붙으면서 치이익……!! 하는 증기가 솟구쳤다.

[크르르르!!]

점액들이 새로이 뭉치자 마치 헬하운드처럼 생긴 네 발 달린 검은 짐승들이 그를 향해 으르렁거렸다.

[설치 완료!]

[방어 실드 전개!!]

즈아아아아아앙!!

그 순간 아스칼론을 중심으로 소형 골렘들이 양팔에 장착되어 있는 거대한 말뚝을 있는 힘껏 박았다. 그러자 마력이 담긴 전격이 일어나며 말뚝과 말뚝 사이가 그물처럼 연결되며 벽을 만들었다.

쾅! 쾅!! 파즈즉!! 파즈즈즈즈즉!!

하지만 괴물들은 전기가 흐르는 방어벽을 뚫기 위해 몸을 들이받았다. 번쩍이는 스파크와 함께 놈들은 지독한 악취를 뿜어내며 시커멓게 타들어 감에도 불구하고 고통을 모르는 듯 계속해서 실드를 공격했다.

"뭐, 뭐야……. 이놈들."

윈겔 하르트는 시커멓게 몰려오는 놈들을 보며 질린다는 듯 중얼거렸다.

"제길, 역시 전투는 나랑 안 맞아……."

그러고는 낮은 한숨과 함께 입술을 꽉 깨물었다.

이제 와서 후회해 봤자 소용없었다. 마도 시대의 유물인 거신을 조종할 수 있는 사람은 카릴을 제외하고 자신뿐이었으니까. 전투가 좋든 싫든 싸워야 한다면 싸워야 했다.

"중갑 골렘!! 지대지포격 준비!!"

그는 목이 쉬어라 소리쳤다. 소형 골렘이 만든 마도 방벽 뒤로 양쪽 어깨에 포격대를 장착한 거대한 중갑 골렘들이 일제히 한쪽 무릎을 꿇고서 방벽 사이로 포대를 밀어 넣었다.

"마도 포격!! 발사!!"

즈으으앙……!! 펑! 펑--!! 펑-!!

원형으로 진형을 세운 골렘의 포격대에서 마력이 뿜어져 나왔다. 마력탄이 폭발하고 여기저기 마물들이 터져 나갔다. 놈들이 시체가 점차 쌓여갔다.

쿠륵…… 쿠르르륵…….

처음에는 분해된 점액들이 새로이 뭉쳐 마물로 다시 재생되었지만 이번에는 녀석들의 점액이 뭉쳐지지 않고 소형 골렘의 방벽 아래에 흩뿌려졌다.

[공격이 먹힌다!!]

[좋아!! 놈들을 쓸어버려!!]

중갑 골렘의 조종사들은 터져 나가는 괴물의 모습에 소리치며 더더욱 포격을 가했다. 여기저기 일어나는 폭발과 함께 점차 더 쌓여가는 점액들.

[……어?]

방벽을 치고 있던 소형 골렘이 휘청거렸다. 수천, 수만이 넘는 마물의 시체들이 점점 쌓여가더니 어느새 방벽의 높이와 비슷할 정도로 높아졌다. 골렘들이 점액의 무게를 버티려고 안간힘을 썼다.

[사, 사격 중지!! 시체가 방벽을 넘어 쏟아질 수 있다!]

[하지만 놈들이 시체를 밟고 올라오고 있습니다. 방벽 안으로 들어오게 되면 골렘들이 당하고 말 겁니다!]

[제, 제길……!!]

골렘들은 공격을 할 수도 중단할 수 없는 상황에서 당혹감을 감추지 못했다.

쿠드득…….

방벽 아래에 쌓여가던 점액들이 순식간에 굳어버렸다.

[캬악!! 캬아아악!!]

[크르르르르!!]

그들을 비웃기라도 하는 듯 밀려오는 타락들이 굳은 점액을 마치 계단 삼아 밟고 방벽 안으로 들어오려 했다.

"마도 병대!!"

콰즈즈즈즈즉--!! 화아아악--!!

윈겔의 외침과 동시에 골렘의 주위에 뜨거운 불꽃이 터져나갔다. 단단하게 굳었던 점액이 열기에 산산조각이 나며 부서졌다.

[캬악!! 캭!!]

[카아아악--!!]

간담이 서늘한 기분이었다. 그저 괴물에 불과할 뿐이라 여겼던 놈들의 공격은 예상보다 지능적이었기 때문이었다. 마법 병대의 공격에 일순 주춤했던 놈들은 다시금 아랑곳하지 않고 동족의 시체를 밟으며 골렘의 방벽을 넘으려 했다.

"제길, 이래서는 끝이 없겠는데…… 파렐을 무너뜨리기는커 녕 가까이 다가가는 것도 힘들다니……."

윈겔 하르트는 아스칼론의 대검을 있는 힘껏 휘두르며 나지 막하게 중얼거렸다. 호기롭게 파렐을 향해 아이기스를 날렸을 때까지만 하더라도 이런 식으로 발목을 잡힐 것이라고는 전혀 예상치 못했다.

"아직 이야. 이대로는 레볼을 희생시킨 보람이 없지!! 골렘 시스템 가동!!"

윈겔의 눈앞에 커다란 자판이 나타났다. 그는 마치 악기를 연주하듯 빠르게 자판을 두들겼다.

[마력 충전 수치 55%.]

[수치 최소치 달성.]

[코어 변형.]

철컥-!!

시스템이 가동되면서 중갑 골렘에 장착되어 있던 갑옷들이 일제히 탈착되며 아스칼론의 대검에 연결되었다. 각각의 갑옷 들이 마치 톱니 날처럼 검날 위로 날카롭게 장착되었다.

츠으으으아아아아앙--!!

대검의 끝에 달린 기관을 누르자 톱니들이 검날을 따라 움 직이기 시작했다.

퍼억!! 콰가가가각!!

아스칼론이 있는 힘껏 대검을 횡으로 긋자 타락들이 톱날에 썰리며 사방으로 부서졌다.

"방벽을 연다!!"

그의 명령과 동시에 소형 골렘들이 지면에 박아놓은 기둥을 뽑자 일순간 전격이 사라졌다. 그 틈을 놓치지 않고 아스칼론이 뛰어올라 놈들을 있는 힘껏 밟았다.

"큭!!"

하지만 거신의 위용과 사방으로 마물의 파편이 튀는 상황에도 불구하고 타락들은 마치 곰을 잡는 사냥개처럼 아스칼론의 주위로 날아들었다.

그때였다.

쾅! 쾅! 콰아아앙--!!

하늘에서 떨어지는 광원이 지면에 닿는 순간 맹렬하게 타오르며 타락을 태워 버렸다. 골렘의 마력탄에 터지는 것과 달리 쏟아진 빛은 타락들을 삼키며 그대로 증발시켜 버렸다.

"윈겔. 저건 모라크스가 조종하는 타락견들이다. 주인들을 죽이지 않으면 놈들은 아무리 쳐내도 사라지지 않아."

윈겔은 머리 위에서 들려오는 목소리에 황급히 고개를 들었다. 대지를 가리는 엄청난 크기의 검은 그림자가 천천히 하늘을 날고 있었다.

철컥-! 지이잉!!

[천공성 포격 재장전 완료!]

거대한 성 위에 장착되어 있는 포격대에서 다시 한번 빛이 쏟아졌다.

쾅! 쾅! 쾅!!

여기저기에서 들리는 폭음과 동시에 증발하는 타락견들 사이로 카릴이 붉은 비늘을 타고 내려왔다.

[주군.]

아스칼론의 어깨 위에 착지한 카릴은 한 곳을 가리켰다.

"저기 모라크스가 있다."

그곳에는 휘황찬란한 빛을 뿜어내는 갑옷을 입은 4마리의 천사들이 파렐을 지키는 수문장처럼 서 있었다.

[저들이 이 마물을 부리는 거란 말씀이십니까?]

빛나는 그들과 추악해 보이는 타락의 마물은 전혀 어울리게 보이지 않았지만 4마리의 천사들 중 하나가 들고 있는 거대한 뿔피리의 소리가 울릴 때마다 부서진 타락견들이 다시 재생되고 있었다.

"빛은 결국 어둠이니. 겉모습으로 판단하면 안 된다. 놈들의 빛나는 투구 안에는 끔찍한 모습이니까. 그걸 보면 어째서 녀석들이 말레크와 함께 최상위 타락인지 알 수 있을걸."

[생각만 해도 싫군요.]

"파렐을 부수려면 녀석들을 베어야 한다."

카릴은 아스칼론의 어깨 갑옷에 손을 올리고서 말했다.

"윈겔. 달려라."

[하지만 타락견들이······.]

"걱정 마. 길은 만들어질 것이다."

우우우우우우우웅……!!

천공성의 포신들이 일제히 지면을 향했다. 여기저기에서 떨어지는 빛무리들이 아스칼론을 향해 달려드는 타락견들을 폭파시켰다.

[크르륵……! 크륵!!]

하지만 포신의 공격에도 불구하고 놈들은 끈질기게 재생되었고 아스칼론이 한 발 한 발 내디딜 때마다 끈적거리는 점액들이 달라붙었다.

[엄청나군……. 입구에 가는 것만으로도 이 지경이라니 네 말대로 율라는 인간에게 승리를 안겨다 줄 생각이 없었던 것 같군.]

알른 자비우스는 검은 지팡이로 타락견들이 머리를 후려치면서 질린다는 듯 말했다.

"승리는 바랐겠지. 하지만 그게 인간의 승리일 필욘 없었던 거야."

[네피림을 말하는 건가…….]

"그래. 녀석은 이곳에 누가 살던 관심도 없을걸. 신화 시대부터 마도 시대를 거쳐 지금까지 놈에게 인간은 그저 채워 넣을 수 있는 피조물에 불과하니까."

[빌어먹을……. 알고 있어도 들으니 기분이 뭣 같군.]

카릴의 말에 알른은 이를 바득 갈았다.

[그런데 이놈들을 어떻게 처리하죠?]

대화를 나누는 두 사람과 달리 윈겔 하르트는 걱정스러운 목소리로 물었다.

"타락견들을 상대하는 건 쉬운 일이 아니지만…… 걱정하지 마. 불사의 군단은 녀석들만 있는 게 아니거든."

"……"

천공성 위에 서 있는 케이 로스차일드는 무표정한 얼굴로 지상을 내려다봤다.

"많군."

까마득하게 덮인 타락견들을 바라보며 그녀는 낮은 목소리로 중얼거렸다.

"클클, 왜? 겁먹은 거냐. 꼬맹이는 저기 안에 들어가 있거라. 여긴 이 몸이 해결할 테니까."

그녀의 옆에 서 있던 나인 다르혼이 마치 놀리듯 말했다. 하지만 그의 장난 섞인 도발에도 불구하고 케이는 오히려 한심하다는 듯 고개를 저었다.

"아스칼론에서 파렐까지 거리는 약 10㎞. 일단 중간 지점에 있는 4마리의 파수꾼까지 가는 게 중요해."

"내가 오른쪽을 맡지."

나인 다르혼이 자신의 지팡이를 쾅! 하고 천공성의 바닥을 향해 내려쳤다.

화르르륵……!!

그러자 검은 연기와 함께 그의 등 뒤에서 슬레이브들이 나타났다. 처음 그가 불사의 군단을 만들었을 때는 붕대로 전신을 칭칭 감은 미라 같은 형상이었다면 이제는 갑옷을 입은 기사부터 로브를 쓴 마법사까지 다양했다. 그야말로 군단이라는 이름이 어울리는 모습이었다.

"어림잡아도 타락견의 숫자는 수십만을 될 것 같은데…… 어때? 누가 먼저 길을 만드는지 겨뤄볼까?"

"뭐?"

"카릴이 신좌를 겨루듯 하늘 아래 두 개의 태양은 있을 수 없지. 너와 나 둘 중에 진짜 사령의 주인이 누군지 명확하게 해둘 필요가 있지 않겠어?"

"유치해."

케이 로스차일드는 그런 그를 보며 혀를 차듯 입맛을 다셨다.

[왜? 재밌겠는데.]

하지만 그런 그녀와 달리 뒤에 서 있던 자르카 호치는 오히려 기다렸다는 듯 말했다.

"네가 그 사령을 조종하는 엘프였나. 다행이야. 로스차일드 가문은 인형술을 써서 고작 한 마리의 사령밖에 다루지 못하니 사실 이 대결을 말하면서도 조금 미안했거든. 다수의 적을 상대하는 데에 있어서 나 혼자 군단을 쓰는 것 같아서 말이야."

나인 다르혼은 너그러운 표정으로 말했다.

"이곳 역시 과거의 전장. 시체라면 뭐든 있겠지. 스켈레톤을 부려도 되고 언데드를 부려도 좋다."

[듣던 대로 건방진 녀석이야.]

자르카는 익숙한 자세로 케이의 앞에 한쪽 무릎을 꿇고 섰다. 그녀가 그의 어깨 위에 올라타자 자르카는 가볍게 손을 저었다.

[고작 저런 걸 잡는 데 군단씩이나 필요해?]

그는 마치 어린아이를 바라보는 듯 묘한 미소를 띠며 나인 다르혼을 향해 말했다.

"……뭐?"

살짝 인상을 찡그리는 나인과 달리 자르카는 그를 향해 손을 흔들었다.

지이이잉……!! 지이잉!!

천공성의 마도 포격대들이 일제히 파렐을 향해 겨누었다.

펑! 펑! 펑--!!

빛무리들이 쏟아지는 와중에 자르카는 가벼운 발놀림으로 아래를 향해 뛰어내렸다.

[카아악!!]

지상으로 떨어진 자르카가 타락견의 머리를 밟아 터뜨렸다.

[놈들에겐 생명이 없다.]

아스칼론의 앞에 선 그가 손을 휘젓자 골렘의 다리에 달라

붙어 있던 점액들이 타들어 가며 증발했다.

[사령의 주인이 될 자가 어찌 사자(死者)와 싸우려 드는 거지?]

쫘아아악-!!

자르카는 으르렁거리는 타락견의 턱을 움켜잡았다. 그의 사기(死氣)가 놈을 감싸자 당장에라도 덤비려고 했던 타락견들이 겁을 먹은 듯 부르르 몸을 떨었다.

[이딴 건 나 혼자서도 충분해.]

"흥미롭군."

거대한 기둥이 원형으로 세워진 사원에는 신기하게도 천장이 있음에도 불구하고 투명한 듯 밤하늘이 온전하게 보였다. 별들이 선명하게 빛나고 있었고 은하수가 흐르며 저 멀리 행성들의 운행이 또렷하게 나타났다.

단순한 밤하늘이 아니었다. 사원의 한 가운데엔 원형의 탁자가 있었고 그 주위로 의자들이 놓여 있었다. 원탁의 한편에는 상석인 듯 보이는, 다른 의자들과 달리 화려하고 큰 의자 하나가 있었는데 그 자리만 유일하게 비어 있었다.

"인간의 기지라고 해야 할지……."

의자에 앉아 있는 한 노인이 탁자 아래를 바라보며 말했다.

"혹은 어리석은 도전이라고 해야 할지도."

그리고 그의 맞은편에 앉아 있는 남자가 팔짱을 끼며 말했다.

"무엇이 되었든 이런 식으로 파렐을 공략한 자가 있던가."

여인이 말했다.

그녀의 입술은 신비한 청록색이었는데 마치 보석이 반짝이는 것 같은 묘한 느낌을 주었다. 그들은 모두 한결같이 새하얀 로브를 머리까지 쓰고 있었는데 목소리와 이따금 사이로 보이는 뺨과 입술 정도로 나이와 성별을 가늠할 수 있을 뿐이었다.

"태초부터 지금까지 파렐을 공략한 자는 없었다. 그러니 방법을 논하는 것 자체가 우스운 일이지."

상석의 반대편에 놓여 있는 의자에 앉아 있던 또 다른 여인은 신경질적으로 얼굴을 가리고 있던 후드를 벗었다. 탁자 가운데엔 일렁이는 물빛이 보였는데 그 속에는 거대한 탑과 타락과 싸우는 모습이 비쳤다.

"하지만 당신이 파렐 공략이 실패하길 바라진 않을 것 같은데."

그녀는 그 전투를 바라봤다. 후드를 벗은 그녀는 다름 아닌 여신(女神) 율라였다.

"실로 대단하지 않은가. 어찌 되었든 파렐을 막아낸다면 이 놀이의 승자는 율라, 자네가 될 것이니까."

"로드(Lord)의 자리를 정하는 승부를 놀이라고 말하다니. 조금은 진지할 필요가 있을 것 같은데."

"클클…… 때로는 가볍게 세계를 보는 것이 더 나을 때도 있으니 말이야."

율라는 노인을 향해 혀를 찼다.

"저런 방법으로 파렐을 무너뜨릴 수 없다는 것을 알기 때문에 여유를 부리는 것은 아니고? 인간을 닮아가는 것 같군. 능구렁이 같긴……."

그녀의 말에 노인은 묘한 웃음을 지었다.

"인간을 닮아가는 것이 아니라 인간이 우리의 성향을 이어받은 것이겠지."

"그리고 그들과 다른 것이 있다면 저런 무모함일 테고 말이야. 신이 만든 규율을 깨뜨리려 하다니…… 피조물은 피조물답게 허튼 생각 따윈 버릴 것이지."

맞은 편의 남자는 못마땅한 듯 말했다.

"태초의 균열에서 태어난 우리만이 가질 수 있는 자율의지를 한낱 피조물에게 내려 준 것은 아무리 생각해도 실수였다고 본다. 그러니 이런 말도 안 되는 반발이 일어나지."

"자율의지를 준 것은 우리가 아닐세. 그들 역시 자신의 세계에서 스스로 깨우친 것이지."

"그로 인해 로드(Lord)가 당한 것 아닙니까. 게다가 율라의 계(界)에선 그녀에게 반기를 든 신령대전도 일어났고요. 애초에 세계의 구성을 위해서라면 미물도 상관없습니다."

뱀의 입술을 가진 여자가 남자의 의견에 무게를 보태었다.

"그래서 그대의 차원은 미생물로만 가득한 겐가?"

노인의 말에 여인은 냉소를 지었다.

"그 어떤 차원보다 깨끗하죠. 태초의 모습을 그대로 간직하고 있으니까요."

"그래 봐야 그대도 실패하지 않았는가. 자네의 헤크트는 고룡의 빛에 소멸되었으니…… 파충류에게 급하게 지능을 주니 그런 아둔한 싸움을 하는 게야."

"……."

"자네도 말과 달리 마음이 급했던 모양이지. 자신의 세계와 달리 지능을 주었으니 말이야. 지능을 주려면 지혜를 가진 자가 해야 하는 법인 것을."

그의 비웃음에 여인의 입술이 씰룩이기만 할 뿐 대답하지 못했다.

"과연 파렐이 무너지는 것이 먼저일지, 율라 자네의 세계가 파괴되는 것이 먼저일지 궁금하군."

"쉽진 않을 겁니다."

"하지만 자네도 저런 식으로 파렐을 무너뜨릴 수 없다고 생각하고 있지 않은가."

"그러나 당신의 타락이 내 세계를 장악할 수 있을 것이라고도 생각하지 않죠."

율라의 말에 노인은 입꼬리를 올렸다.

"나의 타락은 첫 번째와 두 번째와는 다를 것이야."

"……과연?"

마지막 자존심을 지키려는 것 마냥 율라는 노인에게 말했다. 하지만 그녀는 웃기만 할 수 있는 상황이 아니었다. 신이 만든 파렐을 고작 인간이 부술 수 있을 리가 없다.

'그래, 피조물이 신의 힘을 거스를 수 없다.'

그렇게 확신했다. 왜냐면 그것이 신과 인간의 차이이며 태초부터 정해진 규율이었으니까.

'그런데……'

다른 신들과 달리 율라는 알 수 없는 불안감에 휩싸였다. 만일에 하나 파렐을 정말로 힘으로 부술 수 있다면……. 그는 더 이상 인간의 영역이 아닌 신의 영역에 존재한다는 뜻일 테니까.

'그럴 리 없어.'

율라는 조금 전 인간을 닮아간다며 나무랐던 자신도 어쩌면 인간의 불안감을 닮아 버린 것일지 모른다는 사실에 불쾌한 듯 고개를 가로저었다.

[비켜라!! 비켜!!]

자르카 호치는 양팔을 들어 올려 사방으로 휘저었다. 그의 팔이 움직일 때마다 날카로운 풍압이 일었고 주위의 타락견들이 폭발하듯 터져 나갔다. 골렘의 마격포나 천공성의 광포 공격과 달리 그의 공격에 당한 타락견들은 더 이상 점액으로 변하지 못한 채 검은 연기를 뿜어내며 산화되었다. 죽음의 경계에 있는 사령술사인 그는 타락의 부활을 완전히 막아버렸다.

"혼자서 가능하긴 무슨…… 이래서 어느 세월에 길을 뚫겠다는 거냐. 저놈들이 평범한 뼈다귀라 생각하느냐. 타락을 다뤄본 적도 없는 사령술사 따위가 하는 일이야 고작 이 정도지."

하지만 소멸하는 타락견들을 보면서도 나인 다르혼은 놀라지 않는 표정이었다.

"슬레이브(Slave)."

그가 낮은 목소리로 읊조리자 그의 주위로 불사의 군단이 나타났다.

콰가가가각!! 콰가가각!!

사방으로 흩어지는 슬레이브들은 타락견들을 도륙하기 시작했다.

"하하, 봤느냐!!"

아스칼론의 앞으로 자르카 호치와 나인 다르혼이 만들어낸 길이 나타났다.

"수다 떨라고 내가 너희를 부른 게 아닐 텐데."

카릴은 아스칼론의 어깨에서 내려와 두 사람을 지나가며 말했다.

"내가 너희를 불러낸 건 타락에 가장 유효한 힘을 가진 자들이기 때문이다. 그렇다면 그만한 값어치를 해야지."

카릴의 검격에 일순간 대지가 갈라졌다.

"라미느. 라시스."

양옆으로 폭염왕과 빛의 정령왕이 나타났다.

"쓸어."

콰가가가가가각--!! 콰가강--!!

자르카 호치와 나인 다르혼이 만들어낸 길을 따라 빛과 화염이 쏟아지자 타락견들은 더 이상 가까이 다가갈 수 없는 듯 황급히 물러섰다.

쿵-! 쿵-! 쿵--!!

아스칼론이 그 순간을 놓치지 않고 불길을 밟으며 달리기 시작했다.

[멈춰라.]

그때였다. 타락견 뒤에 있던 모라크스 중 한 마리가 아스칼론의 앞을 막아섰다.

"흐아아아아아!!"

크가각! 카가가가가각--!!

윈겔 하르트가 있는 힘껏 아스카론의 대검을 휘둘렀다. 엄청난 굉음과 함께 모라크스의 앞에 검이 떨어졌다.

카강!

하지만 풍압을 일으키는 검격과 달리 거대한 대검이 튕겨 나가듯 멈췄다.

"컥?!"

갑작스러운 반발력에 아스칼론이 휘청거렸다.

[엑소디아(Exordiar)는 아직 끝나지 않았다. 이곳에 들어올 수 있는 자는 오직 엑소디아를 끝낸 자만이 가능하다.]

엑소디아(Exordiar). 태초의 시작부터 지금까지 이어진 신좌의 전쟁. 최고신이라 불리는 로드의 죽음 이후 그 공석의 주인을 정하기 위한 파렐의 등장과 재해의 강림 역시 일종의 엑소디아라 할 수 있었다.

일전에 크웰과 고든을 앞에 두고 마엘이 엑소디아에 대하여 말한 적이 있었다. 하지만 그전에도 카릴은 엑소디아에 대하여 들어본 적이 있었다. 바로 저놈들에게서.

"그래, 너희들은 그때도 그렇게 얘기했지."

아스칼론의 일격을 너무나도 쉽게 막아낸 모라크스는 자신의 등 뒤에서 들려오는 목소리에 놀란 듯 황급히 고개를 돌렸다.

[놈!!]

나머지 2마리의 모라크스가 카릴을 향해 검을 들어 올렸고 뿔피리를 불던 녀석이 세게 피리를 불자 타락견들이 일제히 카릴을 향해 달려들었다.

"엑소디아는 끝나지 않았다."

하지만 절체절명의 위기 속에서 카릴은 오히려 감회가 새롭다는 듯 모라크스들을 바라보며 나지막하게 중얼거렸다. 전생에서도 파렐에 도전하기에 앞서 놈들은 지금과 똑같이 자신을 가로막았다. 그리고 기계처럼 저 말을 똑같이 내뱉었다. 재해를 막는 데 실패하고 인류는 멸망의 미래만을 앞둔 상황에서 아이러니하게도 놈들은 재해를 막은 자에게만 파렐을 공략할 권리를 주겠다고 했다.

우습지 않은가.

서걱-

앞뒤 양옆으로 그를 에워싸고 있던 모라크스들이 움찔거렸다.

크그그그그그……!!

그들 중 한 마리가 검을 들어 올렸다.

"조, 조심!!"

윈겔이 그 모습을 보며 황급히 아스칼론의 레버를 잡아당기며 앞으로 달려 나가려 했다. 그러나 자신을 공격하려는 모라크스에도 불구하고 카릴은 우두커니 서 있었다.

툭-

검을 든 모라크스의 머리가 바닥에 떨어졌다. 하늘을 향해 들어 올렸던 검이 힘없이 바스라졌다. 그 광경에 나머지 두 마리의 모라크스들은 다급하게 검을 거두며 물러서려 했다.

촤아아악……! 촥……!! 카그극!!

간신히 공격을 막았지만 보이지 않는 충격파에 공기가 터져 나가며 두 녀석은 그대로 뒤로 밀려나며 나뒹굴었다.

'그때는 백금룡의 도움으로 도망치듯 너희를 피해 파렐에 들어갔지만, 이번엔 다르다.'

동료의 시체를 보며 모라스크들은 믿을 수 없다는 듯 당혹감을 감추지 못했다.

"그 표정 볼만한데. 네놈들에게도 감정은 있나 보지?"

카릴은 마치 전생에 베지 못했던 놈들에게 분풀이라도 하는 것처럼 바득- 이를 갈며 말했다.

[저렇게 쉽게……]

"우리끼리 승부를 내겠다고 열을 올린 건 그의 눈엔 어린애 장난처럼 보였겠어."

자르카 호치와 나인 다르혼은 확인을 하듯 모라크스의 잘린 머리를 있는 힘껏 밟아 부수는 카릴을 보며 할 말을 잃은 얼굴이었다.

[너. 우리의 도움이 필요하긴 했던 거냐?]

카릴은 그의 물음에 피식 웃었다.

"물론 필요하지."

저벅- 저벅- 저벅-

그리고 그는 천천히 파렐을 향해 걸어갔다.

[멈춰라!!]

[크아!!]

조금 전 나뒹굴었던 두 마리의 모라크스가 그의 걸음을 막기 위해 달려들었다.

콰앙!! 콰가가강--!!

"어딜?"

하지만 그 순간 나인 다르혼의 실드와 자르카 호치의 검날이 그들을 막았다.

"봐봐. 필요하잖아."

"하, 하하……."

나인 다르혼은 넌지시 말하는 그의 모습에 피식 웃고 말았다.

원탁의 주위는 침묵으로 뒤덮였다. 모라크스의 죽음에 율라를 포함하여 다른 신들 역시 할 말을 잃고 말았다.

"말레크를 죽일 때도 그렇고 어떻게 인간이 신의 종속인 세크무트의 최상위종을 저렇게 쉽게 죽일 수 있는 거지? 저들은 우리도 양산할 수 없을 만큼 심혈을 기울여 만든 것인데……."

첫 번째 재해를 일으켰던 남자는 여전히 믿을 수 없다는 듯 카릴을 바라봤다.

"그는 용의 심장을 두 개나 가진 인간이야. 솔직히 우연이라 하기에는 너무나도 놀라운 일이지만…… 그 정도의 힘을 가졌다면 모라크스를 잡는 것은 불가능한 일이 아닐 터. 하지만 거기까지겠지."

노인은 카릴의 전투에 흥미를 보였지만 이내 곧 평정심을 찾은 듯 낮은 목소리로 말했다.

"그래 봐야 인간. 거기까지가 한계겠지."

하지만 꼿꼿하게 허리를 세웠던 그는 처음과 달리 의자에 등을 기댔다. 긴장하고 있는 것일지도 모른다. 이다음에 카릴이 어떻게 나올지 그 역시 예상할 수 없었기 때문이었다.

"그전에 내 재해가 대륙을 삼킬 것일세."

그런 그를 바라보며 율라의 얼굴이 살짝 굳어졌다.

콰앙--!! 쾅-!!

뿔피리를 불던 모라크스가 파렐을 향해 걸어가는 카릴을 저지하기 위해 타락견을 불러들였다. 하지만 그가 가는 길 앞에 아스칼론과 골렘 부대들이 방벽을 만들며 타락견들을 저지했다.

- 주군!!

윈겔 하르트의 외침과 동시에 천공성에서 일제히 폭격이 일었다.

쾅! 쾅! 콰앙--!!

사방에서 나는 폭음 속에 카릴은 파렐의 앞에 도착했다. 카릴은 반쯤 박혀 있는 아이기스를 보며 천천히 검을 뽑았다.

카앙--!!

있는 힘껏 내려친 폴세티아의 검이 튕겨 나갔다. 카릴은 저릿저릿한 자신의 손을 쥐었다 폈다 반복하며 탑을 바라봤다.

"껄껄껄, 저것 보게. 내가 뭐라 했는가. 인간이 파렐을 힘으로 부술 수 있을 리가 없다고 하지 않았는가."

노인은 마경이 비추는 그의 모습을 보며 그럴 줄 알았다는 듯 웃었다. 하지만 그를 제외한 다른 심들은 여전히 긴장된 표정을 감추지 못했다.

-이걸 부수면 율라의 승리. 하지만 부수지 못한다면 재해를 일으킨 다른 신의 승리. 이 뭣 같은 전쟁의 의의를 내가 정확히 알고 있는 게 맞나?

파렐의 벽을 쓰다듬듯 카릴이 그 위에 손바닥을 올려뒀다.

-대답해 봐. 너희들, 거기 위에서 분명 우릴 지켜보고 있겠지.

그러고는 천천히 위를 바라봤다.

"……저자가 지금 무슨 얘기를 하는 거지?"

"설마…… 엑소디아가 단순한 재해가 아니라 신좌를 결정하는 게임이라는 것을 그가 알고 있다는 말인가?"

"누가?"

"설마……!! 율라, 자네가!? 인간에게 엑소디아에 대해 얘기해 주다니!! 규율을 지켜야 할 신이 규율을 위반하다니!!"

시종일관 침착을 유지하던 노인이 처음으로 율라를 향해 소리쳤다.

"어차피 파렐을 부수지 못할 거라 확신하지 않았나? 당신의 재해가 승리를 가져다줄 것임을 믿는다면 화를 낼 필요는 없을 것 같은데."

"너……!!"

노인은 율라를 바라보며 으르렁거리듯 이를 갈았다. 하지만 이내 곧 한숨을 내쉬며 의자에 등을 더욱 깊게 기울였다.

"그래, 틀린 말도 아니지. 하지만 엑소디아가 끝난 이후 율라, 자네의 조치는 따로 취해질 것이야."

그런 그에게서 율라는 고개를 돌렸다.

-흐음. 대답이 없군. 하긴 신이 쉽사리 모습을 드러내는 것도 이상한 일이려나.

카릴은 아무런 전조도 보이지 않는 하늘을 바라보며 입맛을 다시듯 말했다.

-그럼 더 나타날 수밖에 없게 만들어야지.

우우우우웅……!!

탑의 벽돌 위에 올려두었던 손바닥 사이로 마력이 일었다.

-파렐의 존재가 신좌를 결정하는 도구가 된다면…… 결국 내 행동에 따라 너희들의 자리가 결정된다는 말이잖아. 어쩔까. 내가 이걸 부술지 안 부술지…… 궁금하지 않아?

푸욱-!!

그때였다. 놀랍게도 폴세티아의 검날을 튕겼던 파렐의 벽돌이 카릴의 손아귀에서 마치 사과를 베어 문 것처럼 손가락을 따라 바스라졌다.

콰앙--!!

율라는 자리를 박차고 일어섰다.

"디, 디멘션 스파이럴?! 어째서 인간이……!!"

"이게 어떻게 된 일인 겐가!!"

"말도 안 돼……!"

그 순간 신전은 경악으로 가득 찼다.

쫘악-

-너희 입장을 잘 생각해라. 네놈들이 인간에게 명령한 게 아니야. 재해를 막는 것도 파렐을 공략하는 것도 결국은 내가 하는 것. 신좌를 결정하는 결정권은 내가 가지고 있다는 말이다.

그는 부스러진 탑의 벽돌 가루를 허공에 흩뿌리며 말했다.

-신좌(神座)를 가지고 싶은 놈. 내려와.

그는 먹구름이 끼기 시작하며 변동하는 하늘의 모습을 바라보며 말했다.

-지금부터 경매를 시작한다.

"……뭐?"

"이런 미친……!!"

마경을 내려다보던 신들은 어이가 없다는 듯 소리쳤다.

"감히 인간 주제에 신과 거래를 하겠다고?!"

"배은망덕한……!!"

"상대해 줄 필요 없어! 이것은 규율에 어긋나는 일이다!!"

그들은 저마다 분노에 찬 듯한 마디씩 내뱉었다. 하지만 이미 권리를 잃어버린 남자와 뱀의 입술을 가진 여인만은 알 수 없게 흘러가는 이 상황을 그저 지켜볼 뿐이었다.

-신은 공평하다. 너희가 항상 하는 말이지.

일렁이기 시작하는 하늘은 신들의 분노로 더욱 검게 변하기 시작했다.

-그러니 공평하게 기회를 주마.

그들의 반응에 카릴은 냉소를 지으며 기다렸다는 듯 말했다.

탁-

그가 손가락을 튕겼다. 그러자 하나의 마경이 나타났고 그 속에서 보이는 긴장 가득한 얼굴의 이스라필이 고개를 끄덕였다. 그러고는 뒤로 물러나 커다란 관의 뚜껑을 있는 힘껏 밀었다.

마경을 본 순간 기회를 잃은 두 명의 신의 눈동자가 커졌다. 놀랍게도 그 안에는 박제되어 있는 혈과 헤크트의 시체가 있었다.

-너희들 모두에게.

카릴의 마지막 말이 하늘에 닿는 순간 잃어버린 기회의 두 신의 입가에 기묘한 미소가 드리워졌다.

►Chapter 5◄

"크, 크하하하하하!!"

뱀의 입술을 가진 여인은 원탁을 바라보며 웃음을 터뜨리고 말았다. 그녀는 배를 움켜잡으면서 눈가를 훔쳤다. 너무나 우스워서 눈물이 난 것인지 아니면 주위에 있는 신들을 도발하기 위한 제스처인지는 모르지만 분명한 것은 다른 신들에게 그녀의 모습이 결코 좋게 보일 리 없다는 것이었다.

"파렐은 오직 신의 힘만으로 파괴할 수 있는 것. 처음에 저 아이기스가 탑을 부쉈을 때 솔직히 놀랐어. 하지만 그건 율라의 힘이 담긴 신물이기 때문에 가능한 일이기도 했으니…… 어느 정도 허용 범위 안에 있는 일이었지."

그녀는 율라를 바라보며 말했다.

"물론, 나라면 자신의 힘이 담긴 물건을 자신의 피조물에게 나눠주지 않았겠지만 말이야."

비단 율라를 향한 것은 아니었다. 헤크트의 재해를 일으킨 자신을 비웃었던 신들에게 그녀는 마치 보란 듯이 얘기했다.

"하지만 그렇다고 규율이 깨진 것은 아니다. 율라뿐만 아니라 신 중에는 자신의 피조물에 지혜를 준 자들이 있으니까. 신물은 그 하나의 증거와 같은 것이기도 하지."

노인은 그녀의 말에 반박하듯 말했다.

"인간 역시 마찬가지다. 어떤 차원에서는 과학이 발달하고 어떤 차원에서는 마법이 진보한다. 그렇기에 어떤 차원에서는 마법으로 하늘을 나는 인간이 있는가 하면 어떤 차원은 마법을 쓰지 않아도 쇳덩이가 하늘을 날더군. 우리는 그런 그들의 가능성을 보기 위해 그들에게 지혜를 준 것이다."

하지만 뱀 입술의 여인은 노인의 반박에도 불구하고 냉소를 지었다.

"그러다 잡아먹힌 거지. 그 가능성에 말이야."

"누가?"

"누구긴 누구야. 최고위 신이라 불리는 로드(Lord)를 말하는 거잖아. 블레이더의 체계를 처음 만든 자도 그자인걸? 우리는 그와 같이 자신의 세계에서 뛰어난 존재들을 뽑아 블레이더를 만들었을 뿐."

그녀의 로드에 대한 차가운 반응에 노인은 불쾌감을 감추지 못했다.

"물론 제재는 있었지. 마스터키(Master Key)라 불리는 특수한 힘 중에서도 선별된 열다섯 번째. 그것이 없다면 신에게 대항할 수 없으니 말이야."

"그건 제재가 아니다. 로드께서 피조물에게도 기회를 주시기 위함이었다. 차원이 생겨나고 태초의 균열에서 태어난 우리와 달리 놀랍게도 우리가 만들어낸 피조물은 자신의 영역을 뛰어넘을 때가 있으니까."

"자율의지(自律意志)."

율라는 노인의 말에 대답하듯 말했다.

"그래, 자율의지. 인간에게만 주어진 유일한 가능성."

"덕목이 아니라 죄악이겠지. 건방진 피조물들은 결국 반기를 일으키고 로드마저 죽었으니까. 애초에 그따위 것을 줄 필요도, 블레이더를 만들 필요도 없었어. 가능성은 무슨…… 로드는 그저 자신의 강함에 대한 우월감을 표시하기 위해 신의 기사를 만든 거야."

뱀 입술의 여인은 율라를 바라보며 나지막한 목소리로 웃었다.

"하지만 결과는 어떻게 되었지? 그게 오히려 자신을 옭아맬 칼이 될 것이라고는 생각 못 했지. 전지전능한 로드께서도 말이야."

원탁 주위에 앉아 있는 신들은 어째서인지 전지전능하다는 그녀의 말에 살짝 안색이 굳어지는 느낌이었다. 너무나도 당연하게 여겨지는 수식어임에도 불구하고 그들은 불편한 기색을 감추지 못했다.

"그게 중요한 것이 아닐세. 로드가 죽자 차원력이라 불리는 태초의 힘이 부서지면서 균열이 만들어지고 그 속에서 태어난 우리는 모두 불완전하지만, 그 힘을 가질 수 있게 되었네. 하지만 힘을 쟁탈하기 위한 수많은 싸움이 일어났고 그로 인해 누군가는 죽고 누군가는 태어났지."

노인은 굳은 얼굴로 뱀 입술의 여인을 바라보며 말했다.

"그런 힘을 지금 인간이 가지고 있다는 것일세. 저 힘은 당연하게도 로드의 파편이겠지. 이 일에 대해서는 당연히 율라, 자네에게 책임을 물어야겠지만…… 일단은 저 파편을 다시 수거하는 것부터 생각해야겠군."

그는 자신의 주위에 있는 신들을 향해 한심스럽다는 듯 혀를 찼다. 그 모습 역시 무척이나 인간을 닮았기에 불쾌하기 짝이 없었다.

"글쎄. 로드의 죽음은 우리에게 기회를 가져다주었다. 저 인간은 썩 내키지 않은 존재지만 지금 내 눈에는 그가 새로운 파편 같아 보이는데."

뱀 입술의 여인은 말했다.

"기회."

드르륵-

그녀는 원탁에서 일어섰다. 의자가 뒤로 끌리는 소리가 들렸다.

"무슨 짓이지?"

"알면서 왜 물어? 라피……."

깔깔거리며 웃던 뱀 입술의 여인은 실수를 저질렀다는 듯 남자를 보며 자신의 입술을 살짝 씹었다.

"흥분한 나머지 실수를 할 뻔했군. 다른 이의 차원에서 우리는 그저 이름 없는 신에 불과하니까. 그것이 규율이고 말이야."

그녀는 원탁 가운데 있는 마경 위로 손을 얹었다.

"……뭐 하는 짓이야?"

"뭐긴 뭐야. 그가 한 말 못 들었어? 승리를 위한 입찰을 하기 위해 내려가려는 거지."

"지금 인간계에 현신하겠다는 말이야? 자신이 관장하는 차원이 아닌 다른 곳에 나타나는 것은 규율 위반이라는 것을 알 텐데?"

"허구한 날 그놈의 규율. 인간도 가지고 있는 자율의지를 좀 생각하라고. 머리는 폼으로 달고 있는 게 아니잖아?"

"……너!!"

노인이 화가 난 듯 원탁을 내려치며 일어섰다.

"규율 이전에 로드의 아래에 있던 우리 다신(多神)들은 신의 파편인 디멘션 스파이럴을 수거해야 할 의무가 있다."

팔짱을 끼고 있던 남자 역시 뱀 입술 여인의 말에 기다렸다는 듯 일어섰다.

"그런 이유라면 어쩔 수 없지."

"덩치에 어울리지 않게 너도 속은 시커먼 뱀이로군."

그녀는 남자를 바라보며 냉소를 지었다.

"뭐, 싫진 않군."

"……어리석은 년. 저러니 만들어낸 피조물들 역시 지능도 없는 미개한 것들뿐이지."

노인은 마경을 바라보다 혀를 찼다. 그 안에 카릴의 앞에 모습을 드러낸 뱀 입술의 여인과 남자가 보였다.

"제아무리 디멘션 스파이럴을 가지고 있다 한들 인간이다. 인간에게 붙어서 뭘 하려고?"

"당신은 가지 않을 생각인가?"

"물론. 인간에게 놀아나는 신이라니 우스운 걸 떠나서 가당키나 한 얘기냔 말일세."

하지만 그런 말을 하는 노인의 율라를 바라보는 눈빛은 결코 우호적이지 않았다. 원탁에 남았다는 것은 같았지만 둘의 입장은 완전히 달랐으니까.

빠득-

율라는 자신도 모르게 이를 갈았다. 이런 모욕적인 일이 또 있었던가. 파렐을 부수면 자신의 승리라는 단순명료한 게임이었다. 하지만 이제는 파렐을 부순다고 해서 끝나는 일이 아니었다.

"가고 싶으면 가도 좋네. 솔직히 말해서 저 인간을 찾아가야 한다면 오히려 자네여야 한다고 생각했으니까."

"……뭐?"

"우리는 서로 다른 입장이니까. 나는 대륙을, 그대는 파렐을 부숴야 입장이니 말이야."

율라는 그의 말에 살짝 눈썹을 찡그렸다.

"당신은 파렐을 부수기 전에 대륙을 차지할 수 있을 것이라 생각하는 건가?"

"그거야 혈과 헤크트를 보낸 신들 역시 마찬가지였겠지. 승리할 자신이 없었다면 재해를 내리지 않았을 테니."

그의 말에 율라는 인간계로 내려가야 할지 말아야 할지 고민하지 않을 수 없었다.

'빌어먹을.'

꼴이 우습게 되었다. 비록 신화 시대에 자신에게 대적했던 블레이더들이 있긴 했지만, 그들에게도 단죄를 내림으로써 신의 위대함을 보여주었다. 게다가 그들은 드래곤과 정령왕까지 세계를 구성하는 뛰어난 존재들의 집합이었다.

그런데 지금 고작 인간 한 명에게 휘둘리고 있었으니 어이가 없을 따름이었다. 그것도 단 한 명이 아닌 차원을 관장하는 모든 신이 말이다.

율라는 원탁 속의 마경을 바라보다 주위의 신들을 힐끔 바라봤다. 그들의 눈치를 살피는 것이었지만 마치 그것이 신호라도 된 것처럼 원탁 주위의 신들이 일제히 일어섰다.

"율라는 보이지 않는 것 같은데."

카릴은 맨 처음 나타난 뱀 입술의 여인을 바라봤다.

'너희들, 저자가 누구인지 알고 있나?'

[글쎄. 우리는 이 세계를 관장하는 율라 이외의 다른 차원의 신들을 알지 못한다. 그들은 그들만의 계(界)가 따로 존재하니까.]

[신이 하나가 아니듯 정령왕도 우리가 유일한 것은 아니지. 차원마다 정령계뿐만 아니라 인간계를 비롯해 각 계가 존재하니까.]

정령왕들이 대답했다.

[계(界)는 차원의 하위 구조라고 보면 되겠군. 그렇다면 차원마다 정령왕들도 있겠네?]

알른 자비우스는 그들의 이야기에 흥미롭다는 듯 물었다.

[그렇다.]

[그다지 특별한 존재도 아니군.]

정령왕들은 그의 말에 반박 대신 쓴웃음을 지을 수밖에 없었다.

"율라는 아마 나타나지 않을 거다. 자신의 차원에서 벌어진 일이야. 피조물이 뜻대로 움직이지 않는 것은 자존심이 상하는 일이지. 그것도 두 번이나."

"흐음."

카릴은 남자의 대답에 팔짱을 끼며 그를 바라봤다.

"뭐, 좋아. 그럼 한 가지 더 묻겠다. 율라를 제외하고 너희들,

신이라는 존재들은 이게 다인가?"

처음에는 두 명의 신이 나타났다. 하지만 그 뒤로 여덟 명의 얼굴을 로브로 가린 자들이 뒤따라 나타났다.

"율라를 제외하고 한 명이 더 있다."

남자가 대답했다.

'열두 명.'

카릴은 리세리아의 레어에 있던 비석과 교단의 첫 구절에 있는 열두 명의 신의 숫자가 틀리지 않음을 확인했다.

"그게 누구지?"

"당연히 이번 재해를 일으킨 신이지."

"라이스의 주인."

뱀 입술 여인의 대답에 이제 알겠다는 듯 카릴은 고개를 끄덕이고는 그녀와 남자를 가리켰다.

"그렇다면 당연히 가장 먼저 온 너희 둘이 혈과 헤크트의 주인이겠고?"

"맞다."

그의 손가락이 뒤에 있는 두 타락의 시체를 향하자 둘의 표정이 굳어졌다.

"얼굴 풀어. 기회를 잡기 위해 빨리 움직이는 것은 결코 부끄러운 일은 아니니까."

마치 아랫사람을 칭찬하는 것처럼 자신들을 대하는 그의 모습에 두 신은 더욱 자존심이 구겨질 수밖에 없었다.

하지만 어쩔 수 없었다. 카릴의 말이 틀린 것이 아니었으니까. 이미 기회를 박탈당한 그 둘은 카릴에게 의지할 수밖에 없었다.

"로드가 사라지고 그의 힘이 나누어져 세계로 흩어졌다. 그런데 그 힘이 아직도 남아 있을 줄이야……."

남자는 카릴을 바라봤다.

"아마도 저건 유배지라 불리는 버려진 차원에 있던 것 같군. 로드(Lord)가 죽기 바로 직전 그곳에 있었으니 말이야."

"유배지?"

"모든 죄인을 가둔, 신조차 버린 세계가 있다. 뭐, 이것은 신들의 영역이니 인간이 알 필요 없겠지. 인간이 쓰레기를 버리기 위해서 쓰레기통을 만들 듯 신 역시 오물을 버릴 곳이 필요하지 않겠나."

그의 말에 카릴은 관심 없다는 듯 어깨를 가볍게 끌어올렸다.

"그래, 그건 너희들의 문제일 테니까. 내게 중요한 것은 내가 살고 있는 이 세계의 존속이다."

"지당하신 말씀입니다."

뱀 입술의 여인은 인간인 카릴에게 존대를 하는 것이 아무렇지 않은 듯 말했다.

"넌 자존심도 없나?"

카릴이 도발적으로 그녀를 향해 물었다.

"파렐은 오직 신의 힘만으로 부술 수 있습니다. 손바닥에 남은 탑의 파편이 그 증거. 디멘션 스파이럴을 가지고 있는 이상 당신 역시 신좌의 한 편에 있어도 될 자격이 있는 것입니다."

하지만 그녀는 표정 하나 변하지 않고 대답했다.

"물론, 아직 인간의 육체를 벗어나야 한다는 제약이 있지만 말이죠."

"네놈들과 동급으로 여기지 마라."

"그런데 어떻게 해서 우리를 엑소디아의 승자로 만들어줄 수 있다는 거지? 네가 파렐을 부술 수 있다는 것은 알겠다. 하지만 그건 율라를 승자로 만들어주는 것일 뿐. 우리를 승자로 만들기 위해서는 지금 벌어진 재해부터 막아야 할 텐데."

그때였다. 기다렸다는 듯 카릴의 머릿속에 들리는 이스라필의 메시지.

[보고 드립니다. 지금 막 수안 하자르가 거암 군주의 힘으로 야인의 신물을 열었습니다. 에이단 하밀이 신물을 가지고 전장으로 달려가고 있습니다.]

그 순간 카릴은 옅은 미소를 지었다.

"물론이지. 지켜봐. 이제 곧 라이스의 주인도 너희들처럼 내 앞에서 빌게 될 테니."

"여기 있다."

수도의 지하 훈련장에서 기다리던 에이단은 수안 하자르가 건네는 상자를 바라봤다.

"얼굴은 왜 그 모양이냐."

"고든 파비안의 주먹에 살아 있는 것만으로도 다행이라고 생각해야지 뭐."

"크큭…… 미친."

무덤덤한 그의 대답에 에이단은 피식 웃고 말았다.

"오토마타는?"

"한 대 쳐볼래? 검으로도 좋고."

스캉-!!

"야."

수안 하자르는 자신의 목 언저리에 닿아 있는 에이단의 단검을 보며 나지막하게 말했다.

"말은 하고 쳐야지."

"암살자가 말하고 죽이는 놈도 있던가?"

자신의 말에 대답 대신 검부터 뽑아 든 에이단의 행동에 그는 고개를 저었다.

"그래도 내 속도에 반응을 하다니. 대단한데."

"반응한 게 아니라 처음부터 두르고 있었을 뿐이야. 고든 경이 말하길 잠잘 때도 오토마타를 유지할 수 있도록 하라더군."

"평상시에 두르고 있는 실드조차 내 검을 막을 정도면 절대 방어술이라는 수식어가 틀리진 않는 것 같네."

에이단은 한층 더 강해진 그를 바라보며 말했다.

"이젠 내 차례로군."

"조심해라."

수안 하자르는 야인의 신물을 에이단에게 건네주고 뒤를 돌아섰다.

"안 볼 거야?"

"애도 아니고…… 알아서 해. 지금 수도 밖엔 온통 전투로 시끄러운데 그들을 도우러 가야지."

"내가 우레군주의 선택을 받지 못하고 정령왕이 날뛰기라도 하면 어떻게 해? 적어도 여길 지킬 사람은 있어야지."

에이단의 말에 수안은 물끄러미 그를 바라보다가 웃음을 터뜨렸다.

"네가?"

의심조차 없었다.

너무나도 확고하게 믿는 수안의 모습에 에이단이 오히려 할 말을 잃은 듯 낮은 한숨을 내쉬었다.

"닥치고 전장으로 뛰어. 상자를 여는 건 거기 가서 해도 늦지 않으니까."

"위험천만한 전장에서 이 상자를 열라고? 고든에게 맞더니 머리가 어떻게 된 거 아냐?"

"재해 따위 빨리 정하고 따라와. 기다리겠다."

"어딜?"

수안이 그걸 몰라서 묻느냐는 듯 고개를 살짝 갸웃거렸다. 서로를 바라보는 두 사람의 시선이 교차될 때 각자의 입가에 옅은 미소가 지어졌다.

"빌린 힘을 돌려 드려야지."

"돌려 드릴 필요 없어. 네가 고든과 함께 떠나고 난 뒤 내가 주군께 허락을 받았으니까."

"뭐?"

"기다려. 곧 따라가마. 이 힘으로 우리가 주군의 검이 된다."

"실패할지 모른다는 실없는 소리는 이제 안 하겠군. 주군 볼 낯이 없게 만들 실책은 하지 마라."

"걱정 마."

에이단은 고개를 끄덕였다.

"상대는 신이다. 주군의 위대함은 누구보다 우리가 잘 알지만 그래도 우리의 도움이 필요한 순간이 있을지 모른다."

수안은 그런 그를 믿고 있지만 노파심에 다시 한번 그를 독려했다.

"에이단."

"알고 있어."

"그래. 우둔한 나와 달리 너는 영리하니까. 몸뚱어리밖에 굴릴 줄 모르는 나는 방법을 생각해 봐야 결국 이 몸 하나뿐이야. 그러니 네가 올 때까지 주군의 방패가 되마. 무슨 말인지 알겠지. 주군의 검이 되는 건 우리가 아니라 너다."

수안 하자르는 가볍게 손을 흔들었다.

"간다."

훈련장을 빠져나가는 그의 뒷모습을 보며 에이단은 쓴웃음을 지었다.

"권왕의 기술을 익히고 고든 파비안의 절대 방어술을 익힌 네가 우둔하다고? 5대 소드 마스터 중 2명의 비기를 가진 자는 대륙에서 너 하나뿐일 거다."

그는 수안이 주고 간 상자를 바라봤다.

'넌 모를 거야. 내가 너와 미하일에게 처음에 얼마나 경쟁의식을 느꼈는지 말이야.'

에이단은 수안이 떠난 문에서 눈을 떼지 못한 채 생각했다.

'내가 부러워했던 사내답다. 멋지게 성공했으니 나 역시 질 수 없지.'

"후읍……"

잠금쇠는 이미 열려 있었지만 그 안에서 느껴지는 저릿저릿한 기운은 신물이 여전히 잠들어 있음을 알 수 있었다.

"그게 내가 강해지는 방법이니까."

탈칵-

에이단은 망설임 없이 상자의 뚜껑을 열었다.

"우리보다 강한 주군을 지키라는 말이 우습겠지만…… 무슨 일이 있어도 내가 가기 전까지 주군을 지켜라. 부탁한다."

콰아아아아아아아앙--!!

그 순간 마치 태양이 지상에 내리는 것처럼 수도는 새하얀 빛으로 일순간 물들었다.

대륙 곳곳에 이미 라이스들이 퍼져 나갔지만 그중에서도 격전지는 피아스타였다. 가장 먼저 재해가 일어난 이 지역은 청기사단을 이끄는 크웰과 베이칸의 자유군이 항구를 중심으로 막아서고 있었다.

"방벽을 유지하라!!"

청기사단의 부단장인 폴 헨드는 있는 힘껏 외쳤다. 노년의 기사는 문뜩 검을 드는 것이 아니라 안락한 저택에서 아이들을 가르쳤던 시절이 그리웠지만 그런 추억도 잠시 입안 가득 토해내는 핏덩이에 바득-! 이를 갈면서 검을 휘둘렀다.

카가강!! 카강!!

그의 마나 블레이드가 허공을 벨 때마다 스파크가 일어나며 벌레들이 부딪혔다.

"큭!!"

"크아아악!!"

여기저기에서 비명이 들렸다.

"빌어먹을."

처음에는 그나마 검을 휘두를 수 있을 정도였지만 갈수록 검의 무게가 무겁게 느껴졌다. 단순히 그의 나이가 많아서 노쇠해졌기 때문이 아니었다. 처음에는 눈에 보이지 않았던 라이스들이 이제 시커먼 연기처럼 확연하게 보였다.

피아스타를 공격하는 벌레들의 수가 순식간에 처음보다 수 배는 더 넘게 늘어났기 때문이었다.

"공격하라!! 화염탄을 던져!!"

베이칸이 외치자 기사단의 방벽 뒤로 적명석을 가공하여 만든 탄환이 자유군의 화살에 감겨 하늘 위로 쏘아졌다.

쾅! 쾅!! 쾌가가강!! 쾌강!!

마치 폭죽이 터지는 것처럼 불화살들은 얼마 가지 못하고 공중에서 폭발했다. 화살이 쏘아질 때마다 우수수 벌레들이 바닥으로 떨어졌다. 하늘에 구멍이 뚫린 듯 화염탄이 터질 때마다 아주 잠깐 맑은 하늘이 보였지만 그것도 잠시 벌레 떼들은 다시 그 구멍을 채웠고 언제 그랬냐는 듯 병사들을 향해 날아갔다.

쾌그그그그……!!

방패를 든 기사가 충격에 휘청거렸다. 충격에 거대한 방패에 둘러진 실드가 옅어진 순간 라이스들은 그 틈을 놓치지 않았다.

"위험해!!"

폴 헨드가 소리쳤다.

쾌아앙-!!

하지만 그 순간 공중에서 벌레들이 마치 송곳처럼 한곳에 모여 있는 힘껏 방패를 쳐내자 모여 있던 기사들이 우수수 무너지면서 방벽이 붕괴되고 말았다.

"안 돼!!"

방벽이 사라진 곳으로 벌레들이 너도나도 할 것 없이 모여들었다. 폴 헨드는 놈들을 막으려 했지만 이미 자신의 앞을 가로막고 있는 수천, 수만의 벌레 떼에 의해 앞으로 나아 갈 여력이 없었다.

"큭!! 제길! 떨어져!!"

지원을 가기는커녕 오히려 자신의 갑옷을 갉아 먹고 있는 벌레들을 보며 그는 신경질적으로 소리쳤다.

화르르륵--!!

그때 무너진 방벽의 안쪽에서 매서운 불길이 뿜어져 나왔다. 폴 헨드는 그 광경을 보며 베이칸의 부대가 아껴 놓은 화염탄이 터진 것인가 생각했다.

"엄청난 위력……"

화염은 마치 살아 있는 생명체처럼 방패 사이를 지나 벌레들을 태웠다.

"저런 게 있으면 좀 더 빨리 쓰면 좋았잖습니까."

"저희가 아닙니다."

"……네?"

베이칸의 대답에 폴 헨드는 황급히 고개를 돌렸다.

저벅- 저벅- 저벅-

"도련님……"

"늦었습니다."

폴 헨드는 마치 화염의 갑옷을 두른 것처럼 전신에 붉은 불꽃을 내고 있는 란돌 맥거번을 떨리는 눈동자로 바라봤다.

"오랜만입니다."

란돌은 가볍게 고개를 숙였다. 크웰이 칩거를 하는 동안에도 폴 헨드는 란돌의 소식을 주의 깊게 듣고 있었기에 그는 감회가 새롭다는 표정으로 그를 바라봤다. 맥거번 저택에서 가장 검술에 재능을 가지고 있었던 아이였지만 평민이라는 태생과 장남인 마르트를 위해 자신의 실력을 숨겼던 소년.

폴 헨드는 저택에서도 그의 모습이 안타까웠었는데 지금은 자신의 아버지인 크웰에게 왼쪽 팔을 잃었다는 것을 알기에 뭐라 할 말을 잃고 말았다.

"괜찮습니다. 원래라면 팔은 붙일 수도 있었습니다."

그의 시선이 자신의 잘린 팔에 가 있는 것을 눈치챈 란돌은 담담히 말했다.

"운이 좋게도 절단면이 너무 깨끗해서 검을 쥐는 데도 문제가 없을 거라 했습니다만…… 제 의지로 붙이지 않았습니다."

"아니, 어째서……."

"대륙제일검에 의한 상처입니다. 그를 막다가 얻은 것이니 영광스럽지 않겠습니까."

폴 헨드는 그의 말에 뭐라 대답을 할지 몰라 입을 뻐끔거렸다.

"제 팔을 볼 때마다 다짐합니다. 강해지자고."

"도련님……."

"오해는 하지 마세요. 그렇다고 아버지를 원망하는 것은 아닙니다."

란돌은 옅은 미소를 지었다. 폴 헨드는 어린 시절 언제나 과묵했던 그가 이런 자연스러운 표정을 지을 수 있는가 하고 사뭇 놀랐다. 전장과는 어울리지 않지만 그것은 기쁨에 좀 더 가까운 감정이었다.

"덕분에 저는 더 강해질 수 있었으니까요."

디곤 외검술 변형 2결-월하옥(月下玉).

파앗-!!

란돌이 검을 잡고 뛰어올랐다. 밀리아나가 그에게 가르쳐 준 것은 쌍검술이었지만 한쪽 팔을 잃은 그는 디곤의 검술을 자신에게 맞게 변형시켰다. 그의 손에 들린 해방된 불꽃이 맹렬한 화염을 뿜어냈다. 그의 주변에 벌레들은 그 불꽃에 집어삼켜져 순식간에 재가 되었다.

상급 기사와 소드 마스터, 상급 마법사와 대마법사를 구분 짓는 것 중 하나는 바로 자신만의 영역을 개척하느냐 하지 못하느냐는 것이다. 그 영역이 가진 검술이 기반으로 될 수도 있고 혹은 전혀 다른 마법이 될 수도 있지만 어쨌든 중요한 것은 오직 자신만이 가능한 것이라는 점이다.

고든 파비안의 오토마타라든지 베르치 블라노의 독문마법 같은 것을 보면 알 수 있었다.

그런 의미에서 란돌 역시 마찬가지였다. 디곤 검술을 기반으로 하고 있지만 그는 쌍검술을 외검술로 바꾸며 자신에게 맞는 형태로 변형시켰다.

"감축드리옵니다……."

폴 헨드는 맥거번 가문에 나온 새로운 소드 마스터의 등장에 자신도 모르게 고개를 숙였다. 아이러니하게도 평민과 이민족이라는 출신의 제약으로 누구보다 형제들 사이에서 천대받았던 두 사람이 가장 뛰어난 검사가 되었다.

'이곳에는 크웰 경뿐만 아니라 마르트 님과 엘리엇 님도 계신가.'

전쟁은 싫지만 어쩌면 이번 기회에 맥거번가에 흔들렸던 형제들이 함께 뭉칠 수 있는 계기가 될지도 모른다.

"조심하십시오!!"

그런 생각이 들자 전장이라는 것도 잊고 노년의 감정에 흔들린 그는 부하의 외침에 황급히 고개를 들었다.

우우우우웅!! 우우우우우우웅!!

눈앞이 깜깜해졌다. 어둠이 그를 덮치려고 했다. 그 어둠이 벌레 떼라는 것을 안 순간 폴 헨드는 자신도 모르게 헛웃음을 터뜨리고 말았다.

'이런 머저리 같은…….'

도대체 몇 번이나 전장에서 긴장감을 잃고 추한 모습을 보이는 것인가.

"폴 헨드!!"

란돌이 그를 향해 외쳤다.

하지만 수많은 벌레 떼를 집어삼킨 뜨거운 화염조차 폴 헨드를 구하기엔 역부족이었다.

"안 돼……!!"

그때였다.

콰즈즈즈즈즈즈즉--!!

란돌과 폴 헨드를 집어삼킨 벌레 떼 사이에서 번뜩이는 빛이 일어났다. 섬광은 마치 시간이 멈춘 것처럼 일순간 나타났다 사라졌다. 하지만 빛이 지나간 자리는 날카로운 폭음과 함께 맹렬한 충격이 일었다. 그 힘에 란돌은 뒤로 튕겨 나가듯 밀려났고 조금 전 폴 헨드가 서 있었던 자리엔 시커멓게 그을린 벌레 떼만이 바닥에 수북하게 쌓여 있었다.

란돌은 어떻게 된 영문인지 몰라 멍하니 폴 헨드가 있었던 자리를 바라봤다.

"실례."

그 순간 그의 등 뒤에서 들려오는 목소리. 황급히 고개를 돌리자 멍한 표정으로 입을 다물지 못하는 폴 헨드가 다리에 힘이 풀린 듯 주저앉아 있었다.

지직…… 지지직…….

"후우……."

그의 주변에서 여전히 샛노란 전격이 흐르고 있었고 그의 뒷덜미를 잡고 있는 한 남자가 가볍게 란돌을 향해 고개를 끄덕였다. 허리에 달린 두 자루의 단검이 가볍게 떨렸다.

파앗-!!

"에……."

란돌이 이름을 부르려 했지만 그는 소리보다 더 빨라 빈자리만이 남아 있을 뿐이었다. 어느새 그는 섬광(閃光)처럼 사라졌다.

[그러다 죽는다.]

머릿속에서 울리는 거친 목소리에 에이단은 쓴웃음을 지었다. 그가 지금 바라보는 시야는 태어나서 처음 느껴보는 풍경이었다.

스아아악……!! 사악……!

바람이 뺨을 스쳐 지나가는 느낌만이 있을 뿐 세계의 색상은 반전된 것처럼 흰색이 검게 변했고 검은 것은 투명했다.

처음 보는 영역의 광경. 에이단은 시간이 멈춘 것 같은 찰나의 순간을 뚫고 지나가는 섬광 속에 자신이 있다는 것을 느끼며 마치 질주하는 것이 자신이 아니라 세계가 자신의 뒤로 밀려나는 것 같은 기분이 들었다.

'시간이 없다. 하필이면 안챠르가 해협 건너 전(前) 공국의 영토에 있다니.'

[이동마법진인가 하는 걸 써서 넘어가는 게 나았을 텐데. 무리하게 뇌전의 힘을 쓰다가 네 오장육부가 먼저 타들어 갈 수 있어.]

거친 목소리의 주인공은 다름 아닌 번개의 정령왕, 쿤겐이었다. 에이단은 자신의 두 다리에서 흩뿌려지는 전격의 잔해들을 보며 쓴웃음을 지었다.

'이동마법보다 더 빠르게 갈 수 있다고 한 게 누구지?'

[뭐, 그거야 불가능한 것은 아니지만 네가 하기 나름이라고 했을 텐데…….]

쿤겐은 그런 그를 바라보며 피식 웃었다.

[처음에는 허언이라고 생각했는데…… 인정한다. 우레의 힘을 정말로 받아들일 수 있을 줄이야. 카이에 에시르 이후에 이런 특이한 인간도 처음이로군.]

'눈앞의 재해를 막고 파렐에 계신 주군께 간다면 아마 그 생각이 달라질걸. 나 같은 건 발치에도 닿지 못하는 분이니까.'

[막튠을 제외하고 나머지 정령왕들과 계약을 했다는 자? 게다가 리세리아와 나르 디 마우그의 심장을 가졌다라…… 솔직히 말해서 곧이곧대로 믿기 어렵군.]

'걱정 마. 어차피 알게 되어 있으니까.'

[뭐, 나는 너도 싫진 않다. 비록 가품이지만 뇌격과 뇌전을 가지고 있었다는 것부터 너와의 인연이 있는 것일지도 모르니까.]

'그래서 순순히 나와 계약을 해준 거야?'

[설마.]

에이단의 어깨 위로 작은 구체를 바라봤다. 라미느가 아인 트리거에서 나올 때처럼 쿤겐의 작은 형상이 그의 뺨을 가볍게 두들겼다.

[네 눈빛이 마음에 들었거든.]

'이상한 정령왕이로군.'

[난 원래 괴짜야. 번개의 힘은 다른 원소들과 다르니까. 원소지만 빛과 어둠의 힘도 함께 있는 불완전한 힘. 그렇기에 더욱 강렬할 수 있다.]

쿤겐은 에이단을 바라봤다.

[너라면 왠지 나를 잘 쓸 수 있을 것 같더군. 막툰에 의해 봉인이 풀린 것은 자존심 상하는 일이지만 말이야.]

그의 대답을 들으며 에이단은 좀 더 속력을 높였다. 다리는 여전히 허공을 달리고 있었고 그의 두 다리 밑에는 어느새 해협의 끝자락을 지나고 있었다.

[하지만 조심해라. 나는 다른 정령왕들처럼 계약자의 사정에 맞춰서 정령력을 나눠줄 만큼 친절하지 않아. 경고는 이번이 마지막이다. 원하는 대로 내 힘을 써도 좋다. 그러나 그로 인해 번개에 먹힌다면 그것은 내 탓이 아니다.]

'그 말은 지금보다 더 빠르게 달릴 수 있다는 건가?'

[원한다면.]

에이단은 앞을 바라봤다. 순식간에 바다를 건넌 그의 눈앞에 저 멀리 전투가 벌어지는 연기가 잡혔다.

'마음에 드는 대답이군.'

한 치의 망설임 없이 에이단은 두 다리에 힘을 주었다.

"더럽게도 많군."

과거 강철 함대가 정박했던 코브의 항만에 새로이 세워진 포격대에는 사람보다 훨씬 작은 체구의 난쟁이들이 바삐 움직이고 있었다. 그들이 조종하고 있는 포격대는 지금까지 봤던 것과는 완전히 달랐다.

"마도 포격대에 방진탄을 장전해라. 놈들은 검으로 벨 수 없다. 하지만 아무리 작은 벌레들이라 할지라도 연기를 피할 순 없겠지."

항만의 끝에 서 있던 노움은 저 멀리 날아오는 벌레를 바라보며 명령했다.

철컥-!! 드르르르르르……!!

그의 명령이 떨어지자마자 노움들이 조종관의 레버를 잡아당겼다. 그러자 매끈한 포신과 섬세한 문양이 새겨진 수십 대의 대포가 일제히 해협 건너를 겨냥했다.

"마력 충전 80% 완료!! 포격 가능합니다."

커다란 고글을 쓰고 있는 노움이 수십 대가 연결되어 있는 화면을 바라보다 소리쳤다.

"우리 노움국에서 네놈들을 위해 심혈을 기울여 만든 선물이다. 어디 한번 먹어봐라!"

부하의 보고에 전선에 서 있던 칼립손이 이글거리는 눈빛으로 소리쳤다.

"벌레 새끼 한 마리도 이곳에 발을 들여놓는 것을 용납하지 마라. 전 포대!! 포격 개시!!"

칼립손이 번쩍 들어 올렸던 손을 있는 힘껏 아래로 내리자 항만에 세워진 포격대가 불을 뿜었다.

펑! 펑! 퍼엉-!! 퍼퍼펑--!!

시커먼 연기와 함께 날아가는 포탄은 공중에서 맹렬한 화염을 터뜨리며 폭발했고 화염은 다시 한번 분진으로 변하며 마치 항구 주변을 감싸는 구름처럼 변했다.

[키르……! 키르르륵!!]

날아들던 벌레들이 구름 안으로 날갯짓하며 들어가자 고통스러운 소리를 지르기 시작했다.

"좋았어!!"

"와아아아아--!!"

노움국의 병사들은 코브를 향해 오던 벌레 떼들이 바다 아래로 떨어지는 것을 보며 환호성을 질렀다.

칼립손은 그 광경에 자신도 모르게 주먹을 꽉 쥐었다.

"조심하세요!!"

전방의 타락들이 사라져가는 것에 집중했던 노움들은 후방에서 들려오는 목소리에 다급히 고개를 돌렸다.

부우우우웅--!! 우우웅--!!

마치 드릴을 연상케 하는 나선으로 회전하는 수천 마리의 벌레 떼들이 병사들의 머리 위에서 맹렬하게 떨어지고 있었다.

"아, 아니…… 언제?!"

"설마 전방에 있는 놈들은 미끼였나? 말도 안 돼. 병력을 나누어서 들어온 건가? 그것도 병력의 절반 이상을 미끼로 몰다니…… 벌레 주제에 전략을 쓴다고?!"

칼립손의 얼굴이 구겨졌다.

"1, 3포대!! 후방 회전!!"

"……벌레의 속도가 너무 빠릅니다!!"

마격 포대가 황급히 뒤로 회전했지만 맹렬한 벌레 떼의 움직임을 거대한 포대가 따라갈 수 없었다.

"위, 위험……!!"

날카롭게 회전하며 날아드는 벌레 떼가 포격대를 덮치려는 순간.

우우우우우웅--!!

아슬아슬하게 종이 한 장 차이로 놈들이 갑자기 방향을 꺾으며 대포를 피해 상공으로 다시 올라가며 흩어졌다.

"무슨 일이지?"

대포 아래에 웅크리던 병사들이 공격을 멈춘 벌레들에 어리둥절하며 고개를 들었다.

탁-

그때였다. 노움들은 갑작스러운 벌레 떼의 기습에 잠시 잊고 있었지만 처음 자신들에게 경고를 준 사람이 한 명 있었다는 것을 뒤늦게 깨달았다. 마도 포격대의 포신 끝자락에 내려선 여인이 손바닥을 앞을 향하게 펼친 채 벌레 떼와 보이지 않는 줄다리기를 하는 것처럼 서로 안간힘을 쓰며 밀고 당기기를 시작했다.

"제 힘으로…… 붙잡아두는 것도 한계가 있어요. 어서 대피하세요!!"

안챠르가 외쳤다. 신록의 힘으로 간신히 벌레들을 제어하고 있었지만 언제 풀릴지 모르는 그야말로 위태로운 상황이었다.

'확실해. 저 녀석이…… 본체로군.'

그녀는 뒤를 노리며 습격한 벌레 떼의 선두에 서 있는 녹색 벌레를 보며 알아차렸다. 육안으로는 볼 수 없는 작은 크기였지만 그녀가 사물을 보는 법은 눈이 아닌 생명체가 내뿜는 생기 그 자체였기에 수많은 전장 중에서도 그녀는 라이스의 본체가 있는 곳을 정확히 알 수 있었다.

'내가 막아야 해.'

3번째 재해인 라이스는 단순한 벌레 떼들이 아니었다. 대륙 전역을 강타한 무수히 많은 벌레 떼들이었지만 놈들은 각각의 분신들이 각 지역을 따로 이끄는 헤크트와 달리 하나의 중추를 중심으로 움직였다. 즉, 안챠르는 자신의 눈 앞에 있는 본체를 잡을 수 있다면 나머지 벌레 떼들도 막을 수 있음을 확신했다.

"크윽?!"

하지만 나누어진 분신과 달리 하나의 본체만을 가지고 있다는 것은 벌레 떼들이 헤크트보다 더 유기적으로 움직이고 대항한다는 의미이기도 했다.

부우우우우웅!!

본체가 안챠르에게 결박당하자 벌레 떼들은 재빨리 그녀의 뒤를 노리며 공격했다.

"운타! 하-크라토!!"

안챠르를 황급히 드루이드의 주문을 외웠다.

콰앙! 쾅!! 콰가가가가가강!!

그녀의 전신을 감싸는 실드가 펼쳐졌고 마치 소나기가 내리는 것처럼 벌레 떼들이 그녀의 실드에 몸을 던지기 시작했다.

"으윽……!!"

벌레 떼들이 실드를 두들길 때마다 그녀는 마치 자신의 몸이 두들겨 맞는 것처럼 인상을 구겼다.

쩌적…… 쩌쩌적…….

그녀가 펼친 실드는 마법사들의 것과는 달랐다. 벌레 떼들이 두들기는 투명한 실드 위로 줄기들이 돋아났고 그것들이 얽히고설켜 그물처럼 벌레 떼들을 옭아맸다.

"쿨럭……."

대지에서 자라난 드루이드의 실드는 시전자와 연결되어 있어 그 피해가 적잖이 자신에게 돌아온다.

수많은 벌레 떼들의 공격이니 아무리 피해가 준다 하더라도 그녀에게 타격이 없을 리가 없었다.

"포격 발사!!"

그 순간 칼립손의 외침이 들렸고 마도 포격대에서 터져 나오는 분진탄이 드루이드의 실드 위로 구름을 만들어냈다.

"어서 대피하시라니까요?"

"쓸데없는 소리 하지 말게. 우리 역시 이곳에서 싸우고자 온 자들이야. 전쟁은 이미 대륙 전역에 퍼져 있고 전장에 발을 들여놓은 순간 물러섬이란 없어야 하는 법일세."

칼립손은 품 안에서 작은 알약을 꺼내 그녀의 입안에 밀어 넣었다.

"읍?!"

"좀 짤 거야. 북부에서 구한 설암염(雪巖鹽)이거든. 소금은 소독 작용도 있지만 소금 겉면에 세공 마법으로 회복 주문을 새겨 넣었으니 조금은 도움이 되겠지."

"우읍……. 그, 그렇군요."

입안 가득 짠기가 들었지만 안챠르는 심장 박동이 차분해짐을 느꼈다.

"그런데 이제 어떻게 할 셈이지? 본체를 죽일 방법은? 분진탄을 저 녀석에게 쏘아볼까?"

하지만 칼립손의 물음에 그녀는 고개를 저었다.

"그걸론 무리에요."

"그럼?"

안챠르는 라이스를 붙잡고 있는 손이 파르르 떨렸다. 녀석을 여기서 놓치게 된다면 또다시 놈이 있는 전장을 찾아 나서야 했다.

"타락을 파괴하는 방법은 모두 똑같아요. 오직 심장을 베지 않는 이상 놈들은 죽지 않을 겁니다."

"하지만 보이지도 않는 놈을 어떻게……."

스캉--!!

"……!!"

안챠르는 갑자기 팽팽하게 당겨졌던 줄이 끊어지는 것 같은 느낌을 받으며 뒤로 휘청거리며 물러섰다. 분진 사이로 번쩍이는 빛이 뿜어져 나오더니 주변에 있던 마도 포격대의 조종관들이 감전된 듯 사방에서 스파크가 일었다.

"무, 무슨 일이?!"

당혹감에 소란스러운 노움들과 달리 뒤로 넘어진 안챠르는 떨리는 눈빛으로 앞을 바라봤다.

"주군께 보고해."

파르륵……! 파다다닥……!!

검지와 엄지로 쥔 작은 벌레의 다리가 애처롭게 파닥거리고 있었다. 그리고 내리치는 번개 사이로 모습을 드러낸 한 남자.

"에이단!"

그는 안챠르에게 옅은 미소를 짓고는 자신의 손 아래 있는 벌레를 물끄러미 바라보고는 놈을 잡은 두 손가락에 힘을 주었다.

파슥-

마치 과자가 부스러지는 것 같이 벌레의 껍질이 바스라지는 소리만이 전장에 남았다.

"언제까지 우리를 기다리게 할 거지?"

남자는 카릴을 향해 짜증 섞인 목소리로 말했다.

"그는 오지 않아. 우리 다신(多神) 중에서도 가장 영악하고 속을 알 수 없는 자이니까. 우리와 당신이 하는 거래가 어떤지 재고 있을걸."

뱀 입술의 여인도 남자의 말에 무게를 더했다. 아마도 세 번째 재해의 주인이 나타나기 전에 뭔가를 이루고자 하는 모습이었다.

"난 놈이나 모자란 놈이나. 길 때는 기어야지."

하지만 카릴은 그들의 말에도 불구하고 여전히 여유로운 표정으로 말했다. 그의 말이 끝남과 동시에 차원문이 열리며 굳은 얼굴의 한 노인이 나타났다.

"안 그래?"

카릴은 그를 바라보며 냉소를 지었다.

툭-

에이단은 손바닥에 있던 심장을 작은 병 안에 담았다. 부서진 껍데기만이 바람에 바스락거리며 사라졌다. 대륙을 공포로 뒤덮었던 벌레도 죽으면 그저 파리 사체와 다를 바 없었다.

[이제 무엇을 할 생각이냐.]

"뭘 하긴."

그는 두 자루의 검에 묻은 핏물을 바라봤다.

지지지직……!

전격이 검날에 스치듯 지나가자 연기가 피어오르며 핏물들이 증발했다. 놀랍게도 그가 벤 것은 단순히 라이스의 본체만이 아니었다. 해협을 건넌 그는 노움이 만들어낸 분진을 뚫고 그 속에 있던 벌레들을 베면서 날아온 것이었기에 그의 검날에는 수많은 벌레의 피가 묻어 있었다. 하지만 그는 자신이 해낸 위업에 대한 어떠한 감흥도 없다는 듯 검을 꽂아 넣으며 말했다.

"신들 낯짝부터 확인해야지. 이 검을 어디에다 쑤셔 박아야 놈들이 가장 고통스러울지부터 살펴봐야지 않겠어?"

[그거 마음에 드는군.]

쿤겐이 에이단의 몸을 감쌌다.

"신이 세계를 만들었다지만 그들이 우리의 주인은 아니지. 우리의 미래는 우리가 결정한다."

쾅앙-!!

날카로운 폭음과 함께 주위가 폭탄이 터진 것 마냥 검은 연기와 함께 움푹 파였다. 조금 전까지만 하더라도 서 있던 그의 모습은 온데간데없이 사라졌고 지면에는 그을린 검은 재만이 그가 달려간 방향으로 길게 묻어 있었다.

"당신……."

"어떻게……."

그가 오지 못할 곳은 아니지만, 신들은 노인의 등장에 놀람을 감추지 못했다. 굳은 그의 얼굴에서는 분노가 느껴졌고 누구 하나 건들기만 하더라도 당장에 터질 것 같아 보였다.

"좋아. 후보자가 한 명 더 늘었군."

"……나는 인간이 벌이는 웃긴 놀이에 참가하지 않는다."

카릴을 향해 노인이 말했다.

"그럼 구경꾼인가? 뭐 그것도 나쁘지 않지. 관객은 많으면

많을수록 재밌으니까."

빠득-

카릴의 말에 노인은 이를 갈았다. 언제나 냉정하고 냉철한 그가 이렇게까지 화가 난 것의 이유는 단 하나일 것이다.

"설마……."

"재해를 막은 건가."

"고작 벌레. 재해라는 이름을 붙일 만큼 놀라울 것도 없지. 여름철 날파리를 보고 놀라 도망치진 않잖아. 안 그래?"

"크큭."

뱀 입술의 여인은 카릴의 말에 웃음을 터뜨렸다.

"뭐라…… 지껄이는 거지?"

"진정해. 자신의 계가 아닌 곳에서 힘을 발현하는 것은 규율에 어긋난다는 걸 몰라?"

"닥쳐!! 지금 인간 따위가 신에게 세 치 혀를 놀리고 있는 꼴이 너희들은 가당키나 한 일이라는 말이냐!!"

콰아아아앙--!!

그때 타워 실드의 형태를 닮은 불투명하고 거대한 마력 실드가 하늘에서 내려와 바닥에 꽂혔다.

쩌저적……! 쩌적! 콰앙--!!

그와 동시에 충격으로 갈라진 지면 아래에서 마력 실드 주위로 거대한 석벽들이 튀어나왔다.

"막툰……!!"

노인은 자신을 가로막은 석벽을 있는 힘껏 부쉈다. 날카로운 충격파가 뿜어져 나왔지만, 석벽 뒤에 있는 마력 실드가 티잉……! 하는 울림과 함께 노인의 주먹을 밀어냈다. 하지만 그 충격에 실드 뒤에 있던 남자 역시 튕겨 나가듯 가볍게 몇 걸음 뒤로 밀려났다.

"괜찮으십니까?"

"적절한 타이밍이었어. 오토마타를 익혔나 보군. 고생했다. 수안."

카릴은 노인의 공격을 막아선 그를 바라봤다.

"몸에 두르는 것은 괜찮은데 아직 건틀렛을 통해 오토마타를 발현하는 것은 미흡하네요. 하지만 막을 만합니다. 저들이 주군께서 말씀하셨던 신입니까."

노인의 공격에 뒤로 수안은 저릿저릿한 손목을 꺾으며 말했다.

"그래. 신의 일격이야. 그걸 막은 것만으로도 대단한 일이니 어깨를 펴도 된다. 너는 충분히 스스로를 증명한 거니까."

"하하. 고든 파비안에게 죽도록 맞은 보람이 있네요."

언제나 숙제처럼 남아 있었던 것이 해결되는 기분이라 수안은 쓴웃음을 지었다.

"에이단이 재해를 막았다."

카릴은 담담하게 말했다.

"녀석이라면 충분히 해낼 거라고 생각했습니다."

그리고 카릴만큼이나 수안 역시 당연한 일이라는 듯 대답했다.

"이놈⋯⋯!!"

노인은 자신의 공격을 막아선 수안 하자르를 바라보며 으르렁거리듯 외쳤다.

"신이 하는 일에 끼어들다니. 죽고 싶으냐!!"

"그러는 너는 구걸하러 온 주제에 무슨. 네 재해가 막힌 상황에서 너는 저 둘과 다를 바 없는 입장일 텐데. 신좌를 포기할 거라면 깔끔하게 꺼져. 그렇지 않다면 저들처럼 내게 빌어 보던가."

"⋯⋯뭐?"

"특별히 너는 저 끝으로 가 무릎 꿇고 머리를 바닥에 박고 있어라. 그럼 한 번쯤 생각해 보지."

"미친놈."

브아아아아아앙--!!

노인의 소매 안쪽에서 라이스를 닮은 벌레들이 쏟아져 나왔다.

"기대하고 왔는데. 여기도 벌레 천지입니까?"

하지만 소매에서 벌레들이 뿜어져 나오기 바로 직전 노인은 자신의 목을 겨누고 있는 날카로운 전격의 검날을 내려다봤다.

"막툰 다음은 쿤겐인가. 별 쓸데없는 것들이 성질을 돋우게 만드는군. 그따위 것으로 날 벨 수 있을 거라고 보는가? 인간의 무지함이란⋯⋯."

"베진 못해도 틈은 만들 수 있겠지. 그 벌레들을 푸는 순간 너는 영원히 신좌의 기회를 박탈당하는 거야. 안 그래? 쫄리니까 먼저 패를 꺼내 보인 게 누군데."

에이단은 숨을 몰아쉬며 뇌격을 고쳐 잡으면서 말했다. 단숨에 해협을 건너온 그의 몸에는 여전히 뜨거운 전류가 남아 있는 듯 지지직거렸다.

[오랜만이로군. 원한다면 싸워도 좋다. 내가 전력을 다해 너를 막아줄 테니.]

쿠우우우웅--!!

파렐의 주위로 거대한 그림자가 드리워졌다. 본 드래곤이 커다란 입을 벌리며 노인을 향해 말했다. 황금룡 토스카의 등장에 신들의 낯빛이 조금 어두워졌다.

"그래 봤자 고작 피조물 중에 하나에 불과한 네놈이 감히 신을 막겠다고?"

[나 역시 너희들의 눈엔 그저 인간과 다르지 않겠으나 에이단의 말처럼 시간을 벌 수는 있겠지. 네가 이곳에서 신력을 발휘한다면 그것은 네 들이 말하는 그 규율이라는 것에 위배가 되는 것일 터. 우리보다 저들이 널 더 껄끄러워할 것 같은데.]

노인은 토스카의 말에 자신의 등 뒤에 서 있는 다른 신들을 바라봤다.

빠득-

끝내 노인은 카릴을 노려보며 신경질적으로 이를 갈았다. 하지만 그의 경고에 수긍하는 것인 듯 노인의 벌레떼들은 다시금 소매 안으로 사라졌다.

"이제 율라 한 명 남았군."

카릴은 그 모습을 보며 피식 웃고는 말했다.

"너희들은 저 위에서 우리를 내려다보고 있었겠지. 그렇다면 지금 율라 역시 이 광경을 보고 있을 테고."

"그렇습니다."

뱀의 여인이 가장 먼저 대답했다.

"보고 있다면 내려와라. 율라. 정령계에서 나를 찾을 정도로 이 싸움에 목이 말라 있던 너라면 쓸데없는 체면을 차릴 필요 없잖아? 안 그래?"

하지만 카릴의 말에도 불구하고 차원문은 더 이상 열리지 않았다.

"역시. 아직은 때가 아닌가."

침묵하는 하늘을 바라보며 카릴은 냉소를 지으며 스스로를 다잡았다.

'서두를 필요 없다.'

억겁의 시간을 참고 참아 여기까지 도달하지 않았던가.

'하늘 위에서 우릴 내려다보는 잘난 네놈들을 하나부터 열까지 모두 땅으로 끌어내 줄 테니.'

카릴은 눈빛을 빛냈다.

"좋아. 이 시점에서 내가 너희들에게 줄 수 있는 거래의 조건에 대해 말해주지. 아마도 미치도록 궁금했을 거야."

그는 천천히 주위를 훑었다.

"4번째 재해의 신은 누구냐."

카릴의 물음에 무리 속 신들 사이로 한 사람이 나타났다. 그는 무척이나 왜소한 남자였다. 게다가 눈은 마치 얼굴의 1/3이나 될 것 같이 커서 인간의 외형과는 전혀 달라 보였다.

"내가 말했지. 여름철 날파리 따위 두려워하지는 않는다고. 하지만 공평하게 기회를 주는 만큼 너에게도 재해를 도전할 기회는 줘야겠지."

카릴의 말에 남자의 어깨가 움찔거렸다. 그도 그럴 것이 4번째 재해는 우아티트(Uatchit)라 불리는 거대한 파리 형상의 마물이었기 때문이었다.

'4번째 재해까지는 솔직히 껄끄럽지 않다. 문제는 그다음⋯⋯ 5번째 재해인 하토르(Hathor).'

가축들에서부터 시작된 5번째 재해는 순식간에 인간을 덮쳐 중독되기 만드는 전염병과 같은 타락이었다. 놈은 특정한 마물도 마법도 아닌 일종의 병균이었다.

'하토르의 치유약을 개발하기 위해서는 표본이 있어야 한다. 하지만 그걸 얻는 것은 쉬운 일이 아니다. 그 표본을 얻기 위해서는 거의 도시 하나를 놈에게 내주어야 한다.'

그 안에서 절규하며 죽어가던 사람들의 모습이 아직도 생생했다. 혹자는 앞선 재해와 싸우며 죽어간 병사들의 수보다 적으니 다행이라 말하기도 했다.

'싸우다 죽으면 명예라도 있겠지.'

카릴은 직접 전염병이 창궐한 도시 안으로 백성들을 밀어넣어야 했던 그 기억을 잊지 못했다. 그렇기에 그는 3번째 재해가 끝나는 시점에서 신들과 거래를 하고자 했다.

만일에 하나 4번째 재해가 일어난다 하더라도 우아티트는 앞선 재해들과 같이 충분히 막아낼 자신이 있었기 때문이다.

"너는 재해를 일으키겠는가?"

카릴은 감정을 숨긴 채 물었다. 예상대로 남자는 선뜻 대답하지 못했다.

"만약 우리가 네 재해를 막는다면 너 역시 기회를 박탈당한 신들과 똑같이 될 터. 저 녀석 꼴이 나겠지."

카릴은 구석에서 인상을 구기고 있는 라이스의 주인인 노인을 손으로 가리켰다.

"하지만 넌 운이 좋아. 저 셋과 달리 이번 재해의 주인이니 나와 거래를 가장 먼저 할 수 있는 기회를 얻게 된 것이니까."

"뭐?"

"자, 잠깐!! 기회는 공평하게 주어진다고 하지 않았는가!!"

뒤에 있던 다신들이 카릴의 말에 소란스러웠다. 노인의 패배를 본 이후 그들도 다급해진 것이다. 하지만 그 반응을 기대했던 것인 양 카릴의 입가에 묘한 미소가 지어졌다.

"물론. 공평한 기회를 주지."

"……내가 재해를 일으키지 않는다면 어찌 신좌를 얻을 수 있지?"

"간단해."

카릴은 노인을 가리켰던 손가락을 뒤집어 까닥거리며 말했다.

"저놈을 죽여."

"무, 무슨……."

"이 빌어먹을 놈이!! 감히!! 인간 주제에 신을 농락하느냐!!"

"그리고 넌."

외치는 노인을 향해 카릴은 그를 가리켰던 손가락을 파리를 닮은 남자에게 옮겼다.

"앨 죽이면 다시 한번 신좌에 도전할 기회를 주지. 에이단."

"네."

카릴의 부름에 에이단은 기다렸다는 듯 품 안에서 작은 병을 꺼내었다. 라이스의 심장이 들어 있는 유리병을 보자 노인의 안색이 굳어졌다.

"살아남은 놈에게 인간은 패배를 선언할 것이다. 그렇게 되면 그자는 그토록 원하는 신좌에 앉게 되겠지."

"자, 잠깐!! 이게 무슨 공평한 기회야!! 나는 재해를 일으키지도 않았단 말이다!!"

속았다. 파리를 닮은 4번째 재해의 신은 다급하게 소리쳤다. 하지만 그걸 알았다 한들 인제 와서 돌이키기엔 너무나 늦어 버린 일이었다.

"그리고 너희 둘."

카릴은 기회를 가장 먼저 박탈당했던 거구의 남자와 뱀 입술의 여인에게 말했다.

"5번째와 6번째 재해의 신을 죽인다면 너희들에게도 기회를 주겠다."

당혹스러움을 감추지 못하는 남자와 달리 눈치가 빠른 뱀 입술의 여인은 어느새 다신들 사이에서 자신의 상대를 찾는 듯 보였다.

"진흙탕에서 구르는 건 이제부터 너희들이다. 내 무슨 말인지 이해 못 하겠어?"

저벅- 저벅- 저벅-

카릴은 파리 얼굴을 한 신을 향해 걸어갔다.

"네놈들 자리를 결정하는 전쟁이라면 네놈들 목숨을 걸고 싸우란 말이다."

꽈악-!!

그가 신의 뺨을 손으로 꽉 움켜잡고서 으르렁거리듯 경고했다.

"다시는 인간을 가지고 놀지 마라."

▶Chapter 6◀

"이것 놓아라!!"

콰앙-!!

파리 얼굴을 한 신은 카릴이 누른 얼얼한 자신의 뺨을 어루만지면서 당혹감을 감추지 못했다.

"어디서 이런 맹랑한 놈이……!!"

당사자인 4번째 재해의 신뿐만 아니라 카릴의 모습을 본 다른 신들 역시 할 말을 잃고 말았다. 태초부터 지금까지 그 오랜 세월을 살아온 자들이지만 그 누구도 그와 같은 모습을 본 적은 없었으니까.

"차원의 역사 속에서 지금까지 신에게 반기를 든 자들은 있었지만 너처럼 황당무계한 놈은 또 처음이로군."

"네놈은 지금 우리를 투견으로 만들 생각이냐."

"네 놀음에 장단을 맞춰줄 것이라고 여기는 것은 아니겠지."

신들은 카릴의 제안을 비웃었다.

"조금은 기대했는데 고작 말장난에 불과했구나. 하긴, 인간이 생각하는 것이야 고작 이런 게 다겠지."

"어디서 말 같지도 않은 소리를……!!"

다신들의 분노가 저릿저릿할 정도로 피부에 느껴지는 것 같았다. 수안 하자르는 자신도 모르게 방어 자세를 취했다.

"괜찮아."

그런 그를 보며 카릴이 그의 어깨를 가볍게 두들기고는 말했다.

"놈들은 우릴 죽이지 못해."

"네?"

"목 위에 달린 것이 장식품이 아니라면 알 거야. 내가 죽는 순간 잃어버린 기회를 되찾을 마지막 방법이 사라진다는 것을."

그의 말이 끝남과 동시에 노인을 비롯한 재해가 막힌 신들의 안색이 굳어졌다.

[클클클, 처음부터 남은 신들과 거래할 생각이 아니었군. 네가 노린 대상은 저 세 명의 신들이었어.]

알른 자비우스는 그들을 바라보며 냉소를 지었다.

"됐다. 나는 이 바보 같은 짓거리에 빠지겠어. 어디 한번 내가 일으킬 재해를 네놈이 막을 수 있는지 지켜보마."

신 중 하나가 손을 저으며 카릴을 향해 말하고서는 뒤를 돌아섰다.

"너는 몇 번째지?"

"여섯 번째 재해의 신이다."

그는 날렵한 눈매를 가진 남자였다. 로브 사이로 보이는 턱
선은 다부져 보였는데 확실히 다른 자들보다 강단이 있는 모
습이었다.

"나는 로드(Lord)의 유지를 물려받은 유일한 신이다. 다른
자들과는 다를 것이다."

"그렇군."

카릴은 그의 말을 이해한다는 듯 고개를 끄덕였다. 여섯 번
째 재해라 불리는 세크멧(Sekhmet)은 확실히 신의 사도라 불리
는 세크무트와 이름이 비슷한 타락이었다.

놈은 독종의 재해였다. 다섯 번째 재해인 전염병의 타락인
하토르와 세크멧, 두 녀석 모두 독안개의 형태를 가져 비슷하
게 보였지만 세크멧은 완전히 다른 괴물이었다.

처음에는 하토르의 퇴치법으로 또다시 수만 명의 사람을 표
본으로 삼아 놈의 소굴에 몰아넣었다. 치유법을 찾기 위한 끔
찍한 방법이었지만 그것만이 유일한 방법이라 생각했다.

하지만 결과는 정반대였다. 세크멧의 안개 속에서 죽은 사
람들이 세크무트로 부활을 하려 오히려 인간을 공격했기 때문
이었다. 파렐 속에서 튀어나오는 마물들을 상대하는 것만으
로도 벅찬 상황에서 갑작스럽게 수만 명의 세크무트가 창궐한

순간 대륙은 그야말로 아비규환이었다.

"그래. 그렇게 된 거군."

여섯 번째 재해의 이름을 상기하며 카릴은 이해가 간다는 듯 나직이 중얼거렸다.

"확실히 다른 녀석들과는 다르군."

"네놈에게 그런 칭찬을 들을 이유는 없다."

그는 자존심이 상한 듯 말했고 카릴은 그런 그의 모습을 바라보며 냉소를 지었다.

"그런데 말이야. 여섯 번째라…… 과연 네게 기회가 올까?"

"그 이전에 네놈이 재해에 먹힐 수도 있겠지. 하지만 그렇게 된다면 받아들일 수밖에. 그것은 처음부터 정해놓은 규율이니까."

남자는 카릴을 향해 한쪽 입술을 씰룩였다.

"그건 그것대로 기쁜 일일 터. 비록 신좌를 얻진 못해도 네놈의 건방진 목이 달아나는 것을 볼 수 있을 테니까!!"

콰앙-!!

그가 한걸음 내디뎠을 뿐인데 지면이 울렁였다. 뒤돌아섰던 남자는 분노를 참지 못하겠다는 표정으로 성큼성큼 카릴을 향해 다가왔다.

"하지만 네놈에게 바라는 것이 있다면 부디 다른 재해에 지지 마라. 내가 친히 우리를 놀린 대가로 너를 가장 고통스럽게 죽이고 박제해서 영원히 내 장식장에 걸어둘 것이다!"

"흡……."

"크윽?!"

그의 외침이 들린 순간 수안과 에이단은 숨을 쉴 수 없을 정도로 날카로운 위압감을 받았다.

[크르르르르……]

토스카 역시 그를 경계하듯 낮게 으르렁거리며 파렐 주위를 맴돌았다.

"내가 말한 기회는 그 뜻이 아닌데."

하지만 그의 위압에도 불구하고 여전히 카릴은 담담한 목소리로 대답했다.

"……뭐?"

푸욱-

그때였다. 다부진 남자의 눈썹이 파르르 떨렸다. 카릴이 고개를 들자 로브에 가려졌던 남자의 얼굴이 보였다.

"표정이 볼만한데."

"이…… 개……."

남자는 부들거리는 얼굴로 천천히 고개를 돌렸다. 날카로운 샴쉬르가 그의 허리를 관통한 채 박혀 있었고 등 뒤에 서 있는 뱀 입술의 여인은 차갑게 웃으며 말했다.

"네가 어째서……!!"

"옛날부터 이 새끼 마음에 들지 않았어."

그녀는 의외로 그를 죽일 수 있는 명분을 기다렸다는 듯 말했다.

"로드의 유지를 받아? 그저 로드께서 가엽게 여겨 그 이름을 받았을 뿐인 것을. 고작 여섯 번째 주제에 무슨……."

"너……!! 네년이……!!"

푸욱-!!

남자의 외침에도 불구하고 뱀 입술의 여인은 더더욱 쥐고 있던 샴쉬르를 밀어 넣었다.

"타 계(界)에서 신의 힘을 발현하는 것은 규율 위반이지만 인간이 아닌 신에게 쓰는 힘은 별개의 문제지."

가드득……! 가각……!!

그녀가 샴쉬르의 손잡이를 돌리자 남자의 몸에 박혀 있는 검날이 마치 뼈를 갉아 대는 것처럼 기묘한 소리를 냈다.

"컥…… 커헉……."

그와 동시에 그는 고통스러운 듯 격렬한 숨을 토해냈다.

"썩 나쁘지 않은 제안이야. 잃어버린 기회를 찾기 위해서 이 정도 수고는 허용 범위니까요."

"넌 그럴 줄 알았어."

카릴은 여인의 행동을 예상했다는 듯 말했다.

"내가 아는 누구랑 닮았거든."

취이익-!

카릴의 말에 그의 손목에 그려진 푸른 뱀 문신이 일렁이다 사라졌다.

"쿠쿡."

그녀는 무슨 말인지 알겠다는 듯 가볍게 웃었다.

"마스터 키(Master Key) 중에서도 열다섯 번째는 특별한 힘을 가진 만큼 우리 다신(多神)이 심혈을 기울여 탄생시킨 것. 신과 닮은 것은 당연한 일이지만⋯⋯."

그녀는 마엘을 가리켰다.

"그중에서도 그는 특별합니다. 사마에르, 디아고, 카마엘⋯⋯ 여러 차원에서 여러 가지 이름으로 존재하고 한 차원에서도 오랜 역사 동안 수많은 이름을 가졌지만 중요한 것은 그를 만듦에 있어서 누구보다 제가 가장 심혈을 기울였다는 것이죠."

여인은 카릴을 향해 웃으며 말했다.

"그만큼 영악하기도 하지."

"그런 그를 다루는 자이니 저와 통하는 것일지도 모르겠습니다."

"나는 네게 털끝만큼도 관심 없어."

카릴의 대답에 그녀는 어깨를 으쓱했다.

"누군가 시작을 해주기 바라는 것 아니었습니까?"

"죽이기 위한 기회를 엿보던 게 누군데?"

"크큭."

여인은 웃었다.

"방아쇠는 당겨졌고 이제 남은 것은 저들의 선택이 과연 무엇인지겠군요."

"너는 어떻게 생각하지?"

"재밌게도 신의 역사는 인간의 역사와 다르지 않습니다. 인간과는 비교도 할 수 없는 오랜 세월이지만 결국은 이들 역시 투쟁(鬪爭)의 역사."

그녀는 샴쉬르에 묻은 핏물을 혀로 가볍게 핥으면서 말했다.

"누군가는 죽고 누군가는 잡아먹히면서 이루어진 세계 속에서 우리는 더 이상 죽고 죽이는 싸움을 막기 위해 규율을 만들었습니다."

"그래서 너희들끼리 싸우지 않기 위해 우리를 말로 쓴 것이겠지."

카릴의 대답에 그녀는 천천히 고개를 끄덕였다.

"하지만 역사가 증명하듯 규율이 깨지기를 바라는 자들도 있습니다. 신의 역사는 힘의 역사. 강한 신이 있는가 하면 약한 신도 있는 것이 자연의 섭리인 것을……."

그녀는 입술을 살짝 핥았다. 갈라진 혓바닥이 정말로 뱀의 그것과 닮았다.

"승자독식(勝者獨食). 약한 자는 굴복하는 것이 당연한 일인데 쓸데없는 규율이 강자를 옭아매서야 쓰겠습니까."

"너와 같은?"

"저뿐만이 아닌."

으아아아아아아--!!

누군가의 외침이 들렸다. 뱀 입술의 여인과 함께 가장 먼저 기회를 잃은 신이 양팔을 뻗자 그의 양팔이 혈(血)의 것처럼 두

꺼운 붕대로 감겼다.

"흡!!"

그가 숨을 크게 들이마시고는 두 주먹을 서로 맞대며 부딪혔다. 그러자 쿵!! 하는 육중한 소리가 들리며 그의 양팔이 거대하게 부풀어 올랐다. 몸이 부풀어 오르는 모습은 마치 첫 번째 타락인 혈(血)의 안개 들이마시기를 보는 것 같았다.

'재해는 각 신의 특징을 닮아 만들어진다. 그 말은 재해의 공략법이 놈들을 상대할 때도 유효할 수 있다는 뜻이겠지.'

비록 전생에서 재해를 막는 것을 실패했지만 카릴은 지금까지 겪었던 재해들을 모두 기억하고 있었다.

'이제 한 명.'

카릴은 뱀 입술의 여인에게 죽은 여섯 번째 재해의 신의 시체를 바라보며 생각했다. 드디어 처음으로 자신의 손에 피를 묻히지 않고 인류의 희생 없이 재해를 막아낸 것이었다.

"머, 멈춰!!"

"미안하다. 하지만 이미 엎질러진 물."

"이런 머저리 같은!!"

첫 번째 재해의 신 역시 결국 자신의 주먹을 들어 올렸고 다섯 번째 신은 그의 공격을 막아섰다.

콰앙! 쾅!! 콰가가가강……!!

노인은 조용히 자신의 지팡이를 꺼냈다. 파리 얼굴을 한 4번째 재해의 신이 그 모습을 보며 노인에게서 눈을 떼지 않고 경계했다.

　으아아아악……!! 아악--!!

　놈들은 이제 너나 할 것 없이 뒤엉켜 싸우기 시작했다. 사방에서 비명과 고함이 들렸다.

　"크큭."

　뱀 입술의 여인은 마치 음악을 감상하는 것처럼 흥얼거리며 그들이 싸움을 지켜봤다. 자신의 뜻대로 흘러가고 있지만 카릴은 긴장을 늦추지 않았다. 4명의 신이 싸우기 시작했지만 여전히 남은 일곱, 여덟, 아홉, 열 번째의 재해 신들은 싸움에 합류하지 않았기 때문이다.

　'아무리 기회를 잃은 신들이 다급하다 하더라도 저들 모두를 죽인다는 보장은 없다.'

　그도 그럴 것이 저들 중에는 재해를 일으키겠다고 선언을 하는 자들이 있을 수 있으니까. 카릴은 신들에게 싸움을 부추기긴 했지만 재해를 직접 적으로 막을 순 없다. 짜증 나지만 그것은 정해진 규율이니 신들 역시 마찬가지일 것이다.

　다만 카릴은 기회를 잃은 신들에게 인류가 재해를 막을 수 없게 되면 그들이 신좌를 획득할 기회마저 사라짐을 강조하며 싸움을 부추겼다. 그 결과 뱀 입술의 여인 덕분에 재해를 일으키기 전에 네 번째와 다섯 번째 그리고 여섯 번째의 재해의 신들과의 싸움이 시작되었지만 여전히 기회를 가진 신들의 수가 많았다.

'지금은 당혹감에 그저 관망하고 있지만 만약 남은 신들이 힘을 합쳐 세 명의 신들과 싸운다면 승산은 이제 장담할 수 없다.'

가장 좋은 결과는 그들 모두가 자멸하는 것일 테지만 그리되는 것은 결코 쉬운 일이 아닐 것이다. 그렇기에 카릴은 살아남게 될 신이 자신이 전생에 경험해 본 자가 되도록 조율을 할 생각이었다.

'열 번째 신.'

카릴은 당황스러워하는 다신(多神) 들 사이에 침묵을 지키고 있는 한 명의 신을 바라봤다. 재생(再生)의 재해라 불리는 그는 한눈에 봐도 그가 마지막 재해임을 알아볼 수 있었다.

'적어도 저놈이 살아남게 해서는 안 된다.'

카릴은 처음부터 그자를 제거할까 싶기도 했었지만 마지막 재해의 신을 먼저 죽인다는 것은 놈들이 의아하게 생각할 수 있는 일이었기에 의심을 살 수도 있었다.

'그러기 위해선 마지막 조각이 필요하지.'

그는 천천히 앞을 바라봤다. 신들이 뒤엉켜 싸우기 시작한 혼돈은 점차 더 거세게 변하였고 자칫 세계 자체가 붕괴될 수도 있는 일이었다.

"자신의 세계가 위기에 봉착한 지금 넌 끝까지 가만히 자리를 지킬 수 있을까?"

카릴은 기다렸던 마지막 조각의 이름을 불렀다.

"율라."

우우우우웅…….

하늘이 일그러지며 공간이 뒤틀리기 시작했다.

[클클클…… 콧대 높은 고귀한 신이 끝내 진흙땅으로 내려오는구나.]

알른 자비우스는 차원문 뒤로 보이는 한 여인의 모습을 보며 가소롭다는 듯 말했다.

"잘도 신성한 엑소디아를 난장판으로 만들었군."

율라는 일그러진 얼굴로 카릴을 향해 말했다. 그녀 역시 다른 신들과 같이 얼굴을 가린 로브를 입고 있었지만 그 속에서 느껴지는 분노는 조금 전 노인이 나타났을 때와는 비교할 것이 아니었다.

[신성은 얼어 죽을.]

하지만 그녀의 기세에도 알른은 지지 않고 콧방귀를 뀌며 말했다.

[인간을 놀잇감으로 세워두고 그걸 지켜보는 게 신성한 거라면 너희 신들이 지금 서로 치고받고 있는 저 광경이야말로 진정한 성전(聖戰)이 아니겠냐.]

"입 닥쳐. 고작 영체 주제에 주둥이를 함부로 놀린다면 그대로 소멸시켜 버리겠다."

[왜 나한테 화풀이야? 서로 죽고 죽이는 건 지들인데.]

콰아아아아앙--!!

율라의 날카로운 손날이 알른을 향해 뻗어갔다. 하지만 그 순간 카릴이 폴세티아의 검날로 그녀의 손목을 갈랐다.

타앙-!!

강철을 두들기는 것처럼 카릴의 검날이 그녀의 손목에 부딪히며 튕겨 나갔다.

"그래. 엄한 사람에게 화풀이하면 안 되지."

혼신을 다한 일격임에도 불구하고 아무렇지 않은 율라의 모습에 당혹스러웠지만 카릴은 표정을 감추고 나지막한 목소리로 말했다.

"네놈이……!!"

율라는 얼굴을 일그러뜨리며 카릴을 노려봤다.

"잠깐. 자신의 차원이 아닌 곳에서 힘을 발현하는 것은 규율에 어긋나는 일이지만 엑소디아가 시작된 이후 너 역시 자신의 차원에서 힘을 쓰는 것은 규율 위반이야. 엑소디아의 결과를 바꿀 수 있으니까."

가장 먼저 신을 죽인 뱀 입술의 여인이 팔짱을 낀 채로 파렐에 기대어 율라에게 말했다.

"머저리 같은 년!! 지금 그게 할 소리라고 생각하느냐!! 저 인간에게 놀아나 지금 신들이 서로 싸우고 있지 않느냐! 너는 도대체 무슨 생각으로 여섯 번째 신을 죽인 거야!"

율라는 자신을 막아선 그녀를 향해 분노를 터뜨렸다. 하지만 뱀 입술의 여인은 오히려 여유로운 얼굴로 말했다.

"무슨 생각이냐니. 애초에 그럴 생각이었으니 그랬지."

"……뭐?"

"고귀한 척하지 마라. 율라."

그녀는 율라의 이름을 언급하고는 살짝 놀란 표정을 지으며 입술을 가렸지만 손바닥 뒤로 보이는 미소가 마치 율라를 놀리는 것처럼 보였다.

"뭐, 네 차원이니 다른 신들과 달리 네 이름을 부르는 것은 상관없겠지?"

율라는 당장에라도 그녀를 죽이고 싶다는 듯 살기를 띠며 노려봤다.

[흐음. 신들은 어째서 자신의 이름을 불리는 것을 꺼려 하는 것인지? 지금까지 나타난 그 어떤 신도 자신의 세계가 아니라는 이유로 거부하던데.]

알른은 그 광경을 지켜보며 들리지 않게 머릿속으로 카릴에게 말했다.

'글쎄. 언령(言靈)이 고대 시대부터 인간에게 전해지는 일종의 신의 힘이라고 했으니까. 말에는 힘이 담겨 있는 법. 우리가 알지 못하는 그들의 규제가 있는 것일지 모르지.'

[어쩌면 그것이 신의 약점일지도 모르겠군.]

카릴은 천천히 고개를 끄덕였다.

하지만 그것은 자신의 차원인 율라에게는 약점이 되지 않는 일이었다. 게다가 타 차원의 신의 이름을 알아내는 것도 쉽지 않은 일이거니와 그들을 죽이는 것보다 가장 급선무는 율라였기 때문이었다.

'단순히 재해를 막기 위해 놈들을 죽이려 했지만 사실상 놈들을 모두 죽인다 한들 율라가 살아 있다면 결과적으로 아무런 문제도 해결되지 않아.'

[물론이다. 우리는 우리 세계에 집중하면 그만. 우리가 신도 아니고 다른 차원까지 신경 쓸 필요 없지.]

카릴은 마음을 다잡은 듯 굳은 얼굴로 율라를 바라봤다. 그녀의 등장에 남은 4명의 신들이 두 사람을 주목하고 있었기 때문이다.

'열 번째 신.'

카릴은 다시 한번 무슨 일이 있어도 죽여야 할 한 명의 신을 되새기며 말했다.

"욕심은 인간을 타락하게 만들지. 하지만 그건 신이 만든 것이 아니야. 왜냐면 신 역시 욕심이란 감정을 가지고 태어났기 때문이지."

"……잘도 날 속였군."

카릴은 율라의 말에 옅게 웃었다.

"속인 게 아니야. 네가 몰랐을 뿐이지. 너는 세크무트의 파렐이 이곳에 있다는 것을 알았다면 의심을 했었어야 한다. 디멘션 스파이럴이 남아 있을 가능성에 대해서 말이야."

"그게 있었다면 내가 모를 리가 없다."

"몰랐잖아? 너."

율라의 대답에 카릴은 냉소를 지었다.

"물론 숨겨놓았긴 했지. 너의 피조물이지만 네게 종속되지 않는 특수한 종족이 이 힘을 가지고 있었으니까."

"……마족."

촤아아아아악……!

그녀의 말이 끝남과 동시에 하가네가 기다렸다는 듯 모습을 드러냈다. 그와 계약을 맺은 카릴은 처음부터 그의 존재감을 알고 있었지만 굳이 그의 힘을 빌리려 하지 않았다.

"역시…… 주군이십니다."

"헛소리하지 마. 상황을 지켜보고 있었던 주제에 무슨."

하가네는 카릴의 대답에 쓴웃음을 지었지만 이내 곧 수안과 에이단과 함께 그의 등 뒤에 나란히 섰다. 비록 속내를 여전히 알 수 없는 음험한 자이지만 마왕의 존재감은 확실히 두 사람보다 뚜렷했다.

"하가네. 내가 이 세계를 구축할 때 네피림는 다른 의미로 마족을 기꺼워하여 네게 인간의 의지와 달리 완벽한 자율을 주었다."

"알고 있습니다. 신은 빛과 어둠으로 점철된 존재. 당연히 빛이 있으면 어둠도 존재해야 하는 법. 그렇기에 신이 피조물을 만들 때 정령에게 2대 광야를 주었고 종족에게 네피림과 마족을 두셨지요."

하가네는 율라를 향해 피식 웃었다.

"그리하여 그 중간에 인간을 두었으니 그들은 자율이란 이름의 혼돈이지 않습니까."

"영악하구나. 어둠 역시 신의 축복인 것임을 네가 혼돈에 편에 붙어 신에 반기를 들려 하느냐!"

"신의 축복?"

하가네를 향해 소리치는 율라에게 오히려 카릴은 코웃음을 쳤다.

"디멘션 스파이럴을 얻었을 때 나는 단편적이나마 신의 세계를 봤다. 균열 속에서 태어난 신이라는 존재는 사실 차원이란 배경의 차이가 있을 뿐 정령왕이나 인간과의 탄생과 다르지 않아."

"인간의 탄생과……? 헛소리 마라! 네 말은 인간의 탄생이 신의 탄생과 같다고 얘기하는 것이더냐. 고작 내 손으로 만들어진 인형 따위가!!"

콰드득……!!

율라가 주먹을 쥐는 소리가 카릴의 귀에까지 들렸다. 당장에라도 쳐 죽이고 싶어 안달이 난 얼굴이었지만 그녀는 알른 때와는 달리 카릴에게 손을 대지 못했다. 그가 죽게 된다면 파렐을 공략할 사람이 없기 때문이었다. 그것을 알기에 카릴은 정령계 때와는 달리 그녀를 도발할 수 있었다.

하지만 그야말로 무척이나 위험한 도박이 아닐 수 없었다. 지금은 그녀도 신좌를 포기하지 못하기 때문에 카릴을 어찌할 수 없는 것이지만 만일에 하나 그녀가 신좌를 포기하는 순간 걷잡을 수 없는 일이 벌어지게 될 것이다.

인류의 종말을 넘어선 세계의 종말.

'그럼에도 해야지.'

율라 도발이 그의 계획 속에 중요한 열쇠가 되기 때문이었다.

"너희 스스로 말하지 않았나? 신의 역사도 투쟁의 역사라고."

카릴은 목소리를 가다듬으며 말을 이어갔다. 여기저기에서 폭음이 터지고 치열한 신들의 싸움이 계속되었지만 그에게는 마치 멀리서 들려오는 음악 소리처럼 아무런 감흥도 없었다.

"인간의 사치스러운 욕심으로 싸우는 것과 우리의 투쟁이 같다 생각하지 마라. 차원이 존재하기 위해서 우리들은 서로 경쟁했을 뿐이다."

율라 역시 마찬가지였다.

"내가 말하는 투쟁은 그보다 훨씬 더 이전을 뜻하는 거야."

"……뭐?"

"균열 속에서 태어날 때부터 너희들은 투쟁 속에서 탄생했지. 살고 싶다는 욕망. 그 욕망이 응축된 생존의 투쟁 속에서 의지를 가지게 되고 너희 신이라는 존재들이 만들어졌다."

카릴은 자신의 관자놀이를 가볍게 두들겼다.

"로드의 기억이니 틀리지 않을 거야. 그렇기 때문에 너희들은 본능적으로 두려워하고 있다. 그 의지와 상통하는 것이 인간이 가진 자율의지라는 것을 알고 있기 때문에 말이야."

뱀의 여인은 카릴의 말을 흥미롭게 받아들였고 율라는 마치 속여왔던 거짓이 들통난 듯한 표정으로 카릴을 바라봤다.

"그래서?"

"너는 분명 원망하고 있겠지. 로드가 인간에게 자율의지를 가지게 해준 것에 대해서 말이야."

"그걸 네가……."

"하지만 너는 잘못 알고 있다."

카릴은 천천히 율라의 앞으로 걸어갔다.

"너희가 균열 속에서 스스로 의지를 가지게 된 것처럼 우리들 역시 신화 시대부터 마도 시대를 거쳐 현세에 이르러 세상을 바라보는 의지를 굳건히 지키고 있음을."

그는 목소리에 힘을 주어 말했다.

"의지란 너희가 준 게 아냐. 우리가 찾은 것이다."

"그래서 지금 이따위로 신에게 대들겠다는 말이냐. 블레이더의 말로가 어찌 되었는지 마스터 키의 계약자라면 누구보다 잘 알 텐데."

"알지. 알고말고."

"블레이더들이 모두 모여 내가 반기를 들었던 신령대전의 결과를 알면서도 이따위 모략질을 하다니. 지금은 네 계획대로라고 생각하겠지만 네놈들이 떼로 몰려든다 해도 나 하나 이길 수 없을 것이다!!"

'그래. 안다. 신의 위대함을.'

율라의 외침에 카릴은 오히려 더 날카롭게 그녀를 바라봤다.

'혼자서 죽이기 어렵다면……'

카릴은 날카롭게 주위를 살폈다. 첫 번째 신과 세 번째 신은 여전히 전투 중이었다.

'균형을 맞춰야지.'

푸욱-!!

카릴의 검이 다섯 번째 신의 등에 꽂혔다.

"컥……! 커컥!!"

신음이 터져 나왔다. 율라와는 다르게 그에게는 폴세티아의 검이 박혔다.

조금 전까지 격렬하게 싸우던 다섯 번째의 신이 자신의 품으로 쓰러지자 거구의 첫 번째 신은 굳은 얼굴로 카릴을 바라봤다. 처음에는 다섯 번째 신이 카릴의 공격에 허무하게 당했음에 놀란 듯 보였지만 이내 곧 그의 팔에 떠 있는 디멘션 스파이럴을 보고는 낮은 한숨을 내쉬었다.

"분명 승자만이 기회를 가질 수 있다 했을 텐데. 나의 싸움에 끼어들다니. 네가 정한 규율을 스스로 깨뜨리는 것이냐."

"승부는 이미 났다. 그건 너도 알 텐데. 네 상대인 다섯 번째 신의 능력이 너에 비해 한참 뒤떨어진다는 것을."

카릴은 다섯 번째 신의 목을 폴세티아의 검으로 베면서 말했다.

"인간에게 검을 잡는 자와 마법을 행하는 자가 나뉘는 것처

럼 보아하니 너희 신들도 전투에 적합한 자와 그렇지 않은 자
로 나뉘는 듯싶군. 다섯 번째와 여섯 번째 신들은 처음부터 너
희 상대가 되지 않았어."

"눈썰미가 좋은 자로군."

혈의 주인인 첫 번째 신은 담담한 표정으로 말했다. 잠시 다
섯 번째 신의 시체를 바라봤지만 그에게 슬픔 같은 것이 느껴
지진 않았다.

[율라에게 통하지 않던 공격이 이 녀석에게 통했다는 것은
이 신이 전투에 적합하지 않은 자이기 때문이거나 자신의 차
원에 있는 신만이 가지는 특별한 능력이 있다는 것이겠군.]

알른이 나직이 말했다.

[겉모습만으로 판단할 수는 없지만 내 생각에 율라는 전투
의 신은 아닐 것 같다. 그렇다면 후자의 경우를 조심해야겠어.]

그의 말에 카릴은 고개를 끄덕였다. 아이러니하게도 인간의
입장에서는 더 큰 재해인 전염병 혹은 역병과 같은 재해의 주
인들은 오히려 신들 당사자의 싸움에서는 약한 모습을 보였다.

"약속한 대로 너희들에게 다시 기회를 줄 것이다. 하지만 차
원의 주인인 율라가 있다면 너희들이 아무리 날고 긴다 하더
라도 승리는 불가능한 것."

"이번에는 율라를 죽이라는 말인가? 정말…… 인간 주제에
신을 이렇게나 굴리다니."

"싫다면 그녀의 편에 서도 좋다. 하지만 그녀는 로드보다 더

오랜 세월을 신좌에 앉아 있겠지. 너희들에게 다시는 신좌를 결정하는 전쟁이 일어나지 않을 수도 있다."

"……."

"너희가 그 자리에 앉고자 한다면 결국은 반역뿐. 신좌에 오른 그녀와 싸우는 것이 수월할까 아니면 지금 너희와 같은 신의 위치에 있을 때 죽이는 게 수월할까."

카릴은 천천히 검을 들었다.

"선택은 너희들의 몫이다."

"……할 말을 잃게 만드는군."

남자는 그를 바라보더니 자신도 모르게 고개를 저었고 뱀 입술의 여인은 묘한 미소를 지었다.

"지금부터는 네 뜻대로 되지 않을 것이다."

그 순간 율라가 카릴을 향해 으르렁거리듯 말했다. 그와 동시에 그녀의 뒤로 남은 네 명의 신들이 모였다.

"이게 네 진짜 목적이었군. 우리를 율라와 싸우게 만드는 것이."

그때였다. 네 번째 신을 죽인 노인이 자신의 지팡이를 바닥에 꽂으면서 말했다.

"영악한 녀석."

어느새 파렐을 가운데에 두고 카릴의 뒤에 세 명의 신과 율라를 포함한 다섯의 신이 서로 대치되었다.

"저들과 달리 우리는 기회가 없는 신들이니…… 싫어도 네 말을 따를 수밖에 없군."

"너희들이 전투의 신이라 한들 결국 세 명의 신과 인간 하나. 차원의 주인인 나와 남은 네 명의 신들과 싸운다는 것이 가당키나 하다는 말이냐."

[예상대로군.]

알른은 조금 전 공격이 닿지 않던 율라의 특성에 이유를 알게 되었다는 듯 고개를 끄덕였다.

"너희들이 뒤엉켜 싸우는 덕분에 시간은 충분히 벌 수 있었다."

카릴은 신들의 틈바구니에서 한 발자국 앞으로 나섰다.

쿵! 쿵! 쿵!!

그 순간 주위에 배치되어 있던 골렘들이 천천히 일어서기 시작했다.

"차원의 주인이라…… 한 가지 잊은 모양인데."

그와 동시에 저 멀리 상공에서 보이는 수많은 드레이크들이 날갯짓을 하며 날아오고 있었다.

"깃발을 들어라!!"

누군가의 외침. 저 멀리 흙먼지가 뿌옇게 생길 정도로 달려오는 수많은 병사들 위로 거대한 푸른 깃발이 펄럭이기 시작했다.

와아아아아아아아--!! 와아아아아--!!

병사들의 진격 소리가 대지를 울렸다.

"네가 세상을 만들었지만 그 안에서 살아가는 건 우리다."

카릴은 기다렸다는 듯 율라를 향해 말했다.

"이 땅의 주인은 네가 아냐."

"전술 대형으로!!"

비올라의 외침과 동시에 판피넬 기사단은 파렐의 주위로 거대한 방패를 앞으로 내밀었다.

"전 부대!! 무진-염화진(無陣-炎火陣)을 펼쳐라!!"

기사단의 뒤에 배치된 카일라 창의 외침과 동시에 북부의 전사들이 저마다 자신의 무기를 두들기며 전투의 사기를 높였다.

쿵-! 쿵-! 쿵-!!

이민족 전사들 중 가장 선두에 선 천둥일가와 무쇠일족이 일제히 전장의 북을 울렸다.

와아아아아아--!! 와아아아--!!

그러자 그 뒤를 따르는 잔나비 부족의 화린이 주먹을 머리 위로 들어 올리자 병사들이 일제히 함성을 질렀다. 둥근 원형의 형태인 염화의 진이 형세를 구축하기 시작했고 이민족 부대 전선 안쪽에는 톰슨의 마법병대가 줄을 이었다.

"전 마법사들에게 고한다. 실드를 전개하라!!"

최상급 속성석이 박힌 스태프로 무장된 5클래스의 중급 마법사들로 구성된 마법병대들은 속성석의 힘으로 모두가 상급 마법사의 위력을 낼 수 있었다. 이중, 삼중으로 겹겹이 쌓이는 마법 실드는 신의 일격에도 버틸 수 있을 것 같이 굳건해 보였다.

"내 작품들이 고작 방패막이로 쓰이는 것은 마음에 들지 않지만…… 놈들에게 더 이상 살아 있는 생명을 희생당하게 할 수 없지. 사자(死者)의 벽을 세워라."

마법병대의 안쪽에서 유유히 걸어 나오는 나인 다르혼이 손짓을 하자 가장 선두 방패를 세운 판피넬 기사단 앞으로 슬레이브들이 나타났다.

붕대로 칭칭 감긴 불사의 군단의 등장에 기사들은 깜짝 놀랐지만 그들이 아군이라는 사실에 오히려 사기가 올랐다.

툭─

슬레이브의 어깨를 밟고서 뛰어오른 자르카 호치가 불사의 군단과 판피넬 기사단이 만든 방어선을 넘어 전장에 섰다.

[저것들이 우리의 신이라는군.]

자르카 호치는 율라를 비롯한 신들을 훑으면서 코웃음을 쳤다.

[저게 어딜 봐서 신인가? 진흙탕에 구르고 뒤엉켜 싸우는 모습은 영락없는 인간의 모습이로군.]

그는 바닥의 흙을 한 줌 쥐고 흩뿌렸다. 바스륵거리는 소리와 함께 흙먼지가 흩어졌다.

[고귀함 없이 남을 죽이는 꼴이 영락없이 한 치 앞도 모르고 사는 우리 같지 않은가.]

"당장 소멸시켜도 모자랄 엘프의 망령 주제에 인간 세계에

물들어 세 치 혀나 놀릴 줄 아는구나. 네놈이야말로 엘프로서 명예도 없느냐. 내 친히 하늘엔 네피림을 지상엔 너희 엘프를 나의 종속으로 심혈을 기울여 만들었거늘."

[그 잘난 네피림도 인간에게 패하였는데 엘프 따위가 어찌 인간에게 대들겠소.]

"뭐?"

[그리고 엘븐하임이 멸망한 지가 언제인데 아직도 신의 종속이라 말하느냐. 그렇게 엘프를 사랑했다면 그 잘난 구원을 우리에게 내려주었어야지.]

율라는 자르카 호치를 바라보며 눈을 흘겼다.

"너희는 항상 대륙의 삶은 대륙에 사는 자들의 것이라 말하면서 필요할 때만 나를 찾는구나."

[우리가 바란 구원은 적의 처단이 아냐.]

자르카 호치는 고개를 저었다.

[그저 올바른 죽음이었다. 그리고 그 구원을 내린 자에게 충성을 하는 것은 이상한 일이 아니잖아?]

"네놈……."

[죽음조차 구원인데 살기 위해 신을 죽이는 것. 그게 뭐가 잘못되었지? 너무나도 당연한 일이잖은가. 안 그래? 어디 한번 율라를 모시는 사제의 생각을 듣고 싶은데.]

자르카 호치가 골렘 부대 속 하와트의 옆에 서 있는 유린 휴가르를 가리켰다. 자신을 지목하는 그의 모습에 유린은 쓴웃음을 지으며 어깨를 으쓱했다.

"일전에 디곤의 여제께도 전했던 말이 있죠. 인간의 눈으로 신을 봐서는 안 됩니다. 그분들을 이해하려고 해서도 안 되죠."

[파렐을 부술 만한 저 커다란 방패를 직접 나르고도 그런 소릴 해?]

"사실 별로 이해하고 싶지도 않거든요."

[크큭……!]

유린의 대답에 자르카 호치의 입술이 살짝 씰룩였다.

"신이 뭘 하든 사실 알게 뭡니까. 그렇다고 믿음을 부정하려는 것은 아닙니다. 믿음이란 인간이 살아감에 있어 힘이 되어 주니까요."

그는 지옥추를 들어 가볍게 발로 툭툭 치면서 말했다.

"신이 이 세상을 파괴하려 한다 해도 여전히 신을 믿는 자는 믿을 것이고 신이 두렵다 한들 믿지 않는 자는 믿지 않습니다."

[넌 어느 편이지?]

"흐음……."

유린은 지옥추를 바닥에 꽂아 놓고는 턱을 괴며 냉소를 지었다.

"이기는 쪽?"

[크크큭. 미친놈.]

자르카 호치는 그의 대답이 마음에 드는 듯 율라를 바라봤다.

[네 믿음은 고작 이 정도로군.]

"아 물론, 제가 교단을 대표하는 것은 아닙니다. 그러니 노여워하지 마십시오. 율라여. 다만…… 언짢으시다면 그 분노는 제게만 표출하십시오."

유린은 자르카의 말을 황급히 정정했다. 하지만 언제나처럼 여유롭게 웃는 그의 미소 뒤에 광기가 서려 있었다.

"쉽게 죽어주진 않을 거니까."

우우우우웅…….

유린 휴가르의 지옥추가 붉게 타오르기 시작했다. 사제의 신성력이 아닌 그가 가지고 있는 고유의 화(火)속성의 마력이 뿜어져 나오고 있었다.

"잘난 듯 말하더니 네가 만든 세계도 고작 이 정도로군. 율라. 적어도 내 세계에서는 반역이란 생각도 할 수 없는 일이지."

뱀 입술의 여인은 지금 상황이 재밌다는 듯 흥미로운 표정을 지었다.

"미물밖에 없는 세계 따위를 거느린 네가 할 말은 아니지. 주제를 모르니 인간의 편에 선 것이지."

"그렇다는데?"

그녀는 옆에 서 있는 노인을 바라봤다. 노인을 바라보는 율라의 얼굴이 굳어지자 뱀의 여인의 입꼬리가 올라갔다.

"자네에겐 미안한 일이지만 재해의 타락이 사라지지 않은 이상 완벽한 패배라고 할 수는 없으니……. 규율을 어긴 것은 아닐세."

"그렇게도 신좌가 탐이 나나? 구차하게 인간에게 빌붙어서까지 얻고 싶을 정도로?"

"우습게도 그의 말이 틀리지 않네. 이번에 공석이 된 신좌가 언제 또 기회가 올 것인지는 모르는 일이니까. 우리는 위대하지만 우리에게도 풀어야 할 숙제가 있다는 것을 자네도 알겠지."

노인은 조용히 듣고 있던 스태프로 파렐을 가리켰다. 그것이 무엇을 의미하는 것인지 알 수 없었지만 남아 있는 신들의 표정이 달라졌다.

"그건 로드가 가지고 있었던 의문과도 같지. 하지만…… 그는 사라졌으니 해답을 찾았는지는 알지 못하지. 그러니 이제 신좌의 주인이 될 자가 알아내야 하지 않겠는가."

"그에 적합한 자가 당신이다?"

율라는 노인을 바라보며 코웃음을 쳤다.

"태초의 균열에서 태어난 우리들은 스스로 정한 규율이 있다. 설마 그걸 잊어버린 것은 아니겠지."

그녀는 낮게 한숨을 쉬었다.

"정말로 이 세계에서 너희들이 나를 이길 수 있으리라 생각하느냐. 우리가 스스로 만든 규율은 단순히 균형을 맞추기 위함만이 아니다. 투쟁의 역사 속에서 탄생한 스스로의 본질을 잘 알기 때문이지."

저벅—

율라는 한 걸음 앞으로 나섰다.

"신좌의 주인이었던 로드의 절대적인 강함을 제외하고 나머지 우리들은 규율이 없었다면 호시탐탐 타인의 차원을 노렸을 것이다."

"그래서 만들어진 것이 엑소디아였지."

"그것만이 아니다."

그녀는 카릴을 향해 냉소를 지었다. 그러고는 천천히 팔을 들어 올렸다.

스르륵―

움직이는 팔을 따라 소매를 길게 늘어뜨린 로브의 끝자락이 가볍게 움직였다. 그 순간 카릴은 자신도 모르게 한 발자국 뒤로 물러서며 황급히 폴세티아의 검을 들어 올렸다.

그녀와의 거리는 무척이나 멀리 떨어져 있음에도 불구하고 카릴은 날카로운 살기를 느꼈다.

"어……."

온몸에 털이 곤두서는 것 같은 기분. 카릴이 긴장 가득한 눈빛으로 그녀를 바라봤을 때 조금 전 그녀의 행동에 대한 반응은 그의 뒤에서 나타났다.

툭―

너무나도 간결한 소리에 나뭇가지가 바닥에 떨어지는 것인 줄 알았다. 하지만 바닥에 떨어져 구르는 것이 노인의 머리라는 것을 알게 되었을 때 전장은 침묵으로 채워졌다.

"차원의 주인은 절대적인 힘을 가진다. 그것이 엑소디아가 만들어진 진짜 이유이자 규율이다. 그렇지 않다면 이미 모든 차원은 신들의 전쟁터가 되었을 테니까."

팽팽한 긴장감 속에 죽은 세 번째 신의 시체를 바라보다 카릴이 율라에게 시선을 돌렸다.

"기권이다. 아무래도 여기까진가 보군."

상황을 지켜보던 남자는 두 손을 털어내며 말했다.

"율라는 전쟁의 신은 아니다. 그렇기에 약간의 가능성을 기대했지만…… 이것으로 확실해졌다. 차원이 주는 힘을 이기는 것은 불가능하다. 비록 우리가 정한 규율이지만 규율의 범주 안에 속한 입장인 이상 벗어날 수 없지."

"포기하겠다는 말인가."

"그래. 나는 애초에 기회를 잃었다. 승부에서 졌던 몸이니…… 신좌를 얻지 못해도 목숨은 연명해야지. 세 번째 신이 당한 지금 균형은 이미 깨졌다."

율라는 남자의 말에 한쪽 입꼬리를 올렸다.

"잘 생각했다. 미련한 인간이 할 수 있는 것은 결국 그 정도 니까."

"그녀가 신좌에 오르면 과연 널 그냥 놔둘까?"

"인간이 하는 헛소리는 무시해도 좋다. 신좌는 로드가 이루지 못한 진실을 탐구하기 위한 자리일 뿐. 나는 차원 전쟁을 일으키고자 하는 것이 아니다."

카릴의 물음에 남자의 얼굴이 굳어졌지만 율라의 말에 어쩔 수 없다는 표정을 지었다.

"하지만."

돌아서는 남자를 향해 율라는 말했다.

"신좌에 오르기 전이라면 다르지."

촤아아아악……!!

날카로운 율라의 발톱이 남자의 등을 노렸다. 세 번째 신 때와는 달리 남자는 엄청난 속도로 반응하며 그녀의 공격을 피했지만 뒤로 물러선 직후 그의 옆구리에서 붉은 피가 터져 나왔다.

"큭?!"

"너희들은 여기서 나가지 못한다. 엑소디아의 규율을 어긴 순간 더 이상 네 녀석들은 신좌의 경쟁자가 아닌 규율의 위배자가 되었으니까."

"너야말로 위배자가 아니고 무엇이냐!! 네 말대로 차원의 주인이 가지는 축복은 강렬하지만 반대로 엑소디아의 전장을 제공하는 대신 다른 신들에게 위해를 가해서는 안 된다!"

"네가 지금도 엑소디아에 참가자였다면 그렇겠지."

"……뭐?"

율라는 카릴을 바라봤다.

"신이 된 자가 인간에게 속아도 되나?"

그 순간 남자의 안색이 창백하게 변했다.

"네 들이 속은 거야. 신좌의 눈이 멀어 고작 인간의 환영 마법에 동족을 죽여?"

"그, 그럴 리가!!"

남자는 당혹감을 감추지 못한 채 카릴을 바라봤다. 하지만 표정의 변화 없이 담담한 얼굴을 하고 있는 그를 상대로 남자는 뭐라 할 말을 잃은 듯 보였다.

"저 영악한 인간이 자신들에게 위해를 가했던 재해를 남겨 둘 리가 없지. 그런 주제에 감히 내게 반기를 들어?"

다른 신들과의 싸움과 달리 율라에게 당한 상처가 낫지 않았다. 남자는 고통스러운 듯 뒷걸음질 쳤다.

"잘난 척하지 마. 너도 속았잖아?"

그때였다.

"이스라필에게서 연락이 왔다. 수도에 네피림들이 나타났다고 하더군."

"네? 수도가 공격받고 있단 말씀이십니까?"

에이단이 깜짝 놀라며 물었다.

"아니. 아마도 재해의 시체를 확인하기 위함이겠지. 하지만 네피림의 힘을 발현하게 되면 여기 있는 신들이 알게 될 터. 그래서 주위를 맴돌 뿐 들어오진 못하고 있다. 뭐…… 들어오게 되면 저번과 같은 결과가 되풀이되는 것이겠지만."

카릴이 손을 들어 올리자 마경이 펼쳐지며 수도 위를 날고 있는 세 마리의 드래곤이 보였다.

"설령 시체를 확인하지 못했다 하더라도 확실히 다른 신들과는 달리 속임수를 알아챘어. 역시…… 머저리 같은 저들보단 신좌에 가장 어울리는 자는 너다."

율라는 자신을 옹호하는 그의 모습에 무슨 소리냐는 듯 표정을 일그러뜨렸다.

파스슥……!!

카릴은 에이단이 건넨 라이스의 심장이 담긴 유리병을 부쉈다.

"이제 이건 필요 없게 되었군. 이왕이면 남은 신들까지 처리를 하고 싶었는데…… 아쉽게 되었는걸."

"……너!!"

남자는 카릴을 향해 소리쳤다.

푸욱-!!

하지만 그 순간 카릴의 검이 남자의 허리에 박혔다. 율라의 공격에 의해 상처를 입었다고는 하지만 너무나도 허무할 정도로 쉽게 그에게 공격을 허용하고 말았다.

"쿠, 쿨럭……!!"

남자의 입에서 붉은 피가 흘렀다.

'역시……'

카릴은 그 모습을 보며 살짝 눈썹을 찡그렸다. 마치 뭔가를 확인한 듯한 표정이었다.

"네, 네 녀석이……!!"

남자는 비틀거리면서 도망치려 했다. 하지만 그 순간 율라가 그를 향해 손짓했다. 그러자 그녀의 뒤에 있던 네 명의 신들이 가차 없이 달려들었다.

"크······!! 크아악!!"

신들의 날카로운 손톱이 갈퀴처럼 남자의 사지를 잡아 뜯었다.

"무슨 꿍꿍이인지는 모르겠으나 이제 네 앞에 죽음만이 남
았다는 것만이 진실이다."

남자의 죽음 앞에서도 율라는 태연했다. 애초에 자신이 죽
이려 했던 상대였기에 상관없다는 모습이었다.

"글쎄······."

"이제 네 패는 모두 보인 건가? 이용하려던 신은 고작 한 명
밖에 남지 않았다. 아니면 저들을 자신하는가? 고작 수십, 수
백만의 인간들이 모여 봤자 내 눈에는 그저 개미 새끼들로 보
일 뿐인데?"

순식간에 두 명의 신이 죽었다. 그녀의 등장에 순식간에 전
세가 역전되었음을 느낀 병사들 사이에는 긴장감이 흘렀다.

"좋지 않은걸······."

카일라 창은 입술을 깨물며 중얼거렸다.

"아직 싸우기도 전인데 병사들이 겁을 먹기 시작했어."

상대는 신이었다. 처음부터 어려운 싸움을 예상하고 왔지
만 싸우기도 전에 사기가 떨어진다면 승패는 걷잡을 수 없이
벌어지게 될 것이다.

"걱정 마라. 북부의 전사들은 쉽사리 지지 않으니까."

그런 그녀의 말에 화린은 답했지만 그녀조차 율라가 내뿜
는 기세에 등골이 오싹해지는 기분이었다.

"카릴…… 이제 어찌할 생각이지."

모두가 긴장된 시선으로 전장을 바라봤다.

"본보기로 일단 네놈 부하들부터 모조리 지워주마."

율라는 자신만만한 얼굴로 말했다.

"그리고 네년은 끼어들 생각하지 마라. 위배자가 가장 먼저 신을 죽인 최악의 벌을 저질렀으니 가장 고통스럽게 죽여줄 테니."

그러고는 뱀 입술의 여인에게 경고하듯 말했다. 그녀의 안색이 굳어졌지만 더 이상 어찌할 방도가 없는 듯 침묵할 뿐이었다.

"이 세계의 주인이 너희다? 좋다. 그렇다면 나는 이 차원의 주인으로서 너희들에게 진실 된 벌을 가하겠다. 엑소디아를 떠나버러지 같은 네놈들에게 신의 위대함을 똑똑히 가르쳐 주겠다!"

율라의 주위에 날카로운 소용돌이가 휘몰아쳤다.

콰캉!! 콰가가가강!!

하늘이 분노한 듯 검게 물들었고 요란한 번개가 사방으로 떨어졌다.

"조심해!!"

"기사단! 방어 태세로!!"

"전 비룡!! 피해라!"

여기저기에서 다급한 외침이 들렸다. 경고대로 그녀는 인간에게 자비를 베풀 생각이 없는 듯 보였다.

[재밌군.]

공포가 엄습해 오는 그 순간 놀랍게도 마엘은 기쁜 듯 카릴에게 말했다.

[모든 것이 네가 말한 대로다.]

"전투 준비."

카릴은 나지막하게 말했다.

"당신…… 정말로 율라와 싸울 생각이야? 100만의 인간 군세가 있다 한들 신에게 이긴다는 것은 말도 안 되는 일이야."

뱀 입술의 여인이 긴장된 얼굴로 카릴을 바라보며 말했다.

"그럼 너도 저쪽에 붙지 그래? 그래 봐야 저 녀석과 같은 꼴이 될 것 같지만."

"……승산은 있는 거죠?"

"과거 신화 시대라 불렸던 시절에 신의 선택을 받은 최상위 종족들인 블레이더들이 반란을 일으켰었다. 하지만 그들은 패했고 모두가 봉인되거나 사라졌지."

"하고 싶은 얘기가 뭐야?"

카릴의 말에 뱀 입술의 여인은 참지 못하고 화를 내듯 물었다.

죽음에 대한 불안감. 여느 신들과 마찬가지로 그녀 역시 이런 모습은 영락없는 인간을 닮았다.

"셀 수 없는 시간을 살았건만…… 이런 바보 같은 짓을 벌이고 말다니. 정말로 우릴 이용했던 것인가!"

"죽고 싶지 않다면 너도 싸워야 할 거다."

불안해하는 그녀와 달리 카릴은 전투를 앞두었음에도 불구하고 어쩐 일인지 담담했다.

[율라……!!]

그의 등 뒤로 거대한 화염 거인이 나타났다. 맹렬한 불길이 치솟자 기다렸다는 듯 정령왕들이 모습을 드러냈다.

[신화 시대 때의 복수를 하겠다!!]

[이 날을 기다려 왔도다!!]

라미느를 필두로 2대 광야의 힘이 율라를 덮쳤다.

콰아아앙--!!

율라의 정면으로 폭염왕의 화염이 쏟아졌고 그 뒤를 이어 빛의 날개가 율라를 감싼 동시에 두아트의 어둠의 칼날이 그녀의 뒷덜미를 노리며 박혔다. 정령왕들의 혼신을 담은 일격임에도 불구하고 율라는 가소롭다는 듯 천천히 손을 들어 올리며 막았다.

쉬이익……!!

그녀가 팔을 한 번 휘젓자 업화는 온데간데없이 사라지고 빛의 날개는 부러졌으며 어둠의 칼날은 소멸해 버리고 말았다.

[컥……!!]

[크아아악……!!]

날카로운 칼날에 종이가 찢기듯 정령왕들이 그녀의 일격에 고통에 찬 비명을 지르며 흩어졌다.

섬격(殲擊). 폭발하듯 사라지는 정령왕들의 연기 사이로 카릴이 뛰어들었다. 폴세티아의 검날에서 뿜어져 나오는 날카로운 검격이 율라의 목을 노렸다.

스으앙……!! 스아아아앙……!!

하지만 그녀가 손가락을 튕기자 부서졌던 정령왕들의 잔해가 마치 소용돌이에 빨려 들어가는 것처럼 응축되더니 날카로운 창날이 되어 그의 뒤를 노리며 날아왔다.

빠득-

카릴은 이를 꽉 깨물며 있는 힘껏 몸을 틀었다.

카앙!! 카강-!! 카카카카캉--!!

3개의 거대한 창날을 튕겨내자 그 충격에 창날이 부서졌지만 잔해들은 마치 살아 있는 듯이 카릴을 향해 쏟아져 내렸다. 검날의 소나기가 내리는 것처럼 수백, 수천의 칼날이 그를 노렸다.

콰아아아앙……!!

그때였다. 쏟아지는 칼날을 뚫고 그의 앞을 막아선 수안 하자르가 자신의 건틀렛을 서로 마주 때리자 그의 앞에 희뿌연 실드가 만들어졌다.

"지금입니다!!"

절대방어술이라 불리는 오토마타를 두른 수안이었지만 절대라는 말이 무색하게도 끔찍할 정도로 그의 몸은 마치 고슴도치처럼 수많은 창날이 박혀 있었다.

"쿨럭……!!"

수안 하자르가 피를 토해내며 만들어낸 일격의 기회.

지지지직……!! 쩌적!!

에이단이 마치 탄환처럼 튀어 나가며 율라의 머리 위에서 뇌격과 뇌전을 찍어 눌렀다.

"으아아아아!!"

"눈동자에서 너무 속내가 보이는군."

쿤겐이 뿜어내는 맹렬한 번개의 힘이 그녀를 강타했지만 율라는 에이단의 검날을 손가락으로 막아서며 나지막하게 말했다.

"그를 위한 틈을 만들기 위해서 몸을 내던지려는 의도가 말이지."

그녀가 손날을 세워 에이단의 가슴을 찔렀다.

푸욱-

에이단은 황급히 피하려고 했지만 신속을 뛰어넘는 그조차 율라의 손아귀에서는 벗어나지 못했다.

"쿨럭……."

그의 등을 관통한 율라의 팔이 가슴 안쪽에서 빠져나오자 그녀의 손아귀에는 아직도 뛰고 있는 붉은 심장이 뽑힌 채 들려 있었다.

"어…… 어억……."

에이단은 믿을 수 없다는 눈으로 그녀를 올려다봤다.

"살고 싶나? 그렇다면 빌어봐. 네 주인이 신을 우롱한 것처럼 네가 그의 욕을 뱉는다면 한 번쯤 기회를 줄 수도 있다."

"퉷-!!"

하지만 에이단은 대답 대신 자신의 가슴 언저리에 난 커다란 구멍 속으로 손을 집어넣었다 빼며 가운뎃손가락을 치켜세웠다. 율라의 얼굴이 일그러지며 그녀가 가차 없이 에이단의 얼굴을 뭉개 버렸다.

퍼억……!!

수박이 깨지는 듯한 소리와 동시에 그녀의 발아래 붉은 피가 터지듯 뿌려졌다.

[크아아아아아!!]

상공을 휘저으며 날아오른 토스카가 거대한 날개를 흔들며 포효를 질렀다.

쏴아아아아악--!!

그의 입에서 수백 개의 빛무리가 호를 그리며 소나기처럼 율라를 향해 쏟아졌다. 하지만 황금룡의 브레스는 신에게 닿기 바로 직전 마치 어둠에 삼켜지듯이 사라졌다.

"여전하구나. 기억을 되찾고도 여전히 내게 반기를 들다니. 그래, 모든 드래곤이 내게 굴복했을 때도 네 고집만큼은 꺾지 못했지."

그녀의 주위의 기운이 바뀌었다.

빛과 어둠. 신이 가진 2가지의 양면성을 대변하듯 조금 전까지 환하게 빛나던 그녀의 후광이 칠흑마저 삼킬 것처럼 어둡게 변했다.

[살아생전에 다 하지 못한 나에 대한 사죄. 그렇다면 사자(死者)가 된 지금 그 불경스러운 죗값을 치르거라.]

마치 두 사람이 말하는 것처럼 그녀의 목소리가 이중으로 들렸다.

쇄아아아악……!! 차차착!!

그녀가 싸늘하게 식어버린 멈춘 심장을 바닥에 내던지고서 손을 들어 올리자 그녀의 그림자 속에 흡수되었던 토스카의 빛줄기들이 솟구쳤다. 눈이 부실 정도로 빛나던 조금 전과 달리 율라에 의해서 새로이 만들어진 빛줄기는 그녀의 그림자처럼 진한 어둠과 같은 색이었다. 마치 가시덩굴처럼 순식간에 자라난 어둠 줄기들이 토스카의 사지를 에워쌌다.

[크아아아악!!]

어둠의 줄기가 황금룡에 닿자 마치 살을 태우는 것처럼 시커먼 연기가 그의 전신에서 솟구쳐 올랐다. 이미 죽은 본드래곤임에도 불구하고 그는 고통스러운 듯 몸을 뒤흔들었다. 하지만 그가 움직일수록 율라의 어둠 줄기는 더욱더 그의 살과 뼈를 옭아맬 뿐이었다.

[율라--!!]

분노에 찬 토스카의 외침이었지만 그녀에게서 돌아오는 것은 차디찬 냉소뿐이었다.

[어디 한번 발악해 봐라. 너희들이 머리를 굴린 결과가 파멸뿐이라는 것을 알게 될 테니!!]

신의 분노는 그야말로 무시무시했다.

파직……! 파가가각!!

황금룡의 뼈가 으스러지는 소리가 들렸다. 거대한 고룡은 신의 손아귀에서 벗어나려 애썼지만 무용지물이었다.

"발사!!"

"공격하라!!"

"전술 대형을 펼쳐라!!"

율라가 토스카에게 신경이 빼앗긴 순간 자유군이 일제히 진격을 알렸다.

두두두두두……! 두두두두두--!!

여기저기에서 들려오는 말발굽 소리.

"흐아아아!!"

윈켈 하르트의 아스칼론이 파렐에 꽂혀 있던 아이기스를 뽑아 들고서 골렘 부대의 가장 선두에서 달리기 시작했다. 그의 뒤를 판피넬 기사단이 뒤따랐고 북부의 이민족 부대와 남부의 전사들이 각자의 청린제 무기를 들고 말을 몰았다.

"속도를 늦추지 마라!! 무진의 힘을 보여라!!"

카일라 창이 소리쳤다.

"불태워라!!"

말을 모는 자유군의 앞에 두꺼운 실드가 생성되었다. 마법 병대의 원호를 받으며 수십 개의 커다란 차륜의 형태로 회전하며 파고드는 진형은 마치 소용돌이가 모여 그 안에 율라를 가두듯 몰아쳤다.

"발사!!"

키누 무카리가 있는 힘껏 활을 당겼다. 그의 뒤를 따라 비궁족의 궁수들이 화살을 쏘았고 디곤 일족의 카르곤이 대지를 질주하며 파고들었다.

와아아아아아--!! 와아아아아--!!

전군의 함성이 요란하게 울렸다. 죽음도 불사한 그들의 돌격에도 불구하고 여전히 율라의 얼굴은 굳어 있었다.

"소멸하라."

담담하게 읊조리는 한 마디였다. 마치 여름날 모여드는 날파리를 귀찮게 치우는 것처럼 그녀가 손을 젓자.

콰가가가강!!

골렘 부대의 발아래 지면이 갈라지고 발이 걸린 골렘들이 뒤엉켜 넘어졌다. 그 충격으로 골렘을 뒤따르던 기사단과 자유군의 병력들이 그 밑으로 깔리고 말았다.

"아악!! 아아악!!"

"사, 살려줘!"

다시 한번 그녀가 손을 내젓자 검은 줄기에 포박당했던 토스카의 거대한 육체가 산산조각이 나며 그의 뼛조각들이 비룡 부대를 덮쳤다.

카앙!! 캉-!! 카가가가가가각--!!

그 순간 검이 부딪히는 소리가 요란하게 들렸다. 카릴이 폴세티아의 검을 있는 힘껏 휘둘렀고 율라는 그의 공격을 막으며 말했다.

"이게 네가 원하던 미래인가? 주위를 보거라. 고작 이 한 번의 공격을 위해 얼마나 많은 자가 죽었는지."

폴세티아의 검날이 휘어질 대로 휘어져 마력으로 만들어진 날임에도 불구하고 꽈드득거리는 쇠가 휘는 소리가 들렸다.

[기다렸다.]

폴세티아의 검에서 마엘이 튀어나와 검날을 쥔 율라의 팔을 휘어 감으며 타고 올라갔다. 순식간에 그녀의 몸을 휘감은 푸른 뱀은 그대로 그녀의 목덜미를 콱! 하고 물었다.

"크아아아!!"

지금까지와는 달리 율라는 마엘의 송곳니가 닿자 소스라치게 놀라며 비명을 질렀다.

[엄살 피우지 마. 그 정도로 죽을 거라고 기대했다면 애초에 이렇게 일을 크게 벌이지도 않았겠지.]

하지만 마엘은 오히려 코웃음을 치며 그녀의 반응에 냉소를 지었다.

화르르르륵……!!

율라를 감싸고 있던 어둠의 기운이 마엘의 송곳니에 닿자 놀랍게도 불이 꺼지듯 사그라졌다. 카릴은 그 변화를 놓치지 않았다.

"이 갈아먹어도 시원찮을 놈들이……!!"

율라는 마엘의 꼬리를 잡아당기며 소리쳤다.

[신 정도 되어서 말하는 꼴 하고는…… 너는 죽기 싫으면서 살기 위해 우리가 신을 죽이겠다는 것이 뭐가 잘못되었지? 발악일지라도 이건 너무나도 당연한 일이다.]

하지만 마엘은 물고 있는 율라의 목을 놓아주지 않고 더더욱 있는 힘껏 물어뜯었다.

[그리고 그 욕망을 위해 태어난 것이 우리다.]

"네, 네가 감히……!!"

그녀는 비틀거리면서도 있는 힘껏 자신을 휘감은 뱀을 뜯어냈다.

취익……! 취익……!!

끝내 떨어진 마엘이 혓바닥을 파르르 내밀며 율라를 노려봤다. 그의 송곳니에는 그녀의 살점 박혀 있었고 그 모습에 분노로 일그러진 율라는 뱀의 아가리를 위아래로 잡아 그대로 찢어버렸다.

"마스터 키(Master Key) 중에서 열다섯 번째라 불리는 네놈들이 특별하다 여겨지니 정말로 신좌에 도전할 수 있는 열쇠라고 착각하느냐? 블레이더가 애초에 신을 보좌하는 존재였듯 너희들 역시 신을 위해 존재하는 도구일 뿐이다!!"

콰앙-!!

율라가 마엘을 집어 던지고서 그대로 밟아 짓이겼다. 뱀에게 물린 목덜미에서는 계속해서 피가 흘러내렸고 그녀는 한쪽 손으로 상처를 움켜쥐었다.

픽……!!

어느새 율라의 아래로 파고든 카릴이 바닥을 차고 뛰어오르며 무릎으로 그녀의 아래턱을 가격했다. 둔탁한 소리와 함께 율라의 머리가 휙! 하고 젖혀지며 비틀거렸다. 아찔한 충격은 결코 인간이 낼 수 있는 각력이 아니었다.

'역시……'

카릴은 공중에서 한 바퀴 물러서며 바닥에 착지했다. 신인 자신이 인간에게 공격을 허용했다는 사실에 믿을 수 없다는 듯 율라는 눈을 얼굴을 일그러뜨리며 앞을 바라봤다.

"비스트(Beast)……?"

그 순간 그녀는 푸른 빛이 마치 갑옷처럼 카릴의 두 다리를 감싸고 있다는 것을 알아차렸다.

"과연 네가 믿었던 비장의 수가 이거로군. 마스터 키를 두 개나 가진 인간이라니…… 오랜 세월을 지냈음에도 너와 같은 인간은 처음이다."

율라는 라이칸스로프의 의지를 발현한 카릴을 바라보며 냉소를 지었다.

"인정하지 않을 수 없구나. 너는 인간이 오를 수 있는 최고의 영역에 도달했다. 내게 신력을 쓰게 만들다니…… 신화 시대의 블레이더들도 이루지 못한 것을 네가 해냈구나."

그녀는 천천히 카릴을 향해 걸어왔다.

"하지만 결국은 여기까지다. 주위를 둘러봐라. 네게 남은 것이 뭐지?"

수북하게 쌓여 있는 시체들. 대지는 피로 물든 지 오래였고 신을 공격했던 인간들은 허무할 정도로 그녀의 분노에 사라졌다.

카릴은 주위를 둘러봤다.

마치. 전생의 그날이 떠오르는 기분이었다.

"이곳에 살아남은 인간은 결국 너 하나뿐이다. 개미가 아무리 강해져 봐야 결국은 개미에 불과한 법. 네가 만든 결과는 너를 따르던 자들을 모두 죽음으로 몰아넣은 것밖에 되지 않아."

율라가 계속해서 뭐라 이야기를 했지만 카릴은 그녀의 말이 귀에 들어오지 않았다. 매캐한 타는 냄새와 피비린내를 맡으며 그는 눈을 감았다 떴다.

"너는 나의 제안을 따라 재해를 막고 파렐을 올렸어야 한다."

그녀는 비릿한 웃음을 지었다.

"네 패배다."

그러고선 천천히 손을 들어 올렸다. 수백만 명의 목숨을 순식간에 앗아 간 그녀의 손가락이 이제 카릴을 향했다.

"확실히…… 신을 인간의 힘으로 죽인다는 것은 불가능에 가까운 일이로군. 과연 압도적인 힘이야."

하지만 패배의 결과가 역력한 지금에도 카릴의 얼굴은 오히려 결과를 알게 되었기에 평온한 듯 보였다.

"그래. 이번은 나의 패배다."

"……뭐?"

율라는 순순히 패배를 인정하는 카릴의 모습에서 뭔가 이상함을 느꼈다.

"이번?"

그녀의 물음에 카릴은 옅은 미소를 지었다.

"고생했다. 너희들에게 끔찍한 경험을 하게 만들었구나. 하지만 덕분에 찾아냈다."

"누구에게 하는……."

[그래, 정말 죽음이란 뭣 같은 것이로군. 태어나서 처음으로 신에게 감사해야겠는걸. 잘나신 규율 덕분에 날 죽이지 않고 봉인시켜 준 것에 말이야.]

"……?!"

놀랍게도 얼굴이 뭉개진 마엘의 시체가 말을 하고 있었다. 너덜너덜해진 입이 움직일 때마다 살점이 떨어지며 기괴한 형상을 보였다.

"속은 건 저들만이 아냐."

카릴은 경악에 찬 얼굴로 입을 다물지 못하는 남은 신들을 가리키며 말했다.

쩌적…… 쩌저저적……!!

그 순간 카릴과 율라가 서 있는 공간이 찢어지듯 갈라지더니 마치 포장을 벗겨 내는 것처럼 모든 풍경이 한 꺼풀씩 벗겨지기 시작했다.

"어…… 어떻게……."

율라는 믿을 수 없다는 표정을 지었다.

그녀가 주위를 훑었다. 찢겨 나가는 공간 안쪽으로 또 하나의 공간이 나타나기 시작했다. 놀랍게도 그 안에 조금 전 전멸시

컸던 병사들이 온전한 모습으로 자신을 경계하며 서 있었다.

"너도 마찬가지야."

카릴의 목소리가 메아리처럼 그녀의 귓가에 맴돌기 시작했다.

스팟--!!

율라의 시야에 새하얀 빛이 스며들더니 세계가 역전된 것처럼 지축이 흔들렸다.

카릴은 품 안에 책 한 권을 꺼냈다.

"궁금하겠지. 이해가 되지 않을 거야. 신인 네가 어떻게 속았는지. 하지만 너희 신들은 고작 내가 만든 마경 하나에도 속아 넘어가잖아?"

낡아 해진 겉표지엔 아무런 제목도 쓰여 있지 않았다.

"그건……?"

율라조차 그가 보인 고서가 무엇을 뜻하는지 알지 못해 의문 가득한 얼굴로 고개를 갸웃거렸다.

"여기에 네가 모르는 진실이 있다."

카릴이 마지막 전장까지 자신의 품 안에 숨겨 온 한 권의 책.

"하지만 나도 믿기 어려웠다. 그렇기에 나는 그걸 확인해 볼 필요가 있었지."

그건 다름 아닌 카이에 에시르가 남긴 유언이 담긴 책이었다.

"그리고 이제 그것을 확인했으니……."

그는 눈빛을 빛냈다.

"다음엔 네 패배다."

►Chapter 7◄

"재해가 시작되었습니다."

카릴은 천천히 감았던 눈을 떴다. 그의 손에는 낡은 책 한 권이 있었다. 표지에 뭐라고 적혀 있는지 알 수 없을 정도로 오래된 그것은 족히 몇백 년은 된 듯 보였다.

"수안과 에이단은?"

"둘 다 소식은 없습니다. 교도 용병단의 비공정은 아직 수도 뒤쪽의 숲에 정박된 상태입니다."

어둠 속 목소리의 대답에 그는 천천히 고개를 끄덕였다. 그러고는 읽고 있던 책을 덮었다. 세 번째 재해인 라이스가 다시 시작되었을 무렵. 각 전선에 병력들이 배치되고 지그라에게 안챠르의 호위를 명령했던 날이었다.

"도대체 이걸 쓰는 자가 누군지 궁금했는데 이제야 알 수 있겠군요."

지그라가 떠난 뒤 유린 휴가르는 하와트의 등에 달려 있는 운철의 아이기스를 바라보며 말했다.

"너희 둘은 지금 윈겔 하르트가 있는 전선으로 간다. 그에게 저 방패를 주도록 해."

"윈겔 하르트라면……."

유린은 해답을 찾고 기가 막힌 듯 웃었다.

"아스칼론(Ascalon)."

카릴이 그를 바라보며 말했다.

"거신에게 잔챙이는 어울리지 않지. 당연히 그에 걸맞은 상대를 주어야 하는 법."

그는 나지막하게 말했다.

"파렐(Pharel)."

그리고 카릴이 파렐을 직접 파괴하겠다고 유린 휴가르와 하와트의 앞에서 선언했던 그 날 분명 이들에게 명령을 내리기 직전까지 그는 한 권의 책을 읽고 있었다.

"그런데…… 그건 무엇이십니까?"

출발에 앞서 눈썰미 좋은 유린 휴가르는 그가 들고 있는 낡은 책에 흥미를 보였다. 그가 알고 있는 카릴이란 사람은 세기의 전투가 시작되려는 순간에 여유롭게 책이나 읽을 사람이 아니었기 때문이다.

"이거?"

카릴은 낡은 책을 꺼내 보았다.

"별거 아냐. 그냥 누가 써 놓은 일기장이랄까……. 메모랄까. 아니면 유서랄까."

모호한 그의 대답에 유린 휴가르는 살짝 고개를 갸웃거렸다.

"신살(神殺)의 방법이랄까."

유린은 카릴의 말에 피식- 웃으며 말했다.

"농담도 잘하십니다. 사제로서 입에 담기 어려운 말이지만 누구보다 그 단어에 어울리는 분인 것 같습니다. 하지만 주군께서도 쉬이 행할 수 없는 일이잖습니까. 그 안에 정말로 신살법이 있다면…… 이미 누군가 성공했었겠지요."

그는 카릴이 짓궂은 농담을 하는 것이라고 생각했다. 하지만 그의 반응에 카릴은 그저 옅은 쓴웃음을 지을 뿐이었다.

"전장에서 뵙겠습니다."

"그래."

모두가 떠난 뒤에도 카릴은 자리를 뜨지 못했다. 잠시 후 그는 덮었던 낡은 책의 첫 장을 다시 펼쳤다.

[나 카이에 에시르가 언젠가 내가 겪었던 길고 길었던 신살(神殺)의 길을 목표로 두는 자에게 이 글을 남긴다.]

두근-

카릴은 첫 장을 펼쳤을 때 느꼈던 터질 듯 뛰는 심장박동이 거짓이 아님을 느꼈다.

어째서일까. 데릴 하리안이 정령계로 떠나기 전 그에게 건넨 카이에 에시르의 유언장을 처음에는 보지 않으려 했었다.

하지만 정령계에서 율라를 만났을 때 그는 신의 존재가 완전무결한 것은 아님을 알았다. 그녀는 자신의 회귀를 알지 못했으며 그가 디멘션 스파이럴을 얻은 것도 인지하지 못했다. 스스로 창조한 세계임에도 모든 계에 영향력을 끼치는 것도 아니었기에 마계란 특수한 곳이 존재할 수 있었다.

신의 빈틈. 카릴이 정령계에서 그것을 확인했을 때 그는 이제 카이에 에시르의 유언을 읽을 확신을 가질 수 있었다.

'그가 살았던 차원과 내가 살고 있는 이곳은 다르다. 신은 유일하지 않으며 그렇기에 카이에 에시르의 방법이 절대적으로 정답이라 할 수 없다.'

신들 중 최고위라 불리는 로드(Lord)는 분명 위대한 존재일 것이고 그와의 싸움에서 승리를 거두는 것은 결코 쉬운 일은 아닐 것이다. 일전에 데릴 하리안이 마엘과의 대화에서 카이에 에시르가 남긴 정수가 이곳에 있는 이유가 신살(神殺)은 성립될 수 있는 증거라 했다.

하지만 카릴은 의심을 했다. 정말로 그가 신에게 승리를 했는가에 대한 의심이 아니었다.

'신의 파편이 마계에 있고 다른 차원의 파렐이 이곳에 있다. 그리고 타 차원의 인간인 카이에 에시르까지 이곳에 떨어지게

된 모든 이유가 신과의 싸움 때문이라면……'

과연 그가 살던 대륙은 어찌 되었는가.

신살(神殺)에 성공한다 한들 살아갈 터전을 함께 잃게 된다면 그것은 절대로 승리라 할 수 없다. 그런 의미에서 카이에 에시르와 카릴의 입장은 달랐다. 절대로 가벼운 일이 아니기에 모든 경우의 수를 의심하지 않을 수 없었다.

뿐만 아니라 다른 차원의 파렐이 이곳에 있다는 것과 로드의 소멸은 분명 카이에 에시르의 승리를 증명하는 증거였지만, 그것이 승리를 말하는 것인지 혹은 자멸을 얘기하는 것인지 알 수 없었기 때문이다. 그런 상황에서 아무것도 모르고 막연히 승리를 위해 먼저 계획을 세우기도 전에 카이에 에시르가 남긴 길만을 보게 된다면 분명 카릴은 그가 남긴 글에 영향을 받게 될 수밖에 없었다.

그러나 지금은 다르다. 그는 명확한 계획을 세웠고 율라를 만났으며 이제 카이에 에시르의 방법을 알게 된다 하더라도 흔들리지 않을 자신이 있다. 이제 더 이상 카이에 에시르가 제시한 길은 따라야 할 것이 아니라 그가 가고자 하는 길과 비교할 대상이 되었기 때문이었다.

우우우우웅…….

첫 페이지를 펼쳤을 때 서두에 쓰여 있는 글자들이 서서히 빛을 내기 시작했다. 카릴은 그 순간 막대한 마력이 몸 안에서 빠져나감을 느꼈다.

"예고도 없는 건 똑같군."

카릴은 쓴웃음을 지었다. 그가 처음 회귀에 성공하고 처음 용의 심장을 얻었을 때도 자칫 카이에 에시르가 남긴 탐욕의 팔찌를 얻지 못했더라면 폭주하는 마력을 제어하지 못해 허무하게 죽었을지도 모르는 일이었다.

이번에도 그렇다. 자격이 되지 않는 자가 유언장 열어보려고 했다면 그대로 마력이 빨려 위험할 수 있었다.

[내가 살던 세계에서의 나의 진짜 이름은 뉴트 브라이언. 과거 무로라 불리던 블레이더와 그리고 그의 아들과 함께 신살을 행했던 자다.]

카릴은 마치 머릿속에 새겨지는 것 같은 글자들을 하나씩 하나씩 짚어가며 읽어 내려갔다.

"뉴트 브라이언……."

카이에 에시르라는 이름이 본명이 아닐 것이라 생각은 했지만, 그가 다른 차원의 블레이더와 함께 싸웠다는 것은 제법 놀라운 일이었다.

[나는 블레이더가 아니다. 그저 한낱 그들을 배신한 유배자에 불과할 뿐. 그러나 내가 이렇게 내가 경험하지 못한 또다른 차원에서 유언을 남길 수 있는 것은 아마 내게 남은 배

290 9클래스 쉿드 마스터 18

신의 죗값을 치르고 신들로부터 이 세계의 인들을 자유로이 하라는 것이라 생각한다.

이 책을 열 수 있는 자격이 있는 너 역시 아마 신살의 길을 가고자 하는 자라 생각이 된다. 그렇기에 나는 우리가 행했던 모든 여정 중 기억이 남는 것들을 적어본다.]

'우리……?'

카이에 에시르의 유언장 중 가장 의문스러운 구절이었다.

'그는 혼자서 신살(神殺)을 이루었다는 것이 아니다.'

어찌 보면 당연한 일일지 모른다. 신을 살해한다는 것은 결코 쉬운 일이 아닐 테니 그 혼자서 이루었다고 볼 수는 없었다. 조력자들이 있어도 이상한 일은 아니었다.

[너는 회귀자인가? 아니면 마스터 키를 얻은 자인가? 혹은 규율을 깬 자인가.]

"……."

[내 물음을 읽을 때 너의 놀라는 얼굴이 눈에 선하군. 걱정 마라. 내가 겪었던 세계에선 신살을 위한 회귀와 블레이더의 마스터 키 그리고 신이 만든 규율을 파괴한 일까지. 모두 일어났던 일이니 그다지 놀라운 것은 아니다.]

카릴은 그의 말에 쓴웃음을 지었다.

[그것은 모두 신을 속이기 위함이었으니까. 우리는 마침내 신을 죽일 수 있는 자를 찾아내었고 그것은 현존했던 77차원의 블레이더 중에서 가장 뛰어난 블레이더인 무로의 아들이었다.

무로는 하나의 계획을 세웠다. 파렐은 신이 창조한 것이 아닌 태초부터 존재하던 것. 그리고 그것이 유일한 시간의 회귀가 가능한 장소라는 것을 알고 있던 그는 자신의 아들을 회귀시켰다.

비록 그것이 단순히 아들을 살리기 위한 부정(父情)일지도 모르나……. 무로의 아들답게 그는 연약했던 과거와 달리 각성할 수 있었다. 나는 칠 일 밤낮을 그와 함께 로드(Lord)와 싸웠다. 그것은 나의 죗값을 치르는 일이었으나 굳이 이 세계의 자들에게까지 알릴 필요는 없는 일일 터.

결과적으로 우리는 마침내 신을 죽였다. 하지만 그로 인해 그가 가지고 있던 디멘션 스파이럴이 조각이 나 차원으로 흩뿌려졌고 나 역시 그 혼돈에 휘말려 함께 사라지게 되었다.]

카릴은 유언장의 페이지를 한 장 더 넘겼다.

[행운인지 불행인지 조각난 신의 파편 중 하나가 내 몸 안으로 들어왔고 그로 인해 나는 비록 차원의 소용돌이에 휩쓸렸지만 살아남을 수 있었다. 그리고 파렐과 함께 떨어진 이곳에서 나는 봉인된 블레이더를 발견했다. 나는 직감할 수 있었다. 이 세계의 패배를.]

마지막 패배라는 말에 카릴은 입안이 까끌까끌한 기분이었다.

[어째서 패배를 했을까. 우습지만 신살에 성공하기까지 무수한 패배를 겪었던 나는 이 세계에 결핍된 요소가 무엇인지 생각해 봤다. 우리가 성공했고 이들이 실패한 차이.

그것은 두 가지였다. 마스터 키는 본디 열다섯 번째 자리의 주인만이 가질 수 있는 것. 그 자리는 투쟁의 자리로써 여러 후보 중 단 두 명만이 얻을 수 있는 자리다. 하지만 이상하게도 어느 차원이나 열다섯 번째 마스터 키는 단 한 명뿐이다. 두 자리이나 둘이 공존하지 않는다. 나의 세계 역시 마찬가지였다. 아마도 그것은 의도된 것이 아닐까 싶다. 로드가 녀석들의 투쟁심을 극도로 높게 태어나게 한 것. 그리하여 신을 죽일 수 있는 힘을 가졌으나 반쪽짜리로밖에 남지 못하게 하는 것.]

[흐음. 카릴. 너는 결핍된 두 가지 중 한 가지는 이루었군. 마

엘뿐만 아니라 라이칸스로프의 의지도 얻었으니 말이야.]

유언장을 읽던 알른 자비우스가 말했다.

"그렇군."

카릴은 그의 말에 고개를 끄덕였다.

[그렇기 때문에 나는 과거의 내가 썼던 마스터 키를 이곳에 숨겨둘 것이다. 내 마스터 키의 이름은 비스트(Beast). 라이칸스로프의 힘을 얻을 수 있는 열다섯 번째다.]

"……뭐라고? 라이칸스로프의 의지가 카이에 에시르가 썼던 마스터 키라고?"

카릴뿐만 아니라 알른조차 그의 글을 보며 믿을 수 없다는 듯한 얼굴이었다.

[하지만 이 세계의 것이 아닌 이상 차원의 혼동을 줄 수도 있는 일. 나는 나의 마스터 키를 봉인하여 숨겨 둘 것이다. 걱정하진 않겠다. 이 책에 도달한 자라면 분명 나의 마스터 키까지 얻었을 것이니.]

"허……."

카릴은 자신도 모르게 낮은 탄성을 질렀다.

[충분히 가능성이 있는 일이야. 사실 블레이더의 자리를 두

고 열다섯 번째의 후보들이 경합을 벌였다. 사실 나 역시 봉인이 되었기에 나머지 마스터 키들의 생사는 알지 못한다. 단지 북부에서 목걸이 속에 봉인을 발견하고 나와 같이 봉인이 되었구나 추측했으니.]

마엘이 나지막한 목소리로 말했다.

"……"

카릴은 이제 어쩐지 다음 페이지를 넘기기가 두려운 느낌이었다.

[하지만 마스터 키를 얻은 너는 이제 블레이더의 자격을 얻었으나 신살을 위해서는 또 하나의 힘이 필요하다. 그것은 신의 의지다]

카릴은 자신도 모르게 입술을 꽉 깨물었다.

"란체포……"

블레이더가 신의 힘이라면 란체포는 신의 의지. 두 개의 힘이 온전히 존재할 때 진정한 합일로써 신의 힘을 발현할 수 있었다.

[그래, 솔직히 말해 말이 안 되는 일이다. 이건 무척이나 어려운 일이지. 수많은 경우의 수가 얽히고설켜 하나의 극의에 도달해야만 가능한 일이니까. 우리들 역시 셀 수 없을 만큼 끔찍한 싸움을 되풀이하고 또 반복하면서도 란체포와 블

레이더의 힘을 모두 가진 자는 없었다.]

카릴은 계속해서 그의 유언을 읽었다.

[우리가 승리할 수 있었던 이유는 나의 혈육이 세계에 하나뿐인 란체포였기 때문이다. 그래, 우리도 이루지 못한 일을 지금 네게 말하고 있는 것이다. 하지만 불행 중 다행이라면 내게 흡수된 디멘션 스파이럴에 의해 나는 단편적이지만 신의 세계를 보았다.

네게 마지막 나의 유언을 남긴다.

신의 화신이라 불리는 란체포가 될 수 있는 방법. 그것으로 너는 우리조차 행하지 못한 신의 힘을 모두 가지는 유일한 인간이 될 것이다. 그 힘이 무엇인지는 나 역시 알지 못한다. 어쩌면 목숨을 걸어야 할 일일지도 모른다.

그러나…… 만약 그 만분의 일, 억 분의 일보다 못한 확률을 뚫고 네가 신살(神殺)의 가능성에 도달한다면…… 네 앞엔 지금까지와는 전혀 다른 삶이 펼쳐질 것이다. 그것은 어쩌면 인간 영역마저 벗어나게 되는 일일지 모른다. 그래도 원한다면…… 마지막 페이지를 열어라. 나는 그 길을 가르쳐 주겠다.]

그것은 경고였다. 목숨을 걸어야 하는 새로운 도전. 카이에시르 역시 란체포의 힘까지 얻어 신살을 이룬 것이 아니라

했다.

반면 자신은 율라를 없애기 위해 억겁의 시간 동안 탑을 오르고 용의 심장을 먹고 정령왕의 봉인을 풀고 마스터 키를 얻었다. 뿐만 아니라 전생의 신살의 10인을 새로이 각성시키기도 했다. 어쩌면 이번에는 가능할지도 모른다.

이런 상황에서 만약 자신이 잘못 되기라도 한다면……? 오히려 더 큰 위험을 초래할 수도 있었다.

[카이에 에시르. 그는 끝까지 네게 선택의 고민을 남기는군. 정말 할 게냐?]

알른 자비우스는 기가 차다는 듯 말했다.

[내가 괜한 걸 물었군.]

하지만 아무런 대답을 하지 않고 물끄러미 유언장을 바라보는 카릴의 모습을 보고는 고개를 저으며 중얼거렸다.

"이건 도전이 아냐."

카이에 에시르와 자신은 분명 다르다. 자신은 단순히 신을 죽이는 것 이외에도 이 세계를 지켜야 하는 이유가 있다.

"그저 힘을 얻는 과정일 뿐."

카릴은 망설임 없이 마지막 페이지를 넘겼다.

완벽한 승리를 위해.

그 순간 새하얀 빛이 카릴의 전신을 휘감았다.

"전쟁이 시작되었어. 수장인 네가 이런 곳에서 뭘 하는 거야? 응? 황가의 무덤에는 도대체 왜 온 거야?"

카릴을 찾아온 밀리아나가 우두커니 무덤의 입구에 서 있는 그를 향해 말했다. 그녀는 대륙의 명운이 걸린 싸움을 앞두고 카릴을 찾은 장소가 제국의 황제들이 잠들어 있는 무덤이라는 것이 어쩐지 마음에 들지 않는 눈치였다.

"역시 관둘래."

물끄러미 무덤의 입구를 바라보던 카릴은 끝내 낮은 한숨과 함께 마음을 굳힌 듯 말했다.

"꼴사나운 모습을 보일 뻔했어. 네 유언대로 이 전쟁이 모두 끝난 뒤에 찾아오마."

돌아선 그의 뒷모습을 보며 밀리아나는 무슨 말이냐는 듯 고개를 갸웃거렸다.

'응? 내가 잘못 봤나……? 방금 등 뒤에…….'

밀리아나는 살짝 눈살을 찌푸렸다. 자신을 지나치던 그에게서 희뿌연 뭔가를 본 듯싶었기 때문이었다.

"자, 잠깐! 저건 뭐야?"

하지만 의심은 길게 가지 못했다. 밀리아나는 갑자기 나타난 마경 속 골렘의 모습을 보며 화들짝 놀라며 소리쳤다.

"그래, 우리는 파렐을 공략할 거다."

카릴은 그런 그녀를 향해 고개를 돌리며 말했다.

[클클…… 기대되는군.]

마치 승리를 예고하기라도 하는 듯 알른 자비우스는 낮은 목소리로 중얼거렸다.

파아앗--!!

율라는 정신이 드는 것처럼 아찔한 충격과 함께 눈을 떴다. 익숙한 풍경이 보였다. 거대한 원탁엔 자신을 제외하고 아무도 없었다.

"이게 어떻게……."

조금 전까지만 하더라도 그녀는 세상에 현신하여 자신에게 도전하는 인류를 도륙했었다. 수백만의 목숨을 앗아갔던 신은 어이없게도 지금 자신이 왜 돌아온 건지도 모른 채 세계를 관망하던 신탁이 있는 사원으로 돌아왔다.

[난 놈이나 모자란 놈이나. 길 때는 기어야지. 안 그래?]

카릴의 목소리가 들리자 율라는 원탁 가운데 놓인 마경을 내려다봤다. 마경 안에서 차원문이 열리며 굳은 얼굴의 한 노인이 나타났다. 라이스의 주인인 세 번째 신이었다. 그녀를 제외하고 마지막까지 사원에 있던 노인이 지상으로 내려간 직후였다.

"단순히 환영만이 아니라 시간을 되돌린 건가? 아니면…… 이 시점부터 내가 놈의 환영에 속았던 건가."

누가 신을 속인단 말인가.

오랜 세월을 지냈음에도 이런 경험은 처음이었다.

"나를 저 아래로 끌어내리기 위함이었군. 나의 분노마저 예상했던 건가?"

율라의 입술이 파르르 떨렸다.

"일부러 엑소디아를 엉망으로 만들면서 나를 도발한 것이 틀림없어. 놈은 신을 욕보인 것도 모자라 나와의 약속마저 배신하였으니…… 그 누구라도 그리할 수밖에 없는 상황이었지."

푸욱-!!

날카로운 샴쉬르가 여섯 번째 신의 등에 꽂혔다. 뱀 입술의 여인이 신의 시체를 밟는 순간 마경 속에서 신들이 뒤엉켜 싸우는 광경이 펼쳐지기 시작했다.

자신이 환영 속에서 본 미래와 똑같다. 이제 곧 네 번째와 다섯 번째 신도 죽게 될 것이다.

"내가 인간에게 속다니……. 카릴, 내가 네놈을 쉽게 본 것을 인정하지 않을 수 없구나. 하지만 환영 마법을 풀고 내게 진실을 볼 수 있게 한 것은 어리석은 실수다. 속임수란 알고 있다면 더 이상 무의미한 것."

하지만 신들의 죽음에도 율라는 오히려 차갑게 웃었다.

"게다가 환영 속에서조차 너는 내게 패배하지 않았던가. 그렇다면 오히려 자신의 약함을 내게 보이는 것밖에 되지 않는다."

그녀는 마치 마경 속 카릴에게 말하는 것처럼 분노가 섞인 목소리로 소리쳤다.

하지만 그 분노도 잠시뿐. 그녀는 자신이 내뱉은 말에 스스로 의문을 가질 수밖에 없었다.

"어째서…… 환영 마법을 푼 것이지?"

승산이 없었기 때문이다. 아무리 생각해도 그것 말고는 이유가 없었다. 첫 번째와 세 번째 신이 죽은 상황에서 더 이상 자신을 대적할 수 있는 신은 없었다.

하지만 패배한 상황에서 환영 마법을 풀어 다시 한번 기회를 얻는다 한들 무엇이 바뀌겠는가. 결국은 그저 확실한 패배의 미래가 있다는 것을 알 뿐이었다.

"그런가. 놈은 나의 전력을 확인하고자 했던 것이었어. 가능성이 없단 것을 알고 마법을 해제한 것이겠지. 그렇다면 놈이 하고자 하는 일은 뻔해."

그녀는 마경 속에 보이는 카릴을 바라보며 바득-!! 이를 갈았다. 더 이상 그녀에게서 신의 위엄을 찾아볼 수는 없었다.

"자신의 전력을 더 보강하고자 하는 것. 나머지 네 명의 신까지 자신의 편으로 만들어 다시 나에게 반기를 들겠지."

나머지 신들은 비전투의 신들이지만 율라의 입장에선 오히려 그들이 카릴의 편으로 돌아서는 것이 불편한 상황이었다.

"그렇게 되면 곤란해."

단순한 전투 능력은 오히려 차원의 주인이라는 규율의 혜택으로 압도할 수 있었다. 하지만 특수한 능력을 가진 나머지 네 명의 신들이 전투의 신들을 돕는다면 승부는 알 수 없었다. 게다가 카릴이란 인간의 존재가 어떤 영향력을 끼칠지는 신인 그녀조차 결과를 예측할 수 없었다.

'어떻게 해야 하지?'

그녀는 지금껏 단 한 번도 생각해 보지 못한 새로운 경우의 수를 떠올렸다.

'모두 죽여야 하나.'

꿀꺽-

율라는 자신도 모르게 마른침을 삼켰다. 조금 전까지만 하더라도 자신의 편이라 생각했던 남은 네 명의 신을 이제 직접 죽여야 하는가 고민을 했으니 말이다.

그녀는 고개를 세차게 흔들었다. 긴장한 모습은 영락없는 인간의 행동과 닮아 있었다.

하지만 율라는 알지 못했다. 단순히 전력의 부족으로 카릴이 율라에게 건 마법을 푼 것만은 아니라는 것을. 마법을 풀었다는 의미는 마법의 존재를 알게 하는 것. 그것은 곧 언제든 마법을 걸 수 있다는 것을 그녀에게 보여주기 위함이었다.

불안과 초조. 그로 인하여 신이라는 존재가 가지는 절대성의 붕괴는 다름 아닌 의심에서부터 나오는 것이었다. 그녀는 지금까지 당연하게 여겼던 모든 것을 이제 의심하게 되었다.

의심은 곧 행동이 제약되는 결과를 만들어냈다. 쉽사리 지상으로 내려가지 못한 채 그녀가 이 상황에 대해 다시 생각하게 만드는 것이야말로 카릴이 궁극적으로 노린 효과였다.

'지금 내가 보고 있는 이 상황은 실제인가? 도대체 언제 놈의 마법에 걸린 것인지 알 수 없는 상황에서 또다시 환영에 걸렸다면?'

그것은 다른 신들이 자신에게서 등을 돌려 카릴의 편에 서는 것과는 다른 의미로 골치 아픈 상황이었다.

"놈은 용의 마력을 가지고 있다. 그것도 한 마리가 아닌 두 마리의 것을 가졌으니 더 이상 인간의 범주에서 생각할 순 없다. 그것은 마력의 양뿐만 아니라 수명 역시 마찬가지."

드래곤의 수명은 수천 년. 순수한 인간이었다면 용마력을 가지고 있다 한들 그렇게 오래 살 수는 없었다. 하지만 문제는 그가 정령왕과의 계약자이자 열다섯 번째 마스터 키(Master Key)의 주인이라는 점이다.

"게다가 알른이란 영체도 있었지. 뿐만 아니라 놈에게는 사령술사도 있다. 만약 정령의 힘을 통해 그가 영체화하거나 혹은 흑마법으로 사령화하기라도 한다면 육체의 제약은 무의미해져."

신인 자신에게 환영 마법을 어떻게 걸 수 있는가를 풀지 못한다면 카릴은 계속해서 이 시간을 반복할 것이다.

승리하지는 못하지만 패배하지도 않는다.

무수히 계속되는 싸움의 되풀이.

그것 역시 최악의 상황 중 하나였다. 그리고 카릴의 예상은 적중했다. 그녀는 더욱 혼란스러워졌다. 인류는 생존을 위해 싸운다지만 신좌를 탐내는 율라는 확실한 승리를 쟁취해야 하는 상황이었다. 하지만 비록 반복되는 시간의 환영 속에 갇혀 있다 한들 적어도 멸망은 아니었으니 율라로서는 조급해질 수밖에 없었다.

"제길……."

그녀는 자신도 모르게 원탁을 쥔 손에 힘을 주었다.

"설마……."

어째서일까. 마치 자신에게 내려오라고 말하는 것처럼 하늘을 바라보는 카릴의 얼굴에서 옅은 웃음기를 발견했다.

"빌어먹을 놈!! 나를 놀리는구나!!"

환영 마법의 존재는 알게 되었지만 그가 어떻게 자신에게 마법을 건 것인지는 아무리 생각해도 풀리지 않았다.

'어떻게 인간이 신에게 마법을 걸 수 있지?'

그녀는 조금 전 과거를 떠올렸다. 그곳에서 뭔가 이질적인 것을 찾아내고자 기억을 더듬었다. 환영이 깨지는 순간 마지막에 카릴이 자신에게 보여준 물건.

카이에 에시르라 불리는 이방인인 남긴 책.

'도대체 그가 누구지?'

율라는 인간의 역사를 모두 알고 있었다. 당연하게도 자신이 만든 세계였으니 그 안에 일어난 일을 알 수 있는 것이 당연한 일이었다.

최초의 용 사냥꾼. 염룡이라 불리는 리세리아를 사냥한 인류의 영웅.

하지만 거기까지였다. 알테만과 갈드 로스차일드 두 명의 동료와 함께 과거 구 제국을 세운 개국공신. 그의 행보는 특이했지만 그렇다고 해서 신(神)인 그녀의 눈에 띌 정도는 아니었다.

"지상 최강의 생명체라 하지만 드래곤을 사냥하는 것은 불가능한 일은 아니다. 신이 인간을 만들었지만 인간에겐 신조차 가늠할 수 없는 가능성이란 것이 있으니까."

하지만 그것도 신이 만든 세계 안에서일 뿐이다. 드래곤을 사냥하는 것은 허용되었다지만 신을 사냥하는 것은 말도 안되는 일.

그러나 율라는 그 순간 카릴을 바라보며 그런 생각이 들었다. 그렇다면 버젓이 카릴의 존재를 알고 있었음에도 불구하고 그가 이토록 성장하게 그냥 두었던 이유는 뭘까.

그것은 그가 지금까지 철저하게 숨겼기 때문이다.

강하지만 신을 위협할 정도는 아니다. 마치 아끼는 장난감이 성장하는 모습을 바라보는 것 같은 흥밋거리 정도에 불과했다.

'만약…… 카이에 에시르라는 자 역시 철저히 자신을 감추고 먼 미래를 위한 안배를 둔 것이라면? 그리고 그 안배가 그 책이라면…….'

인간이 구 제국과 현재가 가지는 수백 년이라는 간극을 두려워하지 않고 신살에 대한 준비를 했다는 것은 솔직히 말해서 믿기지 않는 일이다.

다만…… 한 가지 걸리는 것이 있었다.

'로드의 세계의 파렐이 이곳으로 떨어졌을 때 나는 알지 못했다. 내가 관여하는 세계임에도 불구하고 알 수 없었다는 것은 파렐의 존재가 누군가에 의해 가려졌음을 의미하겠지.'

신을 속인다는 것은 말이 되지 않는 일이었지만 카릴이 가진 디멘션 스파이럴이라면 답이 되었다. 그것은 자신과 마찬가지로 신의 힘을 낼 수 있는 파편이었으니까.

'로드의 파렐이 이곳으로 떨어질 때 그와 함께 디멘션 스파이럴도 넘어온 것이다. 그리고 그 힘으로 파렐의 존재를 숨겼다……'

도대체 누가? 의문스러운 존재에 대한 예상 가능한 인물은 한 명밖에 없었다. 카이에 에시르.

'그가 이 차원의 인물이 아니라 파렐과 함께 넘어온 자라면? 그렇다면 그는 로드의 신살과 관련된 자임이 틀림없다.'

두근…… 두근…… 두근--!!

그제야 율라는 지금의 상황을 이해할 수 있었다. 신들 중의 최고위라 불리는 로드(Lord)의 죽음이 인간에 의한 것이고 카릴이 그 방법을 알고 있다면…….

자신을 죽일 수도 있다.

콰앙-!!

율라가 앉아 있던 의자가 뒤로 넘어지면서 요란한 소리가 들렸다. 그녀의 이마에서 한 방울의 식은땀이 주르륵 흘렀다.

"머, 멈춰!!"

"미안하다. 하지만 이미 엎질러진 물."

"이런 머저리 같은!!"

첫 번째 재해의 신 역시 결국 자신의 주먹을 들어 올렸고 다섯 번째 신은 그의 공격을 막아섰다.

콰앙! 쾅!! 콰가가가강……!!

노인은 조용히 자신의 지팡이를 꺼냈다.

으아아아악……!! 아악--!!

놈들은 이제 너 나 할 것 없이 뒤엉켜 싸우기 시작했다. 사방에서 들려오는 비명과 고함이 들렸다.

카릴은 천천히 앞을 바라봤다. 신들이 뒤엉켜 싸우기 시작한 혼돈은 점차 더 거세게 변하였고 자칫 세계 자체가 붕괴될 수 있을 정도로 위태롭게 흔들렸다.

하지만 이제 저들이 싸우는 것은 중요하지 않았다. 그가 기다리는 것은 달리 있었으니까.

우우우우웅…….

그리고 하늘이 일그러지고 공간이 뒤틀리기 시작했을 때 카릴은 기다렸던 마지막 조각의 이름을 불렀다.

"율라."

[클클클…… 콧대 높은 고귀한 신이 끝내 진흙땅으로 내려오는구나.]

알른 자비우스는 그녀를 바라보며 나지막한 목소리로 말했다. 하지만 그의 도발에도 율라는 굳은 얼굴로 카릴에게서 눈을 떼지 못했다.

저벅- 저벅- 저벅-

그건 카릴 역시 마찬가지였다. 둘만의 비밀을 숨긴 채 그는 차원문을 통해 나타난 율라의 모습을 보며 가볍게 손을 흔들었다.

"어때. 이제 조금 재밌어졌지?"

그는 신을 향해 차갑게 웃었다. 반복되지만 다른 미래가 시작되었다.

"잘도 이런 짓을 꾸몄구나."

"신이란 자가 자신이 당한 줄도 모르고 자신의 힘에 도취되어 난리를 치는 꼴이 제법 볼만하던데."

율라는 일그러진 얼굴로 카릴을 향해 갔다. 마치 시간을 거슬러 온 것처럼 두 사람은 조금 전 봤던 광경들을 다시 보고 있었지만 누구 하나 여유로운 얼굴은 아니었다.

콰아아아앙--!! 콰강--!!

사방에서 신들이 뒤엉켜 싸우는 격투 소리가 요란하게 울렸고, 둘은 그저 서로를 마주 보고 있을 뿐이었다. 하지만 오히려 서로 주먹을 섞지 않는 카릴과 율라에게서 그들보다 더한 긴장감이 맴돌았다.

"어떻게 마법을 걸었지?"

"다짜고짜 묻다니. 어지간히도 궁금한 것 같군."

"닥치고 질문에나 대답해."

"내가 왜?"

오히려 되묻는 카릴의 행동에 율라의 얼굴이 일그러졌다.

"적에게 자신의 패를 아무렇지 않게 보여주는 상대가 어딨지? 그래도 나는 신에 대한 예우로서 네게 마법을 걸었다는 것을 알려주었잖아."

"헛소리하지 마! 그건……!!"

율라는 뭔가를 말하려다 입을 닫고 말았다. 마법의 존재를 알려주어 오히려 자신을 흔들려 했다는 것을 말할 순 없었다. 왜냐면 그로 인해서 그녀는 지금 카릴의 앞에 섰으니까. 그것은 곧 신이 인간에게 휘둘렸다는 것을 인정하는 꼴이 될 뿐이었다.

"너는 이길 수 없다."

"하지만 지지도 않겠지. 지루한 싸움은 내가 또 잘하거든. 억겁의 시간 따위 내게는 그다지 두려운 것도 아니니까."

율라는 지금까지의 카릴의 모습에서 그가 하는 말이 그저 거짓된 협박이 아니라는 것을 알았다.

"나와 영겁을 다투는 싸움을 하겠다는 말이냐? 고작 인간이?"

"신은 언제나 인간이 무지하기에 신의 분노가 얼마나 두려운 것인지 모른다고 하지. 하지만 신은 아는가?"

"……뭐?"

"인간의 분노가 얼마나 치열하고 집요한지 말이야."

빠득……!!

율라의 얼굴이 구겨지며 잡아먹을 듯 카릴을 노려봤다.

'놈은 정말로 영원한 싸움을 나와 할 생각이야.'

실로 독종이었다. 하지만 이대로 있을 순 없었다. 고작 인간에게 휘둘린다는 것 자체가 신으로서 자존심이 상하는 일이었지만 디멘션 스파이럴을 가진 상황에서 카릴은 더 이상 그는 인간의 범주에서 생각해서는 안 되었다.

"끝까지 해보겠다는 네 용기만은 가상하구나. 하지만 마법이란 결국 신의 힘을 모방한 것. 새로운 것을 창조하는 게 신의 힘이라면 그 힘을 모방하여 거짓된 실체를 만드는 것이 인간의 마법이다."

"그래서?"

"결국 신이 아닌 이상 허상에 불과하고 허상이란 아무리 똑같이 만든다 하더라도 조금씩 차이가 있는 법."

율라는 주위를 찬찬히 둘러봤다.

"네 마법은 결국 파훼될 수밖에 없다."

하지만 그녀의 으름장에도 불구하고 카릴은 오히려 엷은 미소를 지을 뿐이었다.

"넌 마법이 걸린 줄도 몰랐잖아?"

카릴이 천천히 허리를 세우며 그녀를 내려다봤다. 율라의 체구가 의외로 작은 것인지 아니면 카릴의 체구가 커진 것인지 알 수 없었지만 자신을 내려다보는 그의 시선이 율라로서는 불쾌할 수밖에 없었다. 하지만 설마 지금 이 시선의 높낮이마저 마법의 영향인가 하는 생각이 들어 그녀는 혼란스러웠다.

"그럼 찾아봐. 누가 이기는지……"

카릴은 그녀의 귓가에 속삭이듯 낮은 목소리로 말했다.

"해보자고."

분노에 일그러진 얼굴로 율라는 카릴의 멱살을 움켜잡으려 했다.

카앙--!!

하지만 그 순간 카릴이 그녀의 손아귀를 검으로 밀쳐냈다. 날카로운 쇳소리와 함께 그와 율라의 거리가 벌어졌다.

"네 공격은 통하지 않는다."

"알고 있어. 그건 그 이전에 이미 확인했지. 이 세계를 창조한 네게 이 세계의 힘이 통하지 않는 것은 당연한 일. 그것이 토스카의 마법이라 할지라도 말이야."

카릴이 쥐고 있는 폴세티아의 검은 황금룡의 빛의 힘이 응축된 지상 최강의 마력검이었다. 하지만 환영 마법 속에서 혼신을 다해 율라의 손목을 베었던 그의 검은 여지없이 튕겨 나갔다. 반면에 다섯 번째 신의 등에 검을 꽂았을 땐 너무나도 쉽게 일격을 가할 수 있었다.

피조물인 인간은 신에게 위해를 가할 수 없다. 신이 정해 놓은 절대불변의 규율. 대부분의 이들은 이와 같은 사실에 맞닥뜨려졌을 때 절망할 수밖에 없을 것이다. 하지만 카릴은 그것을 확인했을 때 오히려 절망 속에서 한 가지 가능성을 찾았다.

"수안 하자르는 절대방어술을 익혔음에도 불구하고 네 공격을 막지 못했지. 그것은 인간의 공격은 신에게 거절당하지만, 신의 공격을 인간이 막을 순 없다는 뜻이겠지."

"당연한 소리!! 인간의 공격이 네게 닿을 것 같으냐!"

"내가 알아낸 첫 번째."

그 순간 율라는 말을 끝까지 듣지도 않았는데 등골이 오싹한 기분이었다. 환영 마법이 사라지기 직전 카릴은 분명 자신에게 틈을 발견했다고 했기 때문이다.

"인간의 공격은 닿지 않는다……. 글쎄. 그렇다면 공격과 방어는 누가 결정하지? 내가 행하는 그 찰나의 행동을 네가 결정 짓는가? 아니면 그 마저 이미 규율로 정해 놓았는가?"

"……뭐?"

카앙--!!

다시 한번 카릴의 검이 움직였고 율라의 손목을 쳐냈다. 상처를 입지는 않았지만 그녀의 팔이 젖혀지며 휘청거렸다.

"이것은 공격인가?"

카릴이 몸을 회전하며 검을 찍어 눌렀다. 그녀의 손등 위로 떨어지는 폴세티아의 검날이 다시 한번 날카로운 소리를 내면서 튕겨 올랐고 그녀는 충격에 바닥을 짚었다.

"아니면 이건 방어인가?"

율라는 당혹스러운 표정으로 카릴을 바라봤다.

"공격은 통하지 않고 방어는 할 수 없다. 단순히 본다면 절대적으로 불리한 상황일 수밖에 없지. 하지만 그것은 규율로 정해놓았던 찰나의 행동을 네가 결정하던, 결국은 무기를 든 자의 의식의 문제."

카릴은 율라를 공격했을 때 검날이 통과되는 것이 아닌 튕겨 나간다는 것을 알았다. 비록 자신의 공격이 통하지 않지만 그것은 뒤집어 보면 자신 역시 율라의 공격을 막을 수 있다는 의미이기도 했다.

물론 거기에는 제약이 따른다.

바로, 공격의사(攻擊意思). 수안처럼 율라의 공격을 막고자 하는 것이 아니라 반대로 율라를 공격해야 한다고 생각해야 한다는 것. 하지만 단 일격에도 목숨을 앗아 갈 수 있는 신의 공격을 앞에 두고 방어를 하지 않겠다 생각하는 것은 결코 쉬운 일이 아니었다.

공격함으로써 공격을 방어하는 것. 의식을 제어하고 행동을 반대로 취함으로써 자신을 둘로 나누는 것과 같은 일이었다.

'자아를 나누는 것을 일분일초를 다투는 전투 속에서 행한 다고?'

율라는 어이가 없을 지경이었다. 블레이더조차 이런 일은 불가능할 것이다. 그런데 지금 눈앞의 인간이 이 말도 안 되는 일을 해내고 있었다.

"고작 백 년을 사는 인간이⋯⋯?!"

그녀는 알지 못했다. 카릴이란 인간은 신이 탄생한 태초라는 시간과 맞먹는 억겁의 시간을 파렐 속에서 보냈었다는 것을.

"그리고 두 번째."

퍼억-!!

율라의 허리가 꺾였다.

"컥⋯⋯!!"

처음으로 그녀의 입에서 단말마의 비명이 터져 나왔다. 카 릴의 다리를 감싸고 있는 푸른 다리 갑옷 위에 붉은 핏물이 묻 어 있었다. 발등에 야수의 날카로운 발톱과 같은 갈퀴가 달려 있는 갑옷엔 조금 전 일격으로 율라의 살점들이 뜯겨 붙어 있 었다.

"이 세계의 힘은 네게 통용되지 않지만 다른 차원의 물건이 라면 타격을 줄 수 있다. 그것은 다른 신들의 말에서도 확인할 수 있었지."

율라의 얼굴이 차갑게 변했다. 환영 마법의 존재 때문에 받 은 충격으로 잊고 있었다. 확실히 그전에도 마엘의 힘을 썼을 때와 달리 비스트의 힘을 발휘했을 때 카릴에게 일격을 허용했었다는 것을 말이다.

"다른 차원의 신들은 차원의 주인인 너와 달리 제약을 받아 완전한 힘을 쓸 순 없다고 했다. 하지만 그렇다고 우리처럼 네게 타격 자체를 줄 수 없는 것은 아니지."

"설마……."

"그래. 이 마스터 키는 네가 만든 게 아냐. 로드(Lord)가 만든 것이다. 신살을 행했던 자의 유품이란 뜻이지."

카릴은 그녀를 향해 말했다.

파앗--!!

그가 율라를 향해 뛰었다. 바닥을 밟은 다리에 힘을 주자 지면이 그의 힘을 이기지 못하고 주변에 균열이 생겨났다. 파편들이 사방으로 튀었다. 질주하는 카릴의 모습은 잔상조차 남지 않을 정도로 빨랐다.

"노옴……!!"

율라가 황급히 손을 앞으로 뻗으며 가로 저었다. 그러자 그녀의 앞에 붉고 두꺼운 실드가 만들어졌다.

파카캉……!! 파각!! 파가가가각……!!

카릴이 몸을 반대로 꺾으며 위에서 아래로 율라가 만든 실드를 찍어 눌렀다.

창그랑……!! 카앙!!

다시 한번 공중제비를 돌 듯 실드를 밟고 상공에서 빙그르르 돌자 공기가 터지는 요란한 소리와 함께 쇠망치로 실드를 내려치는 것처럼 율라의 실드가 충격과 함께 유리가 부서지듯이 새하얀 빛과 함께 산산조각이 났다.

"말도……!!"

율라는 자신의 실드가 부서지며 휘청거리자 믿을 수 없다는 듯 그를 향해 소리쳤다. 하지만 그녀의 말이 끝나기도 전에 지면에 착지하자마자 카릴의 연타가 이어졌다.

빠르고 간결하면서도 리듬을 바꿔가며 수없이 쏟아지는 그의 공격은 육안으로 보이지 않을 정도지만 그의 다리가 뿜어내는 폭발음은 마치 연주를 하듯 시원시원한 음률이 느껴졌다.

콰앙-!!

카릴의 마지막 주먹이 율라의 뺨을 가격했다. 그녀의 고개가 오른쪽으로 획! 하고 돌아가고 휘청거리며 충격에 바닥을 짚었다. 그 결과는 공격을 당한 당사자나 상황을 지켜보던 사람들이나 모두 놀라긴 마찬가지였다.

지금까지 빈틈을 허용하지 않았던 그녀가 처음으로 카릴의 공격에 데미지를 입었다는 것을 알 수 있었기 때문이다.

주르륵…….

그 증거로 젖혀진 고개를 돌리자 율라의 입가에 붉은 피가 흘러나왔다. 입가의 피를 닦으며 그녀의 얼굴이 싸늘하게 변했다. 단순히 공격을 당했다는 것이 문제가 아니었다.

주먹과 발길질이 난무하는 싸움이었다. 블레이더와 정령왕

그리고 드래곤을 상대로도 이런 진흙탕 싸움은 없었다.

그녀는 아픔보다 자존심이 상하는 듯 보였다.

"아무리 마스터 키(Master Key)의 힘이라 할지라도 신과 동등한 힘을 낼 수 있을 리가 없어……. 그런데 어째서 내 실드를 부술 수 있지?"

그녀는 마치 억울한 듯 소리쳤다.

"당연한 거야. 너도 알다시피 나는 마스터 키 이외에도 디멘션 스파이럴을 가지고 있으니까."

"마스터 키는 블레이더를 위한 것! 블레이더는 신이 선택한 인간이기에 그 힘을 쓸 수 있다. 하지만 디멘션 스파이럴은 오직 신을 위한 힘!! 아무리 네가 마스터 키를 가지고 있다 한들 제대로 쓸 수 있을 리가 없어!!"

하지만 율라의 외침에도 불구하고 카릴은 오히려 그녀의 분노를 기다렸다는 듯 싸늘하게 웃었다.

"아니지. 인간임에도 신의 힘을 쓸 수 있는 유일한 존재가 있지."

"……뭐?"

"신의 화신이라 칭해지는 란체포."

그 순간 율라의 눈빛이 흔들렸다.

"그, 그거라면 더욱더 있을 수 없다!! 내가 분명……!!"

"세계를 너의 것으로 국한시키지 마라."

카릴이 나지막한 목소리로 말했다.

"내가 가진 디멘션 스파이럴이 어디에서 나온 것인지 알 텐데. 그리고 너희들이 가진 조각들도 말이야."

그의 말이 끝남과 동시에 뒤엉켜 싸우던 나머지 신들의 공방이 멈추었다.

툭-

첫 번째 신이 숨이 끊어진 다섯 번째 신의 시체를 바닥에 내던지며 그를 바라봤다.

"신?"

카릴은 그 광경을 비웃듯 코웃음을 쳤다.

"웃기지 마. 고작 로드가 죽고 부서진 파편의 조각 하나 주워서는 신 행세를 하고 있는 주제에."

콰직-!!

그가 한 걸음 더 앞으로 걸어갔다.

"내가 확인한 마지막 세 번째. 나는 너희들을 압도할 수 있다."

우우우우웅⋯⋯!!

그의 주위에서 뜨거운 마력이 느껴졌다.

"율라, 너는 한 가지 잊고 있는 것이 있다. 네 세계이기 때문에 다른 신들과 달리 제약 없이 힘을 쓸 수 있다면⋯⋯. 이곳에서 태어난 나 역시 이 세계가 나의 세계. 곧 나 역시 마찬가지로 로드의 힘을 온전하게 쓸 수 있다는 의미다."

카릴은 그녀의 뒤에 있는 남은 네 명의 신들을 바라보며 차갑게 말했다.

"로⋯⋯ 로드?!!"

그 순간 뱀의 입술을 가진 여인은 눈치 빠르게 외쳤다. 정말로 놀라워서 그런 것인지 아니면 약삭빠른 여인의 계산에서 나온 반응인지는 알 수 없지만 중요한 것은 그 외마디 비명이 다른 신들에게 충격으로 다가올 수밖에 없다는 것이다.

"너희들."

카릴은 뱀 입술의 여인이 만들어놓은 분위기를 놓치지 않았다. 뒤에 서 있는 나머지 네 명의 신들이 카릴과 시선이 마주치자 움찔거렸다.

"누구에게 붙을지 잘 생각해."

오싹-

율라는 직감했다. 차원문을 열기 바로 직전 가장 우려했던 상황이 벌어지고 말았다.

"로, 로드라니……!! 정말 그가 로드의 힘을 가진 란체포라는 건가?!"

"하긴…… 그럴 가능성이 농후해. 왜 그 생각을 못 했지? 로드가 죽고 하나였던 디멘션 스파이럴이 조각이 나면서 파편이 되었다……."

"우리가 가진 디멘션 스파이럴은 그대로다. 그렇다면 남은 파편은 로드의 것뿐."

"근원(根源)……."

신들은 카릴의 말에 저마다 한마디씩 중얼거리기 시작했다. 하지만 누구 하나 카릴에게 대항하려는 의사를 비치는 자는 없었다. 그저 놀라움과 그로 인한 두려움뿐.

"너. 지금 나와 이 세계를 걸고 주인이 누구인지 겨뤄보자는 뜻이냐?"

"내가 조금 더 재밌어질 거라고 했지? 그렇다면 이미 알고 있는 신좌의 전쟁 말고도 흥밋거리가 있어야 할 것 아냐?"

"감히…… 인간 주제에 신이 되려 하느냐!!"

"내 마법이 어째서 네게 통할 수 있는지 이제 알겠지. 내 마법이 통한다는 것은 내가 가진 디멘션 스파이럴이 네 힘보다 상위의 것이라는 뜻이겠지. 하가네."

카릴이 마왕의 이름을 불렀다. 조금 전 율라의 입가에서 흘렀던 핏물이 묻은 바닥에서 검은 연기가 피어오르며 그가 나타났다.

"부르셨습니까."

하가네는 공손하게 가슴에 손을 얹고서 카릴을 향해 가볍게 허리를 굽혔다.

"제아무리 신의 손이 닿지 않는 마계의 마왕이라 하더라도 신을 거스르는 일은 할 수 없다. 결국 계(界)라는 것은 차원의 주인인 신이 만든 하위의 세계니까. 그럼에도 불구하고 녀석이 네게 숨기고 카이에 에시르와 계약을 한 이유가 뭘까."

카릴은 율라를 바라봤다.

"승산이 있기 때문이다. 지금 신을 죽일 수 있는 가능성. 마족에게 충성을 바라는 것은 가당치도 않은 일이지. 녀석은 승산이 없다면 움직이지 않아."

스윽—

하가네는 카릴의 말에 마치 기다렸다는 듯 그의 뒤로 가 섰다.

"그리고 너보다 내게서 승리의 확률을 본 것이고."

"율라. 그의 말대로 그가 진짜 로드의 힘을 가지고 있는 것이라면 우리가 이길 수 없다. 우리는 로드가 죽고 뿌려진 파편을 가지고 신좌에 오른 종속들이니까."

세 번째 신인 노인이 말했다.

"네가 원하는 게 뭐지?"

"나는 이제 대륙의 왕으로서 네게 반기를 드는 것이 아니다. 이 차원의 주인으로서 신좌의 전쟁에 직접 참여할 것이다."

"크, 크큭……!! 이 차원의 주인? 그게 무슨 의미인지 알 테니, 네가 뱉은 말을 감당할 자신이 있는가?"

율라의 말에 카릴은 어깨를 으쓱했다.

"조금 전에 분명 말했을 텐데. 조금 더 이번 싸움이 재밌어질 것이라고. 엑소디아가 열린 이 차원의 주인이 바뀐다면 당연히 승자의 규율도 바뀌어야 하는 법."

"……뭐?"

"그렇기에 너희들에게 제안한다."

카릴은 율라의 뒤에 있는 네 명의 신들을 향해 말했다.

"내가 신좌에 오른다면 하나의 새로운 규율을 만들 것이다. 신은 공평하다. 그리고 너희들에게 내가 공평한 기회를 주었듯 나의 신좌는 다르지 않을 것이다."

'공평한 기회?'

'웃기지도 않은 소리.'

'하지만…….'

공평이라는 달콤한 말 뒤에는 치열한 경쟁이 맞물려 있음을 알고 있었지만 신들 중 누구 하나 카릴의 말에 반박할 수 없었다.

'지금 상황에서 율라를 이길 수 있는 방법은 저자를 이용하는 것뿐이다.'

'우리는 엑소디아의 참가자로서 다른 차원의 주인이기에 이곳에서 쓸 수 있는 힘이 제약된다. 하지만 그는 신의 힘을 온전히 쓸 수 있다.'

'율라와 대적해도 결코 뒤지지 않는 신의 힘을 쓸 수 있는 인간. 거기에 우리 나머지 신들이 힘을 보탠다면…….'

'율라를 이길 수 있다……!!'

[여기저기에서 머리 굴리는 소리가 내 귀까지 들리는군. 신이란 존재가 이토록 이기적인 자들이라니.]

알른 자비우스는 신들의 얼굴을 살피면서 가소롭다는 듯 냉소를 지었다.

[환영 마법의 존재를 아는 것도 율라뿐이겠지. 아둔한 놈들. 네놈들이 아무리 머리를 굴려봐야 상대가 될 성싶으냐.]

그는 이미 조심스럽게 율라를 향해 적의를 품기 시작하는 네 명의 신들을 바라보며 낮게 중얼거렸다.

"허튼 생각하지 마라. 지금 신이 인간의 밑에 들어가겠다는 말이냐. 신좌(神座)에 인간을 앉히겠다고 신들이 서로 합심을 해? 이게 가당키나 한 소리냔 말이야!! 다들 정신 차려!!"

율라는 네 명의 신들을 향해 소리쳤다. 내색하지는 않았지만 사실 그녀는 불안해하고 있었다. 신전의 원탁에 앉아 생각했던 최악의 시나리오가 바로 네 명의 신들이 카릴의 편으로 돌아서는 것이었기 때문이다.

'게다가 신의 힘을 가졌다고는 하지만 그렇다고 해서 율라보다 강할 것이라고는 볼 수 없다. 어찌 되었든 그는 인간이니까.'

그들은 카릴이 율라보다 상대하기 쉬운 적이라 생각했다. 짧은 시간이었지만 거기까지 계산이 끝나자 신들의 눈빛이 달라졌다.

"일단 들어보도록 하지. 자네가 신좌에 오르게 된다면 무엇이 달라지는지 말이야."

노인은 나지막한 목소리로 물었다. 확실히 처음과는 다른 태도였다. 그의 변화가 가소로웠지만 카릴은 그저 웃고는 모두를 향해 말했다.

"신좌를 독점하지 않겠다."

"그, 그게 무슨 뜻이지?"

"지금까지의 구조는 최고위 신이 정해지면 그자가 소멸하지 않는 이상 신좌가 바뀌지 않았지. 우연인지 필연인지는 모르지만 블레이더에 의해 그는 소멸되었다."

카릴은 자신의 디멘션 스파이럴을 보여주었다. 영롱한 에메랄드빛의 보석이 그의 손바닥 위에서 춤을 추듯 회전했다.

"덕분에 기회를 잡은 너희들은 무슨 일이 있어도 이번 신좌를 얻기 위해 이토록 치열하게 엑소디아를 벌인 것일 테지. 다시 없을 기회일지도 모르니까."

모두의 시선이 그에게로 쏠렸다.

"하지만 율라가 신좌에 오른다면? 과연 너희들에게 기회가 있을까?"

신좌를 독점하지 않는다. 신들에게 있어서 그 말은 충격으로 다가왔다. 그 누구도 그런 생각을 해본 적이 없기 때문이다. 신좌라는 매혹적인 절대 권력을 가지게 되었을 때 순순히 그것을 포기할 자가 과연 누가 있겠는가.

"물론 신좌를 내어 주었을 때 우리에게 있을 수 있는 위해를 대비해 몇 가지 조건을 걸어야겠지만 말이야. 사실 나는 신좌에 그다지 욕심이 없거든. 단지 내가 살아가는 세계의 안위를 생각할 뿐."

'하, 하하……. 멍청한 녀석.'

'스스로 신좌를 포기하겠다고 하다니. 결국 인간이로군. 녀석은 엑소디아에 살아남아도 다른 신들이 자신을 그냥 두지

않을 것을 알기에 머리를 쓰는군.'

'그래, 율라가 아니라 인간이 상대라면······.'

[클클······ 웃긴 놈들.]

알른은 기가 차다는 듯 고개를 저으며 카릴의 머릿속에 말했다.

[어찌 이리도 인간과 똑같아 보이는가. 놈들의 눈빛은 마치 황좌를 놓치고 싶지 않아 자신의 자식들마저 버리던 황제와 다를 바 없구나.]

그는 신들을 향해 냉소를 지었다.

[저들의 눈에는 욕망만이 남았군. 카릴, 놈들은 이런 무대가 만들어지기까지 모든 것이 네 계획이라는 것을 모르겠지. 오직 환영 마법의 존재를 알고 있는 율라만이 속이 탈 뿐일 터.]

카릴은 그의 말에 그저 입을 다문 채 신들을 살폈다. 그들은 분명 신이 아닌 인간인 자신을 상대하는 것이 더 수월하리라 생각할 것이다. 그 안일한 생각이 어떤 결과를 만들지도 모른 채 말이다. 다만 카릴의 말에 뱀 입술을 가진 두 번째 신만은 다른 신들과 달리 조금 전과 달리 생각에 잠긴 듯 조용히 상황을 살필 뿐이었다.

"뭐 하는 짓이지?"

율라가 자신의 등 뒤에서 느껴지는 시선에 고개를 돌리며 바득 이를 갈았다. 네 명의 신들이 한 발자국씩 물러섰다.

"자네의 엑소디아는 여기까진 듯싶군. 물러 나게."

노인이 말했다.

"굳이 규율을 따질 필요도 투표를 할 필요도 없는 일이지. 만장일치니 말이야."

첫 번째 신이 주먹을 풀며 말했다. 그와 뱀 입술의 여인 그리고 노인의 주위에서 푸르고 붉은 빛들이 스며들기 시작했다. 그리고 그 빛이 카릴의 전신을 감쌌다.

"멈춰!!"

율라는 그 모습에 다급히 소리쳤다. 네 명이 신들이 전투의 신들에게 축복을 걸고 있었다. 교단의 사제들이 쓰는 축복은 신의 힘 일부를 빌려 기원하는 것이다.

하지만 신이 직접 내리는 축복은 사제 수백, 수천 명이 모여 만든 대규모 축복과도 비교할 수 없을 정도로 강렬했다.

"괜찮군."

카릴은 자신의 몸을 감싸는 뜨거운 기운을 느끼며 마음에 드는 듯 고개를 끄덕였다.

"인간은 절대로 자신을 만든 신에게 거역할 수 없다. 애초에 신화 시대의 반역은 패할 수밖에 없는 일이었어. 신에게 반기를 들기 위해선……."

우우우우웅……!!

폴세티아의 검날이 푸르게 변했다가 붉은색을 띠었다가 다시금 검게 물들었다.

"신이 되어야지."

그 순간 마엘의 날카로운 송곳니를 보이며 검날을 감쌌다. 동시에 라이칸스로프의 갑주가 카릴의 두 다리에 나타났다.

"너……!! 네가 감히……!!"

율라는 당혹스러운 듯 손을 부들부들 떨며 소리쳤다. 하지만 지금까지와는 달리 쉽사리 카릴을 향해 마수를 펼치지 못했다. 그리고 그 놀라움은 카릴의 뒤에 서 있던 세 명의 신들 역시 마찬가지였다.

그야말로 전율이 느껴졌다. 전투의 신이라 불리는 세 명은 반신(半神)이라 할 수 있는 신의 화신인 란체포의 육체와 신의 축복 그리고 마스터 키의 힘이 뒤섞인 카릴에게서 풍기는 기운이 마치 로드를 마주했을 때와 같은 압박을 느꼈다.

축복을 내린 네 명의 신은 카릴의 모습을 보며 자신도 모르게 마른침을 삼켰다.

'우리가…… 실수를 한 게 아닐까.'

'아, 아냐. 아닐 거야. 그래도 차원의 주인보다는…….'

조금 전까지만 하더라도 카릴에 대한 생각이 일치했던 신들은 이제 서로 그에 대한 생각이 갈라졌다. 누군가는 잘못을 누군가는 실수를 누군가는 실낱같은 희망을 부여잡았다.

하지만 잘못되었든 실수를 했다고 생각을 하든 인간을 이길 수 있다는 희망을 아직 품든 상관없이 카릴에게 건 축복을 없앨 순 없는 상황이었다. 율라를 상대하기 위해서는 카릴의 힘이 필요했기 때문이다.

마치 헤어 나올 수 없는 늪처럼 이러지도 저러지도 못하는 상황에서 축복의 신들은 그저 이 상황을 지켜볼 뿐이었다.

　"와라."

　불안해하는 그들을 뒤로한 채 카릴은 율라를 향해 검을 잡았다. 율라의 얼굴이 굳어졌다.

　그 순간 마치 카릴이 사라지는 것처럼 시야에서 없어졌다.

　콰아아아아아아아아앙--!!

　율라가 본능적으로 들어 올린 두 팔이 맹렬한 충격과 함께 만세를 하듯 뒤로 휙 젖혀졌다. 어느새 두 사람의 거리가 좁혀져 카릴이 그녀의 얼굴 바로 앞에서 옅은 미소를 짓고 있었다.

　"크윽?!"

　인간의 공격을 무효화 한다는 신의 규율은 여전히 유효한 듯 카릴의 검이 튕겨 나갔지만 율라는 조금 전과 달리 강렬한 충격에 뒤로 밀려났다.

　"오기 싫다면 내가 가지."

　그녀의 귓가에 들리는 카릴의 나지막한 목소리.

　서걱-

　다시 한번 카릴의 검이 호를 그리며 위에서 아래로 떨어졌다.

　"지긋지긋한 이 짓거리를 이제 마무리 짓겠다."

　그 순간 매끄러운 검날이 율라의 오른팔을 관통했다.

　"이…… 이게……."

　믿을 수 없다는 듯 충격에 빠진 율라는 그저 자신의 잘린 팔이 허공에 튀어 올라 떨어지는 것을 바라볼 뿐이었다.

이제 카릴의 검은 더 이상 인간의 검이 아니다.

"감당할 수 있겠어? 네가 저지른 일을."

율라는 카릴을 바라보며 날카롭게 말했다. 그의 검에 베인 오른팔은 순식간에 빛과 함께 다시 자라났다.

'느낌이 없다.'

분명 그녀의 팔을 베었건만 마치 허공을 벤 것처럼 검에는 아무런 느낌이 없었다. 지금까지 자신의 모든 공격이 튕겨 나갔던 것과는 반대의 결과였다.

저벅- 저벅- 저벅-

율라는 잘려 나갔던 오른팔의 손목을 꺾으며 카릴을 향해 걸어왔다.

우우우웅……!!

그녀가 걸음을 걸을 때마다 발등에서부터 어깨까지 희뿌연 빛이 전신을 감싸더니 빛이 사라짐과 동시에 은색의 찬란한 갑옷이 나타났다. 가녀린 두 팔과 다리에 어울리지 않는 무척이나 두꺼운 갑옷과 그녀의 등 뒤로 한 장의 날개가 펄럭였다.

[신이 갑옷을 입다니. 클클…… 죽음이 두려운 건 누구나 똑같은가 보군.]

알른이 그녀의 모습을 보며 말했다. 그러나 갑주를 입은 순간 그녀의 영역 안에 있던 모든 존재들이 숨이 턱 하고 막히는 것 같은 기분을 느꼈다. 그건 카릴 역시 다르지 않았다.

쿠그그그그그······.

율라의 발걸음이 멈춘 순간 지진이 일어나는 것처럼 일대가 흔들리기 시작했다.

"크윽?!"

"조심해!!"

"전군!! 진형을 유지하라!!"

진동은 순식간에 수 킬로미터를 뻗어 갔고 포위를 하고 있던 자유군들에게까지 닿았다.

"우악!!"

"모두 발밑을 확인해라!! 바닥이 무너진다!!"

지진의 여파로 땅이 거미줄처럼 갈라지기 시작했다.

"컥······!!"

그뿐만이 아니었다. 지진과 함께 마치 중력이 있는 힘껏 짓누르는 것처럼 병사들을 깔아뭉개기 시작했고 힘을 이기지 못한 자들은 갈라진 바닥 틈으로 떨어지고 말았다.

"아아아악!!"

여기저기에서 비명이 터져 나왔다. 하지만 갈라진 지면 아래에서 솟구치는 뜨거운 열기는 순식간에 병사들을 집어삼키기 시작했다.

콰아아아앙--!!

숨을 쉴 수 없을 정도로 짓누르는 압박이 한순간 굉음과 함께 유리처럼 깨졌다. 일순간 그녀의 머리카락이 바람에 흔들리듯 떠올랐다.

율라의 눈동자가 사선으로 움직였다. 카릴의 검이 그녀의 목에 닿아 있었고 그녀는 아무일 도 없었다는 듯 그저 검을 쥔 그를 내려다볼 뿐이었다.

쿠르르르……!! 콰강!!

마치 시계의 태엽을 빨리 감는 것처럼 하늘에 떠 있는 구름들이 맹렬하게 움직이고 순식간에 찾아온 밤 뒤로 여명처럼 붉은 하늘이 모습을 드러냈다.

촤르륵……!! 쿠궁……!!

율라가 천천히 하늘 위로 떠오르며 양팔을 들어 카릴을 향했다. 그러자 그녀의 등 뒤로 아지랑이처럼 빛무리들이 일기 시작했다. 빛들은 서서히 응축되더니 마치 날카로운 촉수처럼 뻗어 나와 카릴을 향해 떨어졌다.

콰가가가강!! 콰가강!!

상공에서 떨어지는 빛의 촉수들은 순식간에 증식하며 마치 그물처럼 카릴을 노렸다.

"모두 흩어져!!"

카릴이 외치자 주위의 골렘들이 빠른 속도로 전선을 빠져나갔고 미처 빠져나가지 못한 골렘들은 약속이라도 한 듯 한 곳으로 뭉쳤다.

[홉……!!]

윈겔 하르트가 아스칼론을 골렘이 모인 곳으로 움직여 머리 위로 아이기스를 들어 올렸다.

카가가가가가각--!!

작열하는 번개가 아이기스와 격돌하는 순간 일대의 공기가 모조리 빨려 들어가는 것처럼 굉음이 터지고 신의 번개를 받아낸 아스칼론의 전신에서 시커먼 연기가 뿜어져 나왔다.

[컥…… 쿨럭!!]

조종간을 타고 들어오는 맹렬한 신력이 주는 고통에 윈겔 하르트는 자신도 모르게 입을 틀어막았다. 하지만 터져 나오는 기침과 함께 계기판에 핏덩이들이 덕지덕지 달라붙었다.

[괜찮으십니까! 윈겔 경!!]

상황실에서 이를 지켜보던 이스라필에 다급한 목소리로 외쳤다. 초대 마법인 우월한 눈으로 아스칼론과 연결되어 있었기 때문에 윈겔이 느끼는 고통을 이스라필은 알 수 있었다.

"아이기스는……."

윈겔은 흐르는 핏물을 닦으며 아스칼론의 팔에 장착되어 있는 방패를 봤다. 시커멓게 타버리긴 했지만 확실히 신의 힘이 깃든 방패였기에 부서지지 않았다.

"한 번은 더 막을 수 있겠네요."

[……네?!]

드르르륵-!!

윈겔은 곧바로 조종간의 레버를 잡아당겼다. 아스칼론이 몸을 틀자 방패 안에 숨어 있던 골렘과 병사들이 황급히 전선

밖으로 후퇴하기 시작했다.

부우우웅-!!

카릴의 검이 떨어지는 낙뢰 사이를 뚫고 율라를 향해 베어졌다. 하지만 율라는 가볍게 손가락을 튕기듯 그의 공격을 비껴냈다. 바닥을 미끄러지듯 뒤로 밀려나는 카릴이 바닥에 검을 꽂아 속도를 줄이고는 다시 한번 허공을 디디며 율라를 향해 검을 쇄도했다.

일 격, 이 격, 삼 격-

호흡마저 멈춘 채 쏟아지는 검날은 마치 시간이 멈춘 상태에서 오직 그만이 움직이는 것처럼 보일 지경이었다.

"큭?!"

하지만 맹렬하게 쏟아내는 공격에도 불구하고 율라는 여유롭게 한 발자국씩 뒤로 물러나며 카릴의 공격을 피했다.

철컥-!!

그때 율라의 등 뒤로 검은 그림자가 드리워지고 카릴은 자신의 시야에 들어온 거신의 등장에 소리쳤다.

"윈겔!!"

콰가가가가각……!!

아스칼론이 두 손으로 아이기스를 세로로 움켜쥐고서 그대로 방패 날로 율라를 찍어 눌렀다.

고민할 겨를이 없었다. 아이기스가 바닥과 충돌하자 일어나는 먼지바람 속으로 카릴이 파고들었다.

"흐아아압!!"

섬격(殲擊).

원래대로라면 두 자루의 검에 각기 다른 속성을 집어넣어 서로 부딪힘으로써 찰나의 충격으로 검격을 날리는 일격필살의 기술이었다. 하지만 카릴에게 들려져 있는 검은 폴세티아의 검 하나뿐. 그는 여분의 검 대신에 자신의 팔등을 긁듯이 베어내며 율라를 향해 일격을 가하였다.

먼지 바람을 뚫고 카릴의 검격이 공기를 가르는 순간 날카로운 파공음과 동시에 율라를 향해 쏟아졌다.

키릭……?! 키기기기기긱--!!

마치 쇠가 서로 부딪히는 듯 날카롭고 기괴한 마찰음과 함께 먼지 구름 속에서 카릴의 몸이 튀어나왔다.

빙그르르르르……!!

일격과 함께 폴세티아의 검이 하늘 위로 호를 그리며 회전하며 바닥에 꽂혔다. 하지만 오히려 검이 꽂히는 순간이 신호탄이라도 된 듯 카릴이 다시 한번 그녀를 향해 발을 놀렸다.

파캉! 카아앙! 캉-!!

지면에 착지하자마자 이어지는 연타. 카릴의 주먹과 다리가 쉴 새 없이 율라를 향해 나아갔고 두 사람이 뒤엉키기 시작했다.

퍼억-!!

둔탁한 타격음과 함께 카릴의 주먹이 율라의 뺨을 정확히 가격했다. 동시에 율라의 손날이 그의 갈빗대를 후려쳤다.

우드득……!!

뼈가 으스러지는 소리와 함께 카릴의 허리가 기역 자로 꺾였다.

빠득!!

정신을 잃을 정도의 고통임에도 불구하고 오히려 카릴은 이를 갈며 주먹을 내질렀다.

주르륵…….

율라의 입가에 옅은 핏물이 맺혔다.

싸늘하게 굳어진 표정. 시선만으로도 얼어붙을 것 같은 눈빛이었지만 카릴은 오히려 그런 그녀를 바라보며 한쪽 입꼬리를 올렸다.

"……믿을 수가 없군. 인간이 신을 상대로 정말 힘 대 힘의 대결을 펼치다니."

"정말로 그는 신의 영역에 도달한 모양이야."

"독은 독으로 상대해야 한다지만 어쩌면 우린 우리마저 위협할 지독한 독에 손을 댄 것일지도 몰라."

율라와 싸우는 카릴을 바라보며 세 명의 신들은 혀를 내둘렀다.

카앙!! 캉-!! 카카카카칵--!!

카릴은 마치 육체의 제약이 없는 것처럼 자신을 한계까지 몰아세웠다. 검을 벨 때 지금까지와는 달리 율라의 몸이 검을 막을 때마다 휘청거렸다.

퍼억-!!

카릴이 무릎으로 율라의 턱을 올려쳤다. 라이칸스로프의 갑주가 부딪치면서 푸른 빛을 뿜어냈다. 율라의 몸이 공중으로 띄워졌고 그 상태로 카릴은 반대쪽 다리로 회전하며 그녀의 뒷목을 내려쳤다.

콰아아앙……!!

떠올랐던 율라의 육체가 자빠지듯 바닥에 처박히면서 쓰러졌다. 엎어진 그녀를 향해 카릴이 바닥에 꽂혀 있던 폴세티아의 검을 뽑아 찍어 눌렀다.

촤아아악……!!

"큭?!"

검날이 율라의 오른쪽 허벅지를 파고들었다. 하지만 그녀는 고통보단 놀라움에 단말마의 비명을 지른 듯 아무렇지 않다는 듯 일어나며 이어지는 카릴의 공격을 막았다.

치지지지지지직--!!

"으아악!!"

카릴은 비명인지 포효인지 알 수 없는 고함과 함께 검을 그었다. 그의 치열할 정도로 맹렬한 공격은 보는 이로 하여금 말문을 잃게 만들었다.

"흐음. 확실히 지독한 독이긴 하지만 혼자서는 결국 불가능해. 이대로 그냥 둔다면 승기는 율라에게 갈 수밖에 없겠지."

"그래. 인간으로서 놀라운 일이긴 하지만…… 문제는 시간이로군. 저 모습은 마치 생명을 태워가며 싸우는 것 같으니까."

하지만 몰아치는 그와 달리 세 명의 신들은 처음의 놀랐던 모습과는 달리 냉정한 눈빛으로 그를 살폈다.

"신의 화신인 란포체라 하더라도 결국 수명을 가진 인간이니까. 저런 식으로 신력을 소모하게 되면 먼저 힘을 소진하는 것은 인간 쪽이 될 수밖에 없어."

"그러니 승리를 위해서는 우리의 도움이 필요하겠지. 우리 역시 그가 필요하고."

뱀 입술의 여인이 두 신을 향해 말했다.

"그래. 그렇게 된다면 이제 그와 우리의 입장이 조금은 바뀌게 된 것이겠지. 그가 기회를 주는 것이 아니라 이제는 서로의 이해가 맞물린 상태니까."

"쓸데없는 소리 하지 말고 일단은 그를 도와야지."

두 번째 신인 뱀 입술의 여인이 허리에 감고 있던 채찍을 꺼내 들고서 말했다.

척-

하지만 그 순간 노인이 그녀를 가로막았다.

"뭐 하는 거야?"

뱀 입술의 여인이 그를 향해 살짝 인상을 찡그리며 말했다.

"그를 돕는다는 것은 동의하네. 율라를 죽여야 하니까. 하지만 당장 도울 필요가 있을까 싶네만."

"그게 무슨 소리야? 지금 이대로 놔두면 그는 결국 죽는다.

그가 진다면 우리 역시 질 가능성이 높아져."

노인은 그녀의 말에 입꼬리를 올렸다.

"물론 져서는 안 되지. 암, 그렇고말고. 하지만 그렇다고 그가 처음부터 율라를 압도하게 만들 필요는 없지 않은가."

"……뭐?"

"그가 우리를 이용해서 네 번째와 다섯 번째 그리고 여섯 번째의 신을 제거하지 않았는가. 뭐든 줄을 잘 서야 하는 법이지."

음흉하게 웃는 그를 보며 뱀 입술의 여인이 살짝 고개를 꺾었다.

"우리 덕분에 재해를 일으킬 시간을 벌고 율라와 싸움을 할 수 있게 되었으니 이번엔 우리가 그를 이용할 때가 되었지. 조금 기다리게. 어차피 얻어야 할 승리라면 둘 다 힘이 빠졌을 때를 기다리는 것도 나쁘지 않아."

"크큭……."

남자는 그럴 줄 알았다는 듯 웃었다.

"머리를 굴리는 건 여전하군. 그러다 재해 때처럼 예상치 못한 일이 벌어지기라고 하면 어쩌려고?"

"너는 설마 우리가 질 것이라고 생각하느냐. 율라가 차원의 혜택을 받고는 있지만 대신에 우린 네 명의 신들의 축복을 얻었다. 격차는 크지 않아."

그때였다.

"이럴 줄 알았어. 그러니 네놈들에게 인간이 반기를 드는 거다. 이 신이란 잡것들아."

카릴이 율라와 싸우느라 정신이 없는 와중에 음모를 꾸미는 신들을 향해 일침을 날리는 여인.

"이래서 머리 검은 짐승은 거두는 게 아니랬지. 카릴이 너희들에게 은혜를 베풀었는데 이런 식으로 뒤를 쳐? 신이라는 놈들이 이따위니 피조물인 인간이 제대로 되겠어? 그나마 진실을 볼 수 있는 우리가 검을 쥘 수밖에."

세 명의 신들은 황급히 뒤를 돌아봤다.

척-

그녀는 한쪽 검을 겨누며 노인을 향해 말했다.

"죽기 싫으면 싸워."

그리고 다른 쪽 검을 남자에게 겨누었다.

"이런 건방진……!! 감히 어디라고!!"

노인이 자신의 턱밑에 있는 검을 바라보며 소리쳤다. 하지만 그 순간 검날이 황금빛으로 변하며 맹렬한 마력을 뿜어냈다.

"……용마력?"

"이건 부탁이 아닌 경고야. 진심을 다해서 싸워라. 카릴이 저놈의 등을 꿰뚫는 것을 봤다. 그 말은 내 검도 너희들을 벨 수 있다는 뜻이겠지."

마치 생전의 황금룡 토스카를 보는 것 같은 강맹한 마력이었다. 인간이 가질 수 없는 엄청난 마력에 세 명의 신들의 얼굴이 살짝 굳어졌다. 그녀가 조금 전 카릴의 일격에 죽은 다섯 번째 신의 시체를 가리키며 말했다.

"너희들의 적은 율라만이 아냐. 명심해. 너희 등 뒤에 수백만의 인간이 검을 겨누고 있다는 걸."

디곤의 여제, 밀리아나는 당장에라도 그들을 잡아먹을 듯 노려보며 말했다.

"카릴이 죽으면 너희도 죽는다."

"미친⋯⋯!!"

노인은 밀리아나를 향해 소리쳤다.

"이게 보자 보자 하니 아무것도 아닌 놈들까지 이제는 신을 우습게 보는군!!"

"붙어볼래?"

스릉—

밀리아나가 크게 자신의 애검을 한 바퀴 휘젓자 바람이 갈리는 소리가 들렸다.

"이길 자신이 있나 보지? 용의 심장이 아니라 태생적으로 용마력을 가지고 있는 건 제법 놀라운 일이다만⋯⋯ 그 정도 축복은 축복이라고 할 것도 없어."

콰아아앙--!!

그 순간 상공을 날고 있던 토스카가 신경질적으로 지면을 찍어 누르듯 착지하며 내려왔다. 흙먼지가 피어올랐고 거대한 본드래곤의 발가락 사이에 세 명의 신들이 놓였다.

[운이 좋군. 만약에 내게 살점이 붙어 있었더라면 그대로 납

작하게 만들어줬을 텐데 말이야.]

뱀 입술의 여인은 마치 벽처럼 자신을 두르고 있는 토스카의 거대한 발가락을 바라보며 살짝 입술을 깨물었다.

[내가 내린 축복이 별거 아니다라……. 이건 축복이 아니다. 내 목숨을 걸고 내린 싸우고자 하는 의지이다.]

토스카는 밀리아나를 바라봤다. 어느새 그녀의 양팔이 드래곤의 비늘로 감싸져 있었다. 조금 전 노인의 말이 끝남과 동시에 만일의 경우를 대비해서 밀리아나는 당장에라도 싸울 수 있도록 이미 용족화를 끝낸 모양이었다.

[흐음.]

토스카는 그 모습이 마음에 드는 듯 가볍게 고개를 끄덕였다.

[그때 만났을 때보다 용마력이 한층 더 짙어졌군. 대륙의 마지막 세 드래곤들의 가르침을 받았었지? 그들의 가르침이 뛰어났던 건가……. 아니면 자네의 자질이 훌륭한 것인가.]

"물론 후자겠지."

[크클…… 그래. 드래곤의 비기라 할 수 있는 용족화를 스스로 습득한 것도 모자라 제어할 수 있다니. 확실히 내 의지를 이어받은 자답다.]

그는 앞에 세 명의 신들이 있든 없든 상관 하지 않고 밀리아나에게서 풍겨 오는 자신과 같은 마력에 만족스러워하는 모습이었다. 디곤은 황금룡 토스카의 축복을 받은 일족이라 알려져 있었다. 그중에서도 밀리아나는 특별했다. 일족의 수장에게는 황금룡의 진짜 피가 몸에 흐르고 있었기 때문이었다. 골드 드래곤 에누마 엘라시가 밀리아나에게 도움을 주었던 이유도 그 때문이었다.

하지만 아무리 혈통이 좋다 한들 그 힘을 사용함에 있어서는 오로지 밀리아나의 능력이었다. 드래곤의 가르침이 있었다고는 하지만 역대 그 어떤 디곤의 수장들보다도 그녀는 용마력을 탁월하게 사용할 수 있었다.

그러나 토스카가 알지 못하는 비밀이 있었다. 그녀가 단순히 용마력을 다루는 뛰어난 재능이 황금룡의 피가 흐르기 때문만은 아니었다. 과거에 미약할 뿐이었던 그녀의 용마력이 폭발적으로 성장할 수 있었던 가장 큰 계기는 이전에 카릴이 그녀의 혈맥을 뚫었기 때문이었다. 그와 동시에 그녀의 노력이 더해져 이제 그녀는 신의 앞에 서도 주눅 들지 않을 수 있었다.

[하지만 조금만 더 다듬는다면 완벽하겠군.]

"뭐가 부족하다는 거지?"

[그건 차차 알아 가면 되는 일이다. 자고로 비기라는 것은 창시자만이 알고 있는 것이 있으니까.]

밀리아나는 토스카의 말에 피식 웃었다.

"기술이란 진보하게 마련이야. 까마득히 먼 당신의 구시대적 생각보다 내 머리가 더 비상할 거라는 생각은 안 해봤어?"

그 말에 토스카의 거대한 육체가 점차 작아지더니 인간의 형태가 되었다.

파앗-!!

"네놈……."

남자가 두 팔을 교차해서 자신의 가슴을 노린 토스카의 주먹을 막았다. 밀리아나는 아무런 말을 하지 않았지만 짐짓 놀란 표정이 아닐 수 없었다.

'빠르다.'

용족화를 유지하고 있는 그녀였음에도 불구하고 폴리모프 이후 공격까지의 속도를 놓치고 말았다. 하지만 자신이 놓친 그 속도를 첫 번째 신은 반응했다. 그 차이를 보여주기 위해서였다.

카드득……! 카각……!!

첫 번째 신의 양팔에 장착되어 있는 건틀렛이 토스카의 손톱에 긁히는 소리가 들렸다.

[신화 시대 때 블레이더들과 함께 싸우던 당시 나는 용체보다 지금의 모습으로 더 많은 전투를 해왔지. 단순히 인간의 모습이 좋아서가 아냐. 더 효율적인 싸움을 위해서일 뿐.]

토스카는 천천히 남자에게서 주먹을 뺐다. 그의 공격을 막았던 남자의 팔 한쪽이 너덜너덜해져 있었다. 마치 불에 덴 듯 심한 열상이 보였다. 태양의 힘을 가진 유일한 드래곤인 토스카 역시 빛의 속성을 가지고 있었기 때문에 신에게 유효한 타격을 줄 수 있었다.

[그게 내가 남은 내 일족이 아닌 인간에게 의지를 남긴 이유이기도 하지. 밀리아나. 너는 이번 전쟁에서 한 번 더 성장할

것이다.]

토스카는 당혹스러워하는 남자의 뺨을 가볍게 툭, 툭 치면서 말했다.

[그때가 되면 신도 널 두려워하게 만들어주지.]

"고작 드래곤의 기술이 신인 우리를 두렵게 만든다? 정말 이 세계는 어떻게 된 것이 그 누구도 신의 존재를 지나가는 개보다 못하게 여기다니……."

[건방지다고 생각하겠지? 뭐 어때, 애초에 나는 신에게 반기를 들었던 자이다. 우리는 비록 실패했지만 믿는 구석도 없이 신에게 대항했다고 생각하면 오산이야. 그리고 나 역시 신을 위대하다 생각하지 않으니 피차 마찬가지겠지.]

"……우리가 적이 아니라는 것에 다행으로 생각해야 할 거다. 이런 무례한 짓을 하고도 아직 주먹이 아닌 대화로 풀어가고 있으니 말이야."

[말은 똑바로 해야지. 앞에 '지금은'이라는 단어를 붙여야지 안 그래?]

토스카가 그 말과 함께 다시금 드래곤의 모습으로 돌아와서는 고개를 살짝 숙이자 밀리아나가 그의 생각을 읽은 듯 올라탔다.

"……짜증 나는 상황이지만 지금 우리가 인간을 섬멸하는 것은 불가능한 일이야. 그와 힘을 합쳐 율라를 정리하는 게 우선이야."

"흥……."

뱀 입술 여인의 만류에 노인은 코웃음을 치며 고개를 돌렸다.

"너. 기개가 좋은 것은 알겠지만 아무리 황금룡의 축복을 받았다고 해도 신에게 콧대를 세우는 건 좋지 않을 거야."

"얼마든지. 디곤은 걸어오는 싸움을 피하지 않거든."

하지만 으름장을 놓는 그의 모습에도 불구하고 밀리아나는 오히려 신들을 향해 덤비라는 듯 손짓했다.

"하지만 지금까지 싸움을 걸어오는 놈은 없었지."

스아아아악--!!

토스카가 커다란 날개를 활짝 펴면서 상공으로 날아올랐다.

"싸움을 걸어오기 전에 내가 모조리 목을 베었으니까."

황금룡의 날갯짓 속에서도 그녀의 경고가 신들의 귀에 꽂히듯 들렸다.

"꼴이 말이 아니군."

"율라의 문제가 끝나면 저년은 내가 죽이겠다. 누구도 방해할 생각하지 말게."

노인은 처음으로 이성을 잃은 듯 분노하며 소리쳤다. 하지만 그런 그를 보며 뱀 입술의 여인은 냉정하게 말했다.

"인간들을 죽이든 살리든 그건 별문제도 되지 않는 일이야. 중요한 건 어떻게 율라를 죽이는 가겠지."

"그게 무슨 문제야? 이미 판은 다 짜여 있다. 우리가 합세하면 승기는 우리 쪽으로 오게 되어 있어."

"당신답지 않군. 정말 한때나마 로드와 견주어도 손색이 없다는 지략의 신이 맞는지 의심스러운걸. 아니면 정말로 인간의 도발에 흔들린 건가?"

"……뭐?"

가뜩이나 밀리아나 때문에 화가 치밀어 오르던 노인은 여인의 말에 더욱 짜증이 나는 얼굴로 반응했다.

"우리는 율라를 죽일 수 없어. 그녀의 힘을 뺄 순 있겠지만 엑소디아의 도전자인 우리들은 그녀의 마지막 숨통을 끊는 것은 불가능해."

"흥. 그런 것쯤이야 당연히 알고 있네. 나는 분명히 카릴이란 녀석의 힘이 빠질 때를 기다리자고 했을 뿐 그가 율라를 죽이는 데 돕지 않겠다고 한 것이 아냐."

"그렇기 때문에 우리가 주의해야 할 것이 있다는 말이지."

"뭐지?"

"율라의 힘을 빼놓은 다음에 만약 그가 그녀를 죽이지 않고 오히려 우리와 또 다른 거래를 하려고 한다면?"

노인은 그녀의 말에 어처구니가 없다는 얼굴이었다.

"그게 무슨 말인가. 녀석의 머리가 어떻게 되지 않은 이상 이제 와서 율라를 죽이지 않는다는 것은 자신들의 멸망을 초래하는 일인데 말이야."

"그가 우리를 처음 신탁에서 이 지상으로 끌어내렸을 때 했던 방법이 뭐지? 신좌를 걸고 우리끼리 싸우라고 했었지."

"자네가 하고 싶은 말이 뭐지?"

"새로운 엑소디아."

뱀 입술 여인의 말에 노인의 얼굴이 살짝 굳어졌다.

"완전히 불가능한 것은 아니군. 그가 율라를 죽이고 이 차원의 신의 위치에 오르면 그전에 율라가 시작했던 엑소디아를 새로이 바꿀 수 있어."

남자 역시 그녀의 말에 동의했다.

"그는 신좌를 독점하지 않겠다고 했지. 하지만 신좌를 조용히 내어주겠다고 하진 않았어."

"그가 우리의 적이 된다는 것은 예상했던 일이잖는가. 만약 그렇게 된다면 가장 먼저 놈을 죽이면 되는 일일세."

"그가 조금 전과 같이 또다시 살아남은 단 한 명에게 신좌를 내어주겠다고 한다면?"

"······뭐?"

"우리 중에 배신자가 없다고 맹세할 수 있나?"

두 사람은 선뜻 대답을 하지 못했다. 그도 그럴 것이 이미 자신들은 다른 신들을 죽인 경력이 있었으니까.

"굳이 의심을 만들고자 하는 소리는 아니야. 그저 우리끼리라도 보험을 들자는 뜻이지."

"보험?"

"엑소디아는 결국 경쟁. 우리가 서로 죽고 죽이면 결국 카릴, 그자에게만 좋을 뿐이지."

"일리 있는 말이야. 하지만 그가 신좌의 선택권을 가지고 있다는 것은 여전하니까. 그의 제안을 우리는 따를 수밖에 없지."

율라가 죽고 난 빈자리에 카릴이 앉게 되면 결국 그는 다른 신들과 같은 위치에 오르게 된다. 비록 네 신의 축복을 받았다고는 하지만 인간의 육체를 가진 지금도 율라와 대등한 힘을 가지고 있는 그가 신좌에 오른다면 세 명의 신들을 결코 이길 수 없음을 알고 있었다.

참으로 이러지도 저러지도 못하는 상황.

"그런 의미에서 우리는 결코 서로 배신을 해서는 안 돼. 그렇기에 우리는 서로 경계하지 않고 완벽하게 서로를 믿을 수 있게 되어야 하지."

"설마……."

"맞아. 영혼 계약(靈魂 契約)."

"우리가 인간들에게 내린 제약 중 가장 강력한 이것은 신인 우리에게도 통용될 수 있는 규율이지."

남은 두 사람은 할 말을 잃은 듯 그녀를 바라봤다.

'확실히…… 영혼 계약을 맺으면 우리끼리 죽일 일은 없어지겠지. 게다가 카릴이 그런 명령을 하더라도 목숨이 이어진 상황이란 걸 알면 그도 어쩌지 못할 터.'

"나쁘지 않군."

노인이 먼저 말했고 남자는 고개를 끄덕였다.

"하지만 기가 막힐 노릇이군. 인간과 수 싸움을 벌여야 하는 순간이 오다니."

지금까지 신들은 자신의 피조물을 그저 손가락으로 찍어 누르면 죽일 수 있는 개미와 같게 여겼었다. 하지만 지금 상황은 그야말로 어이가 없을 따름이었다. 힘이 있다 한들 죽일 수 없고 그저 서로의 실수를 노려야 했으니 말이다.

　"일단은 우리의 안위가 중요하다. 건방진 계집이지만 그녀의 말이 틀린 것도 아니니까. 타 차원의 신인 우리들은 확실히 이곳에서의 영향력이 약하니까."

　"파렐 안으로 그를 끌어들일 수만 있다면……."

　남자가 쯧- 하고 혀를 찼다.

　"바보가 아니고서야 자신이 유리한 전장을 포기하지 않겠지. 그러니 우리는 우리 나름의 대비를 세워 두는 게 좋아."

　"그렇겠지."

　세 사람은 서로 눈빛을 교환했다. 그러고는 누가 뭐라 할 것 없이 자신의 손목을 그으며 핏방울을 뽑아냈다.

　우우우우웅……!!

　[카릴.]

　알른 자비우스의 목소리가 들렸다. 율라를 상대하느라 온 신경을 집중하고 있던 그였지만 자신을 부르는 한 마디에 뒤를 돌아보지 않아도 알고 있다는 듯 고개를 끄덕였다.

"시작했군."

[클클…… 약아빠진 놈들. 너를 앞세워서는 전투에 참여하지도 않고 대가리나 굴리고 있다니. 어느 시대나 잔머리를 굴리는 놈들이 항상 끝이 안 좋지.]

알른은 하늘 위로 솟아오르는 영혼 계약의 빛을 바라보며 말했다.

[저놈들도 본능적으로 느낀 거겠지. 이대로 둘의 전투가 끝나면 자신들이 위험해지리라는 걸. 그 방법으로 생각해 낸 것이 영혼 계약이라니…….]

그의 검은 형체가 나타났다 사라졌다. 그러자 그에게 사용되었던 두아트의 어둠의 힘마저 카릴의 폴세티아의 검날에 스며들었다.

[영혼 계약은 한 쪽이 파괴되면 다른 한쪽도 피해를 입는 양날의 검. 그야말로 우리가 기다리던 무대지 않느냐. 네가 원하는 승리는 고작 율라의 죽음이 아니니까.]

알른이 넘긴 암흑력이 천천히 카릴의 혈맥을 타고 흘렀다.

[신들의 멸절(滅絶).]

마치, 그의 목소리가 기분 좋은 음악처럼 들렸다.

[모조리 지워 버리자. 인간의 역사를 위해.]

to be continued

崑崙覇仙

곤륜패선

윤신현 신무협 장편소설
WISHBOOKS ORIENTAL FANTASY STORY

선대의 안배로 인해 시공간의 진에 갇힌
곤륜의 도사 벽우진.

"……뭐야? 왜 이렇게 되어 있어?"

겨우겨우 탈출해서 나온 그의 눈에 보이는 것은!

"정말, 정말 멸문했다고? 나의 사문이? 천하의 곤륜파가?"

강자존의 세상, 강호.
무너진 곤륜을 재건하기 위해 패선이 돌아왔다!

곤륜패선(崑崙覇仙)

'이왕 할 거면 과거보다 더 나은 곤륜파를 만들어야지.'

Wish Books

만 년 만에 귀환한 플레이어

나비계곡 퓨전 판타지 장편소설
WISHBOOKS FUSION FANTASY STORY

어느 날, 갑작스럽게 떨어진 지옥.
가진 것은 살고 싶다는 갈망과 포식의 권능뿐.

일천의 지옥부터 구천의 지옥까지.
수십만의 악마를 잡아먹고 일곱 대공마저 무릎 꿇렸다.

"어째서 돌아가려 하십니까?"
"김치찌개가… 김치찌개가 먹고 싶다고."

먹을 것도, 즐길 것도 없다.
있는 거라고는 황량한 대지와 끔찍한 악마뿐!

"난 돌아갈 거야."

「만 년 만에 귀환한 플레이어」

업어 키운 여포

유수流水 역사 판타지 장편소설
WISHBOOKS HISTORICAL FANTASY STORY

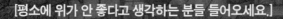

[평소에 위가 안 좋다고 생각하는 분들 들어오세요.]

'건강 팁이 아니라 삼국지 낚시였어?'
"에이, 잠이나 자자."

어라? 내가 잠이 덜 깬 건가?

"……어나십시오. 일어나셔야 합니다, 장군. 장군?"

잘 자고 일어났는데 삼국지 속.

뭐라고? 우리 형이 여포라고?

난세의 영웅은 무리지만 영웅의 보좌관이 되겠다.

업어 키운 여포

임제열 퓨전 판타지 장편소설
WISHBOOKS FUSION FANTASY STORY

뽑기 게임에서 살아남는 법

"빌어먹을 인생."

정말 쓰레기 같은 인생이었다.
친구도, 가족도, 연인도 없었다.

어차피 망해 버린 그런 인생.

"그냥 폰 게임이나 해야지."

뽑기 게임에서 살아남는 법

지랄맞은 현실이 되어버린 게임 속에서
다시 한번 최고가 되겠다.

Wish Books

나는 될 놈이다

글쓰는기계 게임 판타지 장편소설
WISHBOOKS GAME FANTASY STORY

판타지 온라인의 투기장.
대장장이로 PVP 랭킹을 휩쓴 남자가 있다?

"아니, 어디서 이런 미친놈이 나타나서……."

랭킹 20위, 일대일 싸움 특화형 도적, 패배!

"항복!"

'바퀴벌레'라고 불릴 정도로
끈질긴 생명력을 가진 성기사조차 패배!

"판타지 온라인 2, 다음 달에 나온다고 했지?"

평범함을 거부하는 남자, 김태현!
그가 써내려가는 신개념 게임 정복기!

무공을 배우다

목마 퓨전 판타지 장편소설
WISHBOOKS FUSION FANTASY STORY

"무(武)를 아느냐?"

잠결에 들린 처음 듣는 목소리에 눈을 떴을 때,
눈앞에 노인이 앉아 있었다.

"싸움해 본 적 있나?"
"없는데요."

[무공을 배우다.]

20년 동안 무공을 배운 백현,
어비스에 침식된 현대로 귀환하다!

'현실은 고작 5년밖에 지나지 않았다고?'